크
게

그
린

사
람

삶의 위기와 고통에 쪼그라들지 않고
크게 살아가는 사람들의 이야기

내가 떠올리는 낭만은 두 사람이 버스에 나란히 앉아 줄 달린 이어폰을 한쪽씩 끼고 음악을 듣는 장면이다. 혼자지만 연결된 느낌, 좋음의 나눔, 적절한 소란과 고요의 공존, 정처 없는 떠남을 동경했다. 늘 여기가 아니면 어디라도 싶었는데 그것이 혼자는 아니었다. 같이 있을 때 내 존재는 더 활성화됐다. 운 좋게도 직업을 통해 '둘의 낭만'이 지속 가능한 길이 열렸다. 사람을 만나는 사람, 글 쓰는 사람이 된 것이다.

2005년에 자유기고가로 명함을 파고 첫 취재가 인터뷰였다. 봉사 경력 30년 된 여성을 만났다. 나로서는 공적 글쓰기의 시작이 인터뷰라서 다행이었다. 인터뷰는 유에서 유를 창조하는 일이다. 타인의 말을 밑 재료로 쓴다. 그건 알맹이 없는 글이 될 수 있는 부담을 줄여준다는 의미다. 덜 막막했다. 한편 내가 글을 못 쓰면 나만

창피한 게 아니라 타인의 삶과 명예에도 영향을 미친다는 점에서 긴장을 높여주었다. 잘 써야 했다. 확실하고 엄격한 독자가 있는 글쓰기. 자족적인 글이 아니라 독자를 염두에 두는 글이어야 한다는, 글쓰기의 기본 태도를 나는 인터뷰에서 익혔다.

좋아하는 일을 하며 일을 더 좋아하게 됐다. 인터뷰이들과 나눈 깊고 오롯한 대화는 매번 나를 흥분시켰다. 인터뷰를 하고 온 날은 가슴에 들어온 말들이 부풀어 올라 터질 것 같아 친구에게 전화를 걸었다. 내가 오늘 누굴 만났는데 그가 어떤 말을 했고 등등 정신없이 떠들고 나면 가만히 듣고 있던 친구가 나중에서야 한마디 했다. "네가 안 반하는 사람이 대체 누구니……."

얼마 뒤 블로그를 열었다. 내가 만난 사람에게 받은 좋은 기운을 세상으로 방출하는 통로를 판 것이다. 블로그에 모아놓은 인터뷰 글의 카테고리 이름이 '행복한 인터뷰'다. 누적 147명. 단행본 인터뷰이를 제외했고, 실제로 만난 사람을 다 담을 수는 없었지만 정말로 행복감이 차올랐던 인터뷰들을 등재했다.

인터뷰 단행본도 여러 권 냈다. 마을, 숲, 축제 만들기로 더 나은 공동체를 도모한 이들을 취재한 《도시기획자들》(소란, 2013), 간첩조작사건 피해자 서사를 기록한 《폭력과 존엄 사이》(오월의봄, 2016), 책 만드는 젊은 노동자들을 만난 《출판하는 마음》(제철소, 2018), 현장실습생 르포르타주 《알지 못하는 아이의 죽음》(돌베개, 2019), 미등록이주아동의 이야기를 담은 《있지만 없는 아이들》(창비, 2021)까지 대개는 밥을 위해 가급적 신념을 좇아 해온 작업이다.

그동안 쓴 책이 열 권인데 인터뷰집이 절반을 차지한다. 사람에게 영향 받는 사람이 아니었다면 아무래도 난 지금껏 쓰는 사람으로 살지 못했을 것 같다. 그러니까 내가 사람들의 이야기를 썼다기보다 내가 만난 사람들이 나로 하여금 쓰게 만들었다는 표현이 맞다.

어느 누구도 꽃을 보지 않는다. 진정으로 보지 않는다는 의미다. 너무 작아서다. 그리고 우리는 늘 시간이 없다고 말한다. 꽃을 볼 시간이 없다. (…) 그래서 나는 다짐한다. 내 눈에 보이는 걸 그리련다. 그 꽃이 나에게 어떻게 보이는지 그리련다. 엄청나게 크게 그려 그 꽃 한 송이를 보는 데만 오랜 시간이 걸리면 모두가 놀랄 것이다.

미국 화가 조지아 오키프의 말이다. 리베카 솔닛은 《이것은 누구의 이야기인가》(창비, 2021)에 인용하면서 이렇게 덧붙인다. 크기를 바꾸면 원형이 붕괴되면서 눈과 마음이 깨어난다고.

나는 인터뷰가 사람의 크기를 바꾸는 일이라고 생각한다. 우리는 시간이 없어서, 혹은 너무 멀거나 너무 가까워서 사람을 보지 못한다. 세상이 축소해서 못 보고 지나치는 사람도 많다. 그래서 좋은 인터뷰는 안 보이던 사람을 보이게 하고 잘 보이던 사람을 낯설게 하는 것 같다. 인터뷰이로 어떤 대상을 택하고 어느 부분을 어떻게 도드라지게 할 것인가, 이것은 전적으로 인터뷰어의 세계관과 미학에 따른다.

나는 이런 사람을 크게 그리고 싶었다. 모두가 쳐다보는 아름다운 사람이 아니라 아름다운 삶이 무엇인지 사유를 자극하는 사람들.

누구나 부러워하는 삶을 사는 사람이 아니라 살아가는 일 자체로 모두의 해방에 기여하는 사람들. 사람을 지나치지 못하는 사람들.

가령, 스물여섯에 해고자가 된 김진숙은 몸을 짓밟고 큰돈으로 회유하는 사측에 넘어가지 않고 '내 발로 나오고 싶어서' 노동자의 존엄을 지키기 위한 복직투쟁을 37년간 이어간다. 직업의 안정성을 위해 공무원이나 교사 같은 직업을 선호하는 시대지만 김혜정은 미래가 보장된 직군이 아니라 자신이 열정적으로 일할 수 있는 직업인 반성폭력운동 활동가를 택한다. 사범대를 다니며 임용고시를 준비하던 홍은전은 남을 물리쳐야 꿈을 이루는 제도 교육의 경쟁 트랙을 벗어나 노들장애인야학에 들어감으로써 '아무도 이기지 않고' 교사가 되었고 사회적 약자의 목소리를 전달하는 르포 작가로 산다. 이영문은 사람에 대한 지대한 호기심에 이끌려 당시 인기가 없는 분야인 정신의학을 전공한다. 원도는 출생신고도 되어 있지 않은 할머니의 이름을 불러주는 경찰로서 자신이 목도한 '민생'을 낱낱이 기록한다. 조기현은 뭐라도 해보려는 스무 살에, 덜컥 병이 든 아버지를 외면하지 않고 돌봄을 사회적 의제로 만드는 투쟁을 시작한다. 신영전은 의사는 가난한 사람들의 옹호자가 되어야 한다며 '무상의료'에 앞장서서 목소리를 내는 의사다. 시와는 코로나 시국에 무대가 사라진 상황에서도 노래를 포기하지 않고 관객을 찾아가는 공연으로 가수의 활동을 이어간다. 지구를 위해 대체육 개발 사업을 이끄는 기업인 민금채, 성소수자의 일상을 시로 엮어내는 시인 김현, 한국 민주주의 역사의 증인이자 측은지심으로 이타적인 삶을 살아온 자연인 씨돌 김용현, 소설을 읽으면 더 나쁜 사람이 되지 않는 것 같다는 소설가 김혜진. 임현주는 기다리고 선택받는 직업의 틀을 벗어나 하고 싶은 것을 시도하고 실천하며 아나운서의 외연을 확장했다. 김중미는 가난한 사람이 목소리를 갖는 일을 포기하지 못해서 글을 쓴다. 혈육은 잃었지만 다시는 산업재해가 생기지 않는 사회를 위해 몸을 던져 싸우는 김도현, 자식을 잃고 비정규직 청년들이 일하다가 죽는 현실에 눈뜨며 글 쓰는 사람 곧 말하는 주체로 거듭난 김미숙, 법과 제도를 바꾸어 더 나은 세상을 설계하는 비선출직 정치인 박선민, 귀엽고 담백한 외유내강 만화로 가부장제에 균열을 내는 수신지 등.

2020년부터 〈한겨레〉에 지면을 분양받아 '은유의 연결'이란 문패를 달고 이들을 만날 수 있었다. 첫 회는 셀프 인터뷰였다. 나는 그때 "내가 영(0)이 되는 일을 하고 싶다"고 말했는데 선입견을 걷어내고 백지처럼 그들의 이야기를 받아내고 싶은 마음에서 나온 말이다. 소망을 이뤘다. 장애, 의료, 돌봄, 여성, 노동, 정치, 환경 등 삶의 다양한 분야를 공부했다. 나로 하여금 기꺼이 무無로 돌아가 알아가는 기쁨을 느끼도록 인도해준 귀인들이다. '은유의 연결'에서 만난 16명과 다른 매체에서 만난 2명의 이야기를 책으로 묶었다. 특정한 의제로 묶이지 않는 '인물 인터뷰집'은 처음 펴낸다. 단행본의 가독성을 위해 일간지에 문답형으로 실린 인터뷰를 산문형으로 고쳤다. 못다 한 이야기는 '인터뷰 후기'에 담았다. 전화로 두어 시간 수다 떨고 자세한 얘기는 만나서 하자고 말하는 기분으로 썼다.

이 시대의 인물 화첩이자 나만의 인생 수업 노트이고 인간학 교재인 이 책을 나를 아는 모든 이들, 나를 모르는 모든 이들과 나누고 싶다. 좋은 이야기는 존재의 숨통을 틔워준다. 내가 보고 듣고 겪는 이야기가 나의 세계를 이루기 때문이다. 주위에 성형수술과 다이어트 광고가 난무하면 자신도 모르게 자기 몸의 견적을 내게 된다. 곁에 성소수자 친구가 있는데 동성애 혐오를 외치기는 어렵다. 공무원만큼 활동가도 좋은 직업이라고 생각하는 어른들이 많은 사회에서 아이들은 더 자유롭게 본성대로 클 것이다.

이야기는 힘이 세서 견고한 관념을 부순다. 내가 듣는 이야기는 내 감각과 정신의 속성을 천천히 바꾼다. 살아가면서 참조할 수 있는 사람 이야기가 많아야, 삶에 대한 질문을 비축해두어야 내가 덜 불행하고 남을 덜 괴롭히게 된다는 것을 나는 경험했다. 내가 진행하는 글쓰기 수업에서도 인터뷰를 꼭 과제로 내어주는 이유다. 다른 사람의 이야기를 정해진 시간에 집중해서 듣는 일보다 더 좋은 글쓰기 공부를, 사람에 대한 이해가 깊어지는 것보다 더 깊은 쾌락을 나는 모른다. 지배는 단절과 분열의 문화 속에서 가장 잘 기능한다는 말이 있듯이 '연결'은 억압을 벗어나고 해방에 이르는 시작이자 원리다.

여기 살아 숨 쉬는 사람의 이야기가 독자들의 세계로 어서 편입되었으면 한다. 삶의 위기와 고통에 쪼그라들지 않고 인간다움의 가치를 질문하며 크게 살아가는 사람들의 이야기는 우리가 갖고 태어난 고귀함의 유전자를 깨어나게 할 것이다.

2022년 봄
은유

차례

2부

사람을 지나치지
못하는 사람

"모든 존재가 긴밀히 연결되어 있고
서로가 서로에게 존재의 근거가 되죠"

3부

사는 일 자체로
누군가의 해방을 돕는 사람

"내가 비로소 인간으로서
자기 몫을 하게 되는 것 같고,
사는 것처럼 사는 느낌은 그때가 처음이었어요"

일러두기

1. 이 책은 2020년 1월부터 2021년 3월까지 〈한겨레〉에 '은유의 연결'이란 제목으로
   연재한 16인의 인터뷰에, 김현 시인(《창작과비평》 2020년 겨울호)과 김미숙 씨(《시사인》
   2019년 12월 올해의 인물)의 인터뷰를 더해 새롭게 엮었다.
2. 장편소설, 서명, 앨범 등은 《 》로, 잡지, 신문, 중단편소설, 시, 편명, 칼럼, 노래, 방송
   프로그램, 영화, 그림 등은 〈 〉로 묶었다.
3. 외국 인명, 작품명은 국립국어원 외래어표기법을 따르되 몇몇 경우는 관용적 표기
   를 따랐다.
4. 괄호 속 서지사항에 출판사 없이 출간연도만 표기된 경우, 초판 출간연도를 뜻한다.
   예)《난장이가 쏘아올린 작은 공》(1978)
5. 각 사진의 출처는 뒤쪽 별면에 표기했다.

1부

아름다운 삶을
생각하게 하는 사람

"저는 누가 광장에서 운다는 건
다른 사람을 위해서
우는 일이라고 생각해요"

"내가 노들에서 십몇 년간 한 모든 것이
차별을 저항으로 만드는 일이었구나.
차별과 저항이 얼마나 멀고 이어지기 어려운지 알았죠.
그게 얼마나 어렵냐면 내 청춘이 거기 다 들어간 거예요,
우리의 청춘이."

업고 걷기

인권기록활동가

사범대 4학년생 은전은 딱 1년만 방황할 시간을 갖기로 했다. 거대한 선착순 달리기 시합 같은 임용고시가 두려웠다. 가르치는 일이 적성에 맞는지 알아볼 겸 포털 사이트에서 '야학'을 검색했는데 가장 먼저 나온 곳이 노들장애인야학이었다. 무작정 찾아간 건물 입구에는 휠체어를 탄 남자 셋이 한가로이 담소를 나누고 있었다. 순간 은전은 뒷걸음질 쳤다. 난생처음 '실물' 장애인을 본 몸의 자동 반응이었다. 집으로 가려다가 되돌아갔다. 장애인보다 무서운 것은 나의 편견이란 생각이 스쳤다. 용기 내어 노들야학의 문을 두드렸다. 그때가 2001년 8월 24일 목요일 저녁 7시 40분, "길 가다가 맨홀에 떨어지듯" 홀연 다른 세계로 빠져든 순간이다.

노들야학 교사가 된 그는 가르치기 위해서 공부해야만 했다. 20~30년을 방 안에만 갇혀 산 사람을 야학에 오게 하는 법, 휠체어

탄 중증장애인들과 바다로 모꼬지 가는 법 같은 '사는 법'을. 교육은 투쟁을 불렀다. 장애인 이동권 확보, 활동보조서비스제도 도입, 탈시설 운동, 장애등급제 폐지 등, 그의 동료 교사와 학생들은 남들 같은 일상을 살아보고자 싸웠고 그들의 투쟁은 한국 장애운동의 역사로 남았다.

"글쓰기는 사랑하는 것들을 불멸화하는 노력"이기에 그는 썼다. 노들을 떠나며 노들에 미쳐서 산 청춘 13년을 《노란들판의 꿈》(봄날의책, 2016)이란 책으로 묶어냈다. 책을 쓰는 동안 과거와 미래에 관한 고귀한 진실을 발견했다. 그가 만난 장애인은 차별받는 사람이 아니라 저항하는 사람이라는 것, 그리고 자신은 저항하는 사람들, 운명을 피하지 않고 받아들이는 사람만 할 수 있는 '말'에 마음을 빼앗겨버린다는 것. 이후 그의 글쓰기는 형제복지원 피해자, 세월호 유가족, 화상 경험자의 삶에 가닿았다. 홍은전은 인권기록활동가이자 〈한겨레〉 칼럼 필진으로 활약 중이다. 우리 사회가 등 돌린 '사람'의 이름을 꽃처럼 불러주다가 스스로 눈물이 되어버리는 홍은전의 열렬한 글쓰기는 언제부턴가 인간에게 착취당하는 '동물'로 그 세계가 확장되었다.

장애인야학 교사에서 인권기록활동가, 그리고 동물권활동가로, 그의 급격한 존재 변신을 견인한 일상의 혁명가들 면면을 담아 《그냥, 사람》(봄날의책, 2020)을 펴낸 홍은전 작가를 서울 대학로 노들장애인야학에서 만났다.

홍은전

"노들야학은 제가 초·중·고등학교, 대학까지 다 합쳐서 12년간 배운 모든 것을 다 제로로 만드는 학교였어요. 여기에서는 누군가를 경쟁에서 이기는 것이 다 쓸모없어졌고, 국어, 영어, 수학, 사회 다 필요 없고, 교육은 너무나 할 게 많은 거예요. 이 학생이 야학에 오게 만드는 것. 그러려면 (비장애인 중심의) 세상이 바뀌어야 되고요. 그래서 투쟁도 해야 하고요. 학생의 자신감이 많이 위축되어 있는데, 그 자신감도 함께 끌어올려야 하고요.

왜냐하면 20년, 30년을 다 집 안에만 있었고 집에서도 자기 혼자니까 장애인은 장애인을 알 것 같지만 장애인도 장애인을 만나본 적이 없어요. TV에 나오는 장애인은 다 불쌍하거나 아주 뛰어난 사람밖에 나오지 않는 상태에서 장애인은 그냥 이렇게 살다가 죽는구나 생각하고 살던 사람들이 여러 가지 우연이 겹쳐서 노들야학까지 오는 거예요.

일단 오면 자기 탓이 아니라는 걸 빠르게 공감해요. 우리는 권리가 있고 나가서 싸울 수 있다, 집에서도 주눅 들어 있던 사람들이 밖에 나가서, 광장에 나가서 자기 몸을 펼쳐 보이고 세상을 향해서 외치는 순간, 자신감이 아주 빠르게 회복이 돼요.

그 해방적인 경험들은 저도 노들야학 가서 했어요. 선배 교사들이 학생들한테 끊임없이 말해요. 화가 나면 화를 내세요. 이런 걸 다 가르쳐요. 학생들이 화낼 줄 모르세요. 집에서 자기를 보살펴주는 엄마의 기분, 아빠의 기분이 중요하죠. 그래서 여기에선 짜증을 내도 된다, 시설에 가기 싫으면 가기 싫다고 말해도 괜찮다, 계속 얘기해요. 그거 보면서 저도 배웠죠."

가령, 임용고시 안 보겠다고 말해도 된다?

"아버지가 싫었다고 말해도 된다.(웃음) 계속 하다 보니까 어느 순간 저도 아빠랑 싸우고 있더라고요."

차별을 저항으로 만드는 일

홍은전은 경남 사천에서 태어났다. 진주로 이사 가서 중·고등학교 다니다가 서울에 있는 사범대학에 진학했다. 그러나 임용고시가 있던 날 시험장이 아니라 야학으로 출근했다. 경쟁하는 세계에서 협력하는 세계로 넘어온 그는 "아무도 이기지 않은 채로" 교사가 되었다. 집안이 발칵 뒤집혔다. 친구들 사이에서는 '은전이가 사라졌다' '절에 들어갔다'는 소문이 돌았다. 세속에서 자취를 감춘 그는 13년을 노들이란 행성에 착지해 다른 시간을 산다. 비장애인 교사가 장애인 학생들과 일상을 보낸다고 하면 "힘들겠다"는 말부터 듣는 현실에서 장기근속자로 퇴직한 것.

"제가 노들 좋다고 말해도 아무도 안 믿어요.(웃음) 좋아 보이지 않나 봐요. 이걸 어떻게 설명해야 하지 고민을 했었는데, 친구를 사귈 때 존재 자체로 굉장히 소중하죠. 내가 힘들 때 쟤가 들어줬고, 쟤가 힘들 때 내가 뭔가를 해줬고, 이러면서 관계가 형성이 되는데, 왜 장애가 있는 친구는 짐이 된다고 생각을 할까요?

저랑 친한 사람 중에 저보다 두 살 많은 학생이 있어요. 휠체어를 타는 분이거든요. 제가 약간 공황 같은 게 왔을 때, 교무실에서 집에 가질 못했어요. 밤 10시쯤이었는데 언니가 마트 가서 고등어 사 와서 착착 구워서 술과 따뜻한 안주를 줬거든요. 생활하다 보면 노들야학의 모든 관계가 장애, 비장애는 별로 중요하지 않은 순간이 와요."

그의 책에는 '막차 올 때까지만으로 시작해서 첫차 올 때까지로' 술자리가 이어졌다는 대목이 나온다.

"저는 그때 왜 그렇게 노들이 좋았을까. 대학교 다닐 때 외로웠나 봐요.(웃음) 근데 노들에 왔더니 저를 가만두질 않는 거예요, 다. 은전아 술 먹자. 1차 가자, 2차 가자. 교장 선생님도 술 좋아하고요. 그거 되게 중요했어요."

노들 생활을 말할 때 그가 술만큼 자주 언급하는 단어가 '저항' 이다. "노들은 차별받는 사람들이 아니라 저항하는 사람들"임을 강조한다. 흔히 노들이 필요 없는 세상이 되었으면 좋겠다고 말할 때, 그 노들은 차별받는 사람들이지만 우리는 그렇기만 한 게 아니라 저항하는 사람들이라고.

"차별받는 사람과 저항하는 사람은 너무 다른데, 사람들이 당연한 인과관계로 생각해요. 차별받으면 누구나 저항하는 것처럼요. 오히려 반대죠. 차별받으면 저항할 수 없게 돼요. 저는 노들을 그만두고 나서 알게 됐어요. 내가 노들에서 십몇 년간 한 모든 것이 차별을 저항으로 만드는 일이었구나. 차별과 저항이 얼마나 멀고 이어지기 어려운지 알았죠. 그게 얼마나 어렵냐면 내 청춘이 거기 다 들어간 거예요, 우리의 청춘이.

우리가 생각하는 저항에는 언제나 비장애인의 몸이 있거든요.

21

선동하는 몸, 뛰어난 이상과 신념, 정신력, 불굴의 의지, 이런 것들을 가진 몸을 생각하니까 장애인들의 싸움이 하찮아 보이죠. 생존을 위한 본능, 발악, 비명으로 생각하는데 남들 앞에서 절규한다는 게 쉽지 않잖아요. 저는 누가 광장에서 운다는 건 다른 사람을 위해서 우는 일이라고 생각해요.

(완벽한 준비와 조건을 갖춘 사람이 하는 게 아니라) 그런 게 없는 사람들이 하는 것이고, 없기 때문에 더 어려운 것인데 그럼에도 하는 것이 저항이죠. 저항은 차별의 반대말 같아요."

몸에 한번 왔다 간 감정을 붙들고 쓰기

홍은전이 살면서 잘한 일 세 가지는 이것이다. 노들야학을 시작한 것, 노들야학을 그만둔 것, 그리고 그것을 글로 쓴 것.《노란들판의 꿈》을 펴낸 이후 그는《숫자가 된 사람들》《금요일엔 돌아오렴》《나를 보라, 있는 그대로》등에 공저자로 참여했다. "기록 작업을 위해 1년에 5명쯤 심층 인터뷰를 하고,〈한겨레〉칼럼 12편 쓰고 나면 1년이 가는" 날들을 산다.

"노들 활동을 책으로 정리하겠다고 마음먹고 글쓰기를 배우러 '한겨레문화센터' 에세이반에 갔어요. 처음에 엄청 헤맸죠. 얼마 뒤에〈한겨레21〉에 노들야학 이야기를 연재하게 됐는데 그때 대중에게 읽히는 글쓰기의 감을 잡은 것 같아요. 선생님이 그러셨어요. 사람들은 메시지가 없는 글은 읽지 않는다. 글감은 슬펐거나 부끄러웠거나, 몸에 감정이 한번 왔다 간 것. 그 감정을 붙들고 써요."

홍은전

《그냥, 사람》에는 '심장이 폭 꺼지는 것처럼 슬펐다' '목이 메었다' '심장이 조금 아픈 느낌이다' '가슴이 시렸다' '수건을 폭 적시도록 울었다'같이 생동하는 슬픔의 표현이 매번 나온다. 원래는 잘 안 우는 사람인데 "글에 나오는 그 순간만 우는 거"라고 한다. 그에게 타인의 고통을 기록하는 작업은 힘이 들지만 힘이 되기도 하는 일이다.

"화상 경험자 정인숙 님이 화상 입고 새 생활을 시작하면서 다시 태어난 것 같다고 말하거든요. 그분의 인생을 들어보면 정말로 그래요. 처음 걸음마를 하고 처음 꽃을 만져보고 처음 친구를 만들고 이런 과정을 다시 밟는 것 같은, 눈부신 게 있거든요. 저는 불안이나 공포가 큰 편인데, 제가 인터뷰하는 사람들이 어쨌든 한번 인생의 큰 경험들을 하신 거잖아요. 시련들을 먼저 겪었고요. 회복하는 데 5년이 들고 20년이 들 수도 있어요. 그렇지만 살 수 있어, 그게 멋있다는 생각이 들어요. 나에게도 이런 일이 일어날 수 있지. 그렇게 생각하면 저도 위로가 되는 것 같아요."

글에 '야옹'이 나오고 고기를 끊었다

망원경으로 차별 시스템 같은 사회구조를 보다가 현미경으로 인간 내면의 고통을 관찰하는 홍은전. 그런데 인권기록활동가 6년 차인 어느 날부터 그의 글에 '야옹' 소리가 들렸다. 그것은 그가 지금껏 살아온 인권의 세계가 무無가 되어버리는 사랑과 혁명의 시간이 또 한 번 도래했음을 예고하는 신호음이었다. 글 쓰는 일을 시작하며 그 좋아하는 술을 끊었던 그는 고양이를 들이며 그 좋아하는 고기를 버렸다. 애묘인이라고 해서 바로 '탈육식'을 실천하는 경우는 드물지만 그는 그랬다.

"칼럼(《한겨레》 2019년 9월 2일 자 〈동물적인, 너무나 동물적인〉)에서 우리 고양이 얘기를 하다가 고기를 먹지 않겠다고 끝나거든요. 고양이로 글을 써본 적도 없지만 끝을 내본 적이 없는 거예요. 온통 고양이 생각밖에 없었을 때라 일단 쓰기 시작했지만 이 글의 끝은 어떻게 될 것인가 저도 모르겠더라고요. 한 5일을 썼어요. 마감은 임박했고 에라 모르겠다, 거부할 도리가 없다, 고기 끊겠다고 마무리한 거죠.(웃음)"

이후 칼럼에서는 "인간적인 것에 지쳤다, 나는 동물이다"라는 문장을 쓰기도 했다.

"어느 날 고양이를 인터뷰하고 싶다는 생각이 드는 거예요. 내가 가장 알고 싶어 하는 존재가 나타났는데 인터뷰를 못 하네. 알 수 없는 세계가 나타났음을 구체적으로 느꼈죠. 언어를 다루는 일을 하니까 왠지 모든 게 언어로 가능하고 이해시켜야 한다는 강박에 시달리고 그것이 나를 좀 억압했나 봐요. 그걸 완전히 무용하게 만드는, 내 긴장과 피로를 제로로 만드는 존재를 만났다는 게 해방감이 있었어요. 그래서 비건이 되어야겠다, 생각하면서 돈가스를 끊고 우유를 끊고 하나씩 끊어가면서 지구와 빠르게 연결된다는 느낌이었어요."

홍은전

홍은전은 채식주의자에서 의심 없이 동물권활동가가 되었다.

"우연히 DXE Direct Action Everywhere(인간이 비인간 동물을 이용하고 착취하는 종차별주의에 반대하는 활동을 펼치는 동물권단체) 활동들을 봤어요. 이마트 동물복지 정육코너 방해시위, 롯데리아 방해시위를 하고, 도살장을 점거하고, 돼지 번식장에서 아기 돼지 '새벽이'를 공개 구조하고요. 그건 우리가 장애인운동 할 때 도로를 점거하고 버스를 막는 거랑 같았어요. 우리가 일상적으로 누리는 모든 것이 누군가를 차별하고 착취한 결과다! 활동가들 눈빛도 비슷한 거죠. 보통의 동물운동이 선의를 요구하는데 이들은 정의를 요구하고, 시민들의 마음을 얻고 싶어 하는 게 아니라 불편하게 하는구나. 저 사람들이 싸우려고 하는구나.

도살장에 가서 돼지에게 물을 주는 '비질'에도 참여했는데 거기서 활동가들이 고기를 먹는 것은 동물을 착취하는 거야, 우리는 이것과 싸워야 해, 라고 말하는 것이 정말로 놀라웠어요."

그는 "장애인운동이 비장애인 중심적인 질서와 싸우는 것이라면 동물권운동은 인간 중심적 질서에 맞서는 것"이라며 "강력한 질서에 도전한다는 의미에서 같은 말을 하는 것"이라고 의미를 연결했다.

"제가 칼럼에 동물 이야기를 쓰니까 동물권단체들이 세미나에 저를 초대했어요. 거기서 DXE 활동가와 알게 됐죠. 노들에서 한번 보자, 해서 만났어요. 노들야학 박경석 교장 선생님이랑 김유미 선생님이랑 DXE 활동가들이랑 모여서 노들의 이동권 투쟁을 기록한 영화 〈버스를 타자〉를 보고 DXE 동물구조와 방해시위 영상을 봤는데 서로가 너무나 알아보는 거죠. 교장 선생님이 DXE 청년들에게 밧줄을 선물했어요. '우리가 시위 때 쓰려고 애껴놓은 건데 선물한다, 다음 시위에 쓰라'고요. DXE가 사무실이 없거든요. 그 만남 이후 모임을 노들에서 하게 됐어요. 그때부터 저도 DXE 모임에 나가요."

지금껏 홍은전의 세계는 급격히 두 번 바뀌었다. 노들야학으로 한 번, 고양이로 한 번.

홍은전은 말한다. 내가 진심으로 바라는 세상은 '싸우는 사람들이 사라지지 않는 사회'라고. 그래서 그는 "약함 그대로 인정받는 권리를 위해 싸우는 사람들" 곁에서 '사회 전체를 이동시키는' 맹렬한 투쟁을 타전 중이다.《그냥, 사람》은 출간 2주 만에 1쇄가 소진됐다. "모든 인세는 '모든 인간은 평등하다'고 외치는 노들야학과 '모든 동물은 평등하다'고 외치는 동물권단체 DXE 코리아에 평등하게 나누겠다"고 그는 사회관계망 서비스SNS 계정에 밝혔다.

그냥 사람의 이야기는 '그냥 사랑'의 이야기로 물들고 있다.

"무슨 심리 프로그램에 참여한 적이 있어요. 큰 강당 같은 데에서 일단 아무렇게나 빨리 걸으라고 해요. 정해진 길은 없어요. 그냥 가다가 부딪혀도 되고 사람들 치면서도 되고 무조건 가래요. 수십 명이 그 강당에서 막 움직이기 시작하거든요. 그래서 어떤 일이 펼쳐질 것 같아요?"

그가 물었다. 나는 그 장면을 상상만 해도 몸이 졸아들어서 "난 그냥 구석에 있을래요" 했다.

"거기에 세 가지 부류의 사람이 있어요. 치면서 다니는 사람이 있고, 아주 빠르게 피하면서 다니는 사람이 있고, 은유 작가님이나 저 같은 부류가 있고요. 저는 주저앉았어요. 너무 괴롭더라고요. 그런 광경을 보는 것 자체가."

홍은전과 인터뷰 때 나눈 이야기다. 이런 성향이라서 우리가 한구석에서 글을 쓰는가 보다 말하며 같이 웃었다. 나는 경쟁이 무섭고 속도가 두렵다. 쫓기면 사고도 중지된다. 그래서 원고도 최소 5일 전에 써둔다. 겁쟁이일수록 도태되는 냉혹한 자본의 질서에서 그나마 생존 가능한 직업이 작가일까? 잠시 생각했다. 홍은전은 사범대 재학 중 임용고시를 준비하다가 노들장애인야학 교사가 된 일의 '행운'에 대해 이렇게 말했다.

"우리는 세상에서 밀려난 존재들이지만, 밀려나 있었기 때문에 그 세상의 질서가 여기까지 닿지 않았어요. 아무도 경쟁하지 않아도 되고요. 저는 임용고시라는 거대한 선착순 달리기를 하면서 지쳐서 여기로 넘어왔던 거잖아요. 다른 세계에요. 경쟁하는 세상에서 협력하는 세상에 온 거죠. 선착순 달리기할 때 모두가 최선을 다해서 달리잖아요. 근데 이 세계에 오면 그 최선을 다해서 달리는 에너지를 남을 업고 뛰는 일을 해요. 다른 근육을 써야 돼요. 여기서는 밀치고 오면 안 받아줘요.”

나는 직업인 작가로 서른다섯 살에 입문했다. 늦은 나이에 시작해서 초조하지 않았느냐고 많은 이들이 내게 물었다. 그렇지 않았다고 답하면서도 그 이유가 무엇인지 몰랐는데 홍은전의 말을 듣고 알았다. 자본이 구획한 트랙 밖에 있다는 것의 한갓짐. 누구와 경쟁하지 않아도 되고 평가받지 않아도 되는 삶을 살았고, 그게 나의 성향에 맞았던 거다. 물론 흔들리고 조급해지기도 했다. 그럴 땐 ‘자기만의 길을 가는 사람은 누구와도 만나지 않는다’는 니체의 말을 별자리 삼아 쉬지 않고는 갔다. 밀칠 사람도 이길 사람도 없이 한 걸음씩.

그런데 홍은전은 업고 걸었다! 업는 행위의 육체적 고됨만 집요하게 묻는 내게, 그는 업고 갈 때만 알게 되는 생활의 복됨을 이야기했다.

“세상에 누가 이런 경험을 할 수 있을까요. 세상을 바꿀 수 있다는 경험을 머리로 아는 게 아니라 정말 저는 몸으로 알거든요. 이건 노들 야학 학생도 교사도 다 알아요. 우리가 노력하는 만큼 세상은 바꿀 수 있어. 그건 배운다고 잘하는 것도 아니고. 신체적으로 뛰어난 능력이 필요한 것도 아니고. 절박한 사람들이 함께 뭔가를 도모하기 시작하면 할 수 있다는 것을 진심으로 믿을 수 있는 사람이 얼마나 될까요.”

홍은전

홍은전은 인권기록활동가다. '글 쓰는 활동가'로 살고 싶은 나와 직업관, 세계관, 애묘관 등 서로 통하는 요소가 많았다. 그날은 인터뷰를 했다기보다 깊은 대화를 나눈 것 같았다.

즐거운 만큼 좌절도 했다. 그의 글은 화려한 수사나 흔한 인용구하나 없이 마치 해질녘 한강의 윤슬처럼 글 전체가 반짝이고 읽고 나면 아름다워서 울고 싶은 기분이 들곤 하는데, 그 '빛나는 부분'은 도저히 흉내 낼 수도 훔칠 수도 없음을 느꼈다. 햇살이 바람을 업고 강물에 빛을 산란하듯, 그의 글도 업고 업히고 엉키듯 결속하는 삶에서 나온다는 것을 알았으니까.

요즘 홍은전의 칼럼은 동물권 이야기로 가득하다. 좋아하면 그것을 감추지 못하는 아이 같은 그의 면모를 봤을 때 나는 그가 조만간 동물권활동가로 가지 않을까 조심스레 추측했다. 그는 "글쓰기는 언제든지 그만둘 수 있다는 생각은 있는 것 같다"고 했다.

"어떤 공동체를 만들고 단체를 함께하면서 그 하중을 견디며 세상과 싸우는 게 지금 더 급하지 않을까 생각해요. 글을 쓰는 일도 좋지만 그 현장의 순간을 경험하는 것도 너무 중요한 것 같아요. 저는 내 눈으로 보고 싶어요. 그 현장에 가고 싶어요."

추신.

나는 동물권행동가 홍은전에 대한 예의를 갖추기 위해 섭외를 염두에 둔 시점부터 소, 돼지, 닭 등 육고기를 먹지 않고 인터뷰에 임했으며 지금은 채식지향인으로 지낸다.

"제가 생각하는 올바른 삶, 좀 더 나은 세상이 있는데
그게 바로 아빠한테 붙어요.
눈앞에 있는 현실이 해결되지 못하면
저한테는 좋은 세상은 없는 거예요."

효자 아닌 시민

조기현

청년 예술가

조기현은 1992년생 작가다. 첫 책은 《아빠의 아빠가 됐다》(이매진, 2019). 대략적인 내용은 이렇다. 보증금 2000만 원에 월세 35만 원짜리 집에 아빠와 둘이 살던 아들이 뭐라도 해보려는 스무 살에, 아빠가 덜컥 쓰러져서 가장이 됐다. 병원비를 구하고 보호자 노릇을 하며 나중에 치매까지 온 아빠를 돌봤는데 그 세월이 9년이다. 얼핏 긴병에 효자 난 것처럼 보이는 희귀 서사에 매스컴은 반응했다. 책이 지면에 소개됐고 그와 아버지는 몇 군데 방송에 출연했다. 어떤 이는 그의 삶에서 불행을 읽고 가고 어떤 이는 그의 눈에서 효행을 읽고 가나, 그는 그것들이 마땅치가 않았다.

　그가 지은 책 제목은 따로 있다. '나는 효자가 아닌 시민이다'. 효자라는 말은 봉양의 의무만 남기고 한 존재의 복잡한 감정과 생각은 지운다. 그가 자신의 청춘을 지배한 돌봄에 무너지지 않은 건

천성이 착해서가 아니라 질문했기 때문이다. 아버지를 사랑하지 않으면서 나는 왜 아빠를 신경 쓰지? 아빠가 이렇게 된 게 정말 아빠만의 책임일까? 우리는 희생이나 배제 없이 더불어 살아갈 수 있을까? 답을 구하기 위해 온갖 책을 팠고 차츰 아버지를 혈연 넘어 한 사람의 사회적 신체적 약자로 보는 눈을 얻었다. 인생의 짐이 곧 힘이 되고, 가족관계가 시민관계로 확장되는 돌봄의 의미, 그 치열한 사회적 탐색의 결과물이 한 권의 책이 됐다.

"책이 나오고 나니까 언론 인터뷰를 하고 제 발언에 누군가 주목해줘요. 항상 공공기관에서 제가 말하는 걸 듣지도 않고, 의사의 진단 앞에서 최약자가 되어 빌빌거려야 했는데 이제는 의사분들도 연락이 와서 동등한 사람으로서 대화를 해요. 얼마 전엔 돌봄의 사회화와 죽음에 대해 고민하는 호스피스 의사인데 제 인터뷰를 보고 연락 주셨어요. 의료인류학 하는 분이랑 셋이 만나서 대화를 할 예정이에요.

병원에서 의사들한테 받는 이질감 같은 게 항상 있었는데 이제는 같은 방향의 이야기를 나눈다는 게 너무 생경한 경험이죠. 또 '서울시 청년불평등 완화 범사회적 대화기구'의 공동위원장을 맡기로 했거든요. 평생에, 책임을 져야 하는 사회적 위치를 제안받은 건 처음이에요.(웃음)

이런 제안이 오는 이유는 그동안 자신의 얼굴을 걸고 가난과 돌봄에 대해 전면적으로 이야기하는 사람이 없었기 때문인 것 같아요. 한편으로는 '이런 기특한 청년 하나 있어야지' 하는 만족감을 주는 것도 있고. 이미 겪은 사람들과 같이 한을 푸는 것? 저도 계속 아

조기현

닌 척 성숙한 척해도 한이 남아 있거든요. '왜 나야'라는 억울함을 공유하는 얘기에 은근히 공감을 많이 하더라고요."

건설노동자를 돌보는 스무 살의 보호자

아버지는 1961년생 건설노동자였다. 마흔아홉 살에 당뇨로 인한 쇼크로 쓰러졌다. 손에 시멘트 범벅이 된 채였다. 그가 중환자실에 갔을 때 간호사가 물었다. 어머니는 오고 계시나요? 어릴 때 이혼해서 내가 보호자라고 대답했다. 열두 살 때부터 따로 살았다. 여동생은 엄마와, 아들은 아빠와.《아빠의 아빠가 됐다》의 첫 문장은 "초등학생 때 아버지 어머니는 이혼을 했다". 한번에 주저 없이 썼다. 아버지와 단둘이 살기 시작한 순간이니까. "아버지의 몫까지 2인분의 삶이 예견된 가정환경이 만들어진 시점이라서" 그 문장이 바로 나왔다.

"인문계 고등학교에 다니다가 고2 때 취업하려고 전기랑 가스 용접 배우는 직업학교로 옮겼어요. 원서 쓰는데 선생님이 '너희 어머니 아들 무조건 대학 보내야 된다, 그런 이상한 분 아니지?' 이러면서 써주는 거예요. 엄마랑 떨어져 산 지 6~7년 돼서 그럴 때 으레 엄마 있는 척하는 연기는 이미 습득이 됐거든요. 담담하게 정상가족인 척했죠."

조기현은 영화감독과 작가를 꿈꿨다. 대학에는 뜻이 없었다. 학교 공부가 싫었고 학자금 대출 받으며 다닐 자신도 없었다. 미래가 불안할 땐 대학을 나오지 않고 활동하는 류승완 감독이나 장정

일 같은 작가를 찾아보며 안도했다. 그는 중학생 때부터 '네이버 영화'를 들락거리며 영화 정보를 찾아보고 2000편가량의 영화를 본 시네 키드다. 영화가 주는 '이야기'의 힘에 빠져들었다. 수업 시간엔 "몇 번 조기현 일어나서 읽어봐" 하면 하도 더듬더듬 읽어서 "그냥 앉아!" 했을 만큼 활자랑 먼 학생이었던 그가, 영화 같은 이야기를 만들고 싶다는 열망에 부풀어 글쓰기에 도전했다. 웹소설, 시나리오를 쓰고 드라마시티 공모전에도 냈다. 졸업 뒤 주말에 상상마당에서 단편영화를 배우던 중 아버지가 쓰러진 것이다.

"갑자기 보호자로 호명돼요. 그때부터 사리분별도 해야 하고, 돈도 구해야 하고, 환자의 상태도 계속 체크해야 돼요. 누군가를 보호하고 돌보는 일을 소화 못 하고 헤매는 시기가 1~2년 걸렸죠. 아버지가 처음에 쓰러졌을 땐 만성질환으로 당뇨였어요. 근로능력이 없다고 국민연금에서 의사들이 판단을 하고, 구청에서 지원을 하겠다 하면 동사무소에서 지원을 해줘요. 가족이 수입이 많지 않다는 것을 증명해야 하니까 모멸감이 컸고요. 젊은 놈이 하라는 일은 안 하고 이런 데 와서 가난이나 증명하고 있다고 혼나기 직전 같은."

중환자실 입원비 보증을 서려면 만 스물네 살 이상이어야 한다. 당시 그는 네 살이 부족해서 애먹었다. 거기다가 스스로 가난을 증명하고 심사받는 의료급여지원 시스템의 부당함에 속수무책 맞닥뜨렸다.

"검사 중심의 지원 제도가 바뀌어야 해요. 심사할 때 아버지 치매 점수가 딱 1점 모자라서 조건이 안 됐어요. 근데 정밀검사를 하려면 몇백만 원이 들어요. 그 돈을 쓰지 않고 정밀검사를 할 수 있게 해달라고 했더니 그런 지원 제도는 없대요. 모든 증상이 스물네 시간만 있으면 빤히 알 수 있는데, 굳이 돈을 쓰게 만들잖아요. 당시 아버지 같은 어정쩡한 상태를 다 포함할 수 있는 스펙트럼, 혹은 입증 방법을 만들이야 해요.

또 가족 중심의 복지정책이 문제죠. 문재인 대통령의 치매국가책임제도도 치매 의료나 검사 비용 줄여주고 방문간호사가 환자 집으로 찾아오는 정도예요. 그걸로 해결 안 되는 삶의 위기가 있어요. 가족이 담당하는 걸 기본 전제로 하지 않아야 해요. 지금은 가족이 버리지 않고 적당하게 담당할 수 있는 정도의 책임만 져주는 국가책임제라는 생각이 들더라고요."

그는 얼마 전 서울대 의과대학 4학년들이 듣는 '의료 접근성과 사람 중심성'이라는 수업에 초대됐다. 차상위계층이 의료급여를 받는 과정에서 겪은 사례를 말하고 해결책을 모색하는 기회를 가졌다. "언제든 누구나 겪을 수 있는 일이고, 겪었지만 이야기되지 않는 경험"이 곳곳에서 이야기되기 시작했다.

이뤄질 수 없는 것들의 삶이여

아버지에게 치매 증상이 나타난 건 당뇨병 발병 5년 뒤다. 집 보증금이 반토막이 나고 모아둔 돈은 병원비로 다 사라졌다. 아버지는 술에 의존하고 수도꼭지의 방향을 잊고 자주 길을 잃었다. "아빠를 보면 폭탄이 째깍거리는 듯했다." 일가족 사망 사건은 2019년에만 18건, 사망자가 70명인데 원인은 대부분 생활고였다.

"남 얘기 같지 않죠. 그분들이 이미 몇 년 전에 동사무소 다녀왔던 기록이 있다고 나오는데, 공공기관에서는 그냥 자격 요건이 안 된다고만 해서 내쫓잖아요. 저는 이런 것들이 괘씸할지언정 살아서 증언하자고 마음을 먹었던 것 같아요. '꿈 많던 20대 청년, 치매 걸린 아버지 살해 후 죽어' 이런 기사가 나갈 걸 생각하면 열불이 나는 거예요."

그는 '아빠가 어서 죽어서 내가 이걸 털어버리고 싶다'는 생각을 한 적이 있음을 위의 책에다 썼다. 때로는 위악이 위안이 된다고.

"'나는 아빠를 죽이고 싶었던 사람이다.' 그 말은 내뱉었을 때 살아갈 힘도 나오고, 같은 경험이 있는 사람들에게 보내는 시그널 같은 거였는데 그 말이 (일부 방송에서) 너무 가십거리가 됐어요. 아버지가 치매래요. 질병에 대한 이해도 없고, 제가 일도 못 하고, 도움을 청하는데 받지도 못하고 그 일시적인 공백 상태 동안 혼자 모든 걸 감당해야 해요. 주변 사람들은 말해도 뭐가 고통스러운지 모르고, 의사나 공공기관에서 모멸감을 주는 말들을 듣고, 아버지는 내 말을 안 듣고…… 이게 장기화됐다면 저도 진짜 모르는 일인 거예요. 어쨌든 운 좋게 입증이 되었고, 지원금이 딱 들어왔을 때 그 안도감을 겪지 않았다면 모르죠. 이게 한 끗 차이지만 중요하죠. '정말 죽여야겠다', 이게 온전히 한 개인이 내리는 내면의 결정만은 아닌 것 같아요.

어찌어찌하다가 남았죠. 아버지에 대한 연민도 있고, 한편으로는 계속 진보적인 성향을 가지고 살아가고 싶은데, 결국 돌아오는 건 아버지라는 개인과 사회구조에 대한 생각이고. 영화 〈라이프 오

조기현

브 파이〉(2012)를 볼 때 심장에 뭘 콱 맞은 느낌이었어요. (주인공 파이는 자기를 위협하지만 자기가 돌봐야 하는 호랑이 리처드 덕에 망망대해에서 살아남는다.) 아버지가 두 번째 쓰러지고 나서 '아, 그게 이거였구나' 했죠. 아버지를 돌봐야 한다는 책임감이 있으니까 최소한의 자존을 바닥내지 않고 살 수 있었던 것 같아요."

돌봄이 긍정적인 인간의 지위를 누리게 해준다고 그는 말했다.

"이런 거예요. 제가 산업기능요원으로 공장에서 일할 때나 노동 현장에서는 선택권이라는 게 없어요. 부속품, 기계, 노예가 돼요. '힘드냐?' 물어봐서 힘들다 그러면 '뭐 힘들어 새끼야, 나이도 젊은 새끼가' 하고 욕을 한 바가지씩 해요. 인간 취급을 못 받아요. 근데 어쨌든 보호자로서 모든 걸 선택하고, 판단해요. 인간 주체로서 내가 이 상황을 잘 헤쳐나가기 위해선 역량이 필요하고, 해결할 때마다 입증하죠. 아버지를 잘 돌봤다, 내가 이 문제를 잘 헤쳐나갔다."

달려드는 저 태양은 피를 말리고/ 모래알처럼 흩어진 눈물의 기도들/ 우 위로해주는 사람 어디 있나/ 예 위로해주는 신은 어디 있나/ 이곳에서 축복이란/ 오래 참는 마음이겠지 (…) 깊어가는 아버지의 한숨/ 이뤄질 수 없는 것들의 삶이여(이승열, 〈너의 이름〉)

조기현이 좋아하는 노래다. "이뤄질 수 없는 것들의 삶이여"라는 소절이 너무 좋다고 말하는데 순간 그의 눈빛이 반짝이고 억양은 순해진다.

이 책은 내 질문에 어떻게 답할까

"물음도 답도 주어지지 않고 사라지는 삶의 순간들, 그 순간들을 부여잡고 질문해보고 답해보는 사람이 되고 싶었어요. 진실에 대한 욕구. 그 진실을 캐내고 발견하는 사람이 되고 싶었어요. 그래서 책을 읽기 시작한 거 같아요.

제가 생각하는 올바른 삶, 좀 더 나은 세상이 있는데 그게 바로 아빠한테 붙어요. 눈앞에 있는 현실이 해결되지 못하면 저한테는 좋은 세상은 없는 거예요. 위선이 되는 거죠. 아버지 하나를 괴물로 만들어서 좀 더 편한 삶을 살 거냐, 아니면 왜 이렇게 될 수밖에 없었는지 고민하면서 질문을 계속 던질 거냐. 뭘 읽더라도 아버지로 빠지죠. 지금 읽는 이 책은 내 질문에 어떻게 답할까 궁금하고. 또 사실 소비의 쾌감도 있고(웃음) 책장을 범주화해서 묶어놓는 재미도 있고요."

《아빠의 아빠가 됐다》는 책에 대한 책이다. 한 사람이 한 사람을 이해하기 위해 본 책들의 목록이다. 그는 《할배의 탄생》《나 홀로 부모를 떠안다》《아들이 부모를 간병한다는 것》 같은 책을 읽고 타인의 삶을 듣고 관계 맺는 방식, 돌발 상황에 대처하는 성숙함, 간병하면서 달라지는 관계 등을 배웠다.

그의 아버지는 《아빠의 아빠가 됐다》가 나온 건 알지만 읽진 않은 상태다. "원래 성격 자체가 무뚝뚝하고, 책을 썼다거나 제가 사회적으로 무언가를 성취했다고 해서 감정적인 교류를 할 수 있는 사람이 아니었고 오히려 치매가 시작돼서 그나마 감정적 교류가 가능했다"고 그는 말했다. 아버지가 관심 없을 것을 아니까 좀 편하게 쓴 편이라고. 그래도 타인의 삶을 가져다 쓸 때 '재현의 윤리'는 글

조기현

쓰는 사람이 피할 수 없는 문제다.

"사실 너무 오랫동안 아버지 이야기를 부여잡고 있었어요. 책 쓰려고 이미 많은 자료나 아버지와 비슷한 사회적 조건들을 찾아본 상태니까, 아버지를 나태해서 일 안 하다가 가족에게 짐만 지우는 치매 환자로 납작하게 쓰지 않을 준비가 되어 있었죠. 또 마지막에 화해의 서사가 예정된 글쓰기였기 때문에 그런 고민을 나름 최소화한 것 같아요."

개인의 증언이 사회를 바꿀 수 있으리란 믿음

"서지현 하면 미투, 김지영 하면 젠더, 장피에르 다르덴 감독의 영화 〈로제타〉(1999) 하면 청년 빈곤. 이런 하나의 명사가 하나의 이슈를 설명해주는 것에 연결시켜서 생각했어요. 내 책이 '네이트판 글쓰기' 같은 불행 배틀의 끝장판이 아닌가. 그런 글쓰기가 안 되는 방식에 대해 고민했어요. 적당하게 표본화시키는 게 아니라 정말 솔직하게 쓰자. 솔직함을 포괄하는 사회적 이야기로 쓰자."

세상이 그를 '기특한 젊은이'로 규정하려는 해석에 맞서 그는 자기 삶의 해석권을 지켜냈다. 나는 효자가 아니라 시민이라고. 그가 정의하는 시민이란 '사회적 약자와 더불어 살 의지를 가진 사람'이다.

"아마 제가 딸이었으면 규정이 더 많았겠죠. '이래서 딸 낳아야 된다' '딸이 필요해' 이런 얘기를 저한텐 아무도 하지 않았잖아요. 사적 감정의 강요가 없었기 때문에 돌봄을 공적인 영역 안에서 해석할 수 있는 기회가 더 많았을 수도 있죠. 보호자가 된 가난한 청년들이 자신의 경험을 얘기해줄 수 있는 사람이 됐으면 좋겠어요. 우리가 느끼는 같은 점과 다른 점에 대해서 같이 재보면서, 같은 보폭으로 이야기할 수 있는 순간이 많아졌으면 좋겠어요."

가난에 대한 르포르타주 《사당동 더하기 25》(또하나의문화, 2015)에 이런 증언이 나온다. "세상에서 집이 제일 무섭죠. 회사는 에이 관둬버리면 되지만 집은 안 그래요." 홈은 스위트 하지 않다. 평화와 배려의 공간이어야 하지만 현실은 폭력과 희생의 배양지가 되기도 한다. 대개는 가난할수록 전쟁터다. 최소한 인간다운 삶을 보장하는 복지를 '집 안'에서 해결하려니 그렇다. 누구도 피할 수 없는 돌봄 공포의 사회에서 그는 "아버지를 물고 뜯으면서" '2인분'의 삶을 먼저 살아낸 생존자이자 목격자다.

'아버지의 터널'에 빛이 보인다. 아버지는 부천의 한 종합병원에서 비슷한 처지의 동년배와 지내면서 상태가 나아졌다. 그는 청년들과 공유하는 문래동 작업실로 출근한다. 20대 끝에서야 처음 만나는 자유다. 온전한 1인분으로 돌아온 그는 다시 뭘 좀 해보려고 한다. 노트북 바탕화면엔 2018년 일가족 사망사건 통계 자료 이미지를 깔아놨다. 잊지 않고 바꿔나가려는 장치다. 분노를 성찰로, 고립을 공존으로 착실히 바꿔낸 청년 예술가의 다음 작품을 기다린다.

조기현

조기현 작가는 다른 매체에 있는 후배 기자가 소개해주었다. 이런 책 저자인데 내가 좋아할 만한 분이라고. 《아빠의 아빠가 됐다》를 샀다. 책이 장면으로 구성돼 있어 흥미진진한 영화를 보는 것처럼 속도감 있게 잘 읽히고 메시지도 알찼다. 나는 "아버지를 사랑하지 않으면서 아버지를 신경 쓰는 이유를 나도 잘 모르겠다"라는 문장에 오래 멈춰 있었다. 이 작지만 큰 책이 그 이유를 찾는 과정으로 읽혔다.

한 사람을 이해하고 수용하는 일. 이건 인간에게 주어진 인생 과업이 아닌가. 다른 사람 미운 사람 싫은 사람을 있는 그대로 받아들이려고 부딪치고 몸부림치면서 '생각'이라는 것도 하게 되는 것 같다. 조기현도 썼다. "아빠를 보호하는 일은 버거운 과제였지만, 아빠를 보호할 때만 나는 인간의 지위를 얻었다" "아버지는 자주 짐이 됐지만, 나한테 새로운 생각들도 불어넣었다"고 말이다.

그의 글은 내게도 새로운 생각을 불어넣었다. 고통, 돌봄, 사유, 읽기, 글쓰기, 시민 등등. 이게 탈이었다. 할 말이 많은 인터뷰이도 할 말이 없는 인터뷰만큼 힘들기 마련이다. 욕심을 버리고 버리고 버리고. 인터뷰 키워드는 '돌봄', 서사의 구성은 '저항'에서 '수용'으로 잡았다. 질문지는 빼곡하게 두 쪽이 나왔다. 내가 돌봄에 대한 공부가 턱없이 부족했기 때문에 질문 중간에 참조할 문장을 작게 써넣다 보니 그리 됐다.

인터뷰를 준비하면서는 르포집 《사당동 더하기 25》를 다시 봤고, 원고를 쓰면서는 그가 인터뷰 중 언급한 영화 〈로제타〉를 챙겨 봤다. 이 영화 개봉 이후 벨기에에서는 로제타 같은 저학력 저소득층 청년 문제에 대한 사회적 관심이 커졌고, 정부가 로제타 플랜이란 이름으로 청년실업자 의무고용제도를 시행했다고 한다. 영화는 세상을 바꿀 수 있을까? 영화 〈가버나움〉의 감독 나딘 라바키는 말했다. 좋은 영화는 현실을 바꾸진 못해도 이야기를 시작할 수 있게 도와준다고.

조기현 작가도 그런 역할을 충분히 하고 있다. 그는 영케어러들 인터뷰하는 작업을 매체에 연재하고 칼럼도 쓰고, 각종 돌봄 관련 자리에서 목소리를 내고 있다. 그는 2022년 2월 14일 자신의 페이스북에 돌봄 부담으로 생계는 물론 학업 진로 등 생애 전반에 어려움을 겪고 있는 '가족 돌봄 청년'에 대해 정부가 처음으로 전국 실태조사에 나선다는 보건복지부 발표 기사를 링크하며 '일보 전진'이라고 썼다.

인터뷰 이후 그를 만날 기회가 있었다. 나와 인터뷰한 기사를 자기소개서처럼 쓰고 있다고 했다. 아, 인터뷰가 타인의 자기소개서를 쓰는 일이 될 수 있겠구나! 책임감도 느껴졌지만 기분이 좋았다. 그러고 보니 나도 그의 인터뷰 글을 언론재단에서 진행하는 신입기자 교육의 인터뷰 교재로 썼다. "이런저런 일로 괴로울 때면 고통을 혼자 삭이면서도 거기에 연결되는 사회적 이슈를 찾아봤다" "내가 부당하다고 느끼는 일들을 바꾸는 시민으로 살고 싶다"고 말하는 조기현의 서사는 인터뷰가 '고통 포르노'처럼 되지 않기 위해서 어떻게 해야 하는지,

고통받는 개인을 낳는 사회구조에서 죽지 않고 살기 위해 어떻게 해야 하는지 표본이 되어준다.

상호 배움이 일어나는 과정으로서의 인터뷰는 이후까지 각자 삶의 영역에서도 영향을 미쳤다. 인터뷰는 끝나지 않는다.

"경찰은 기억하는 사람이라고 생각해요.
마지막 모습을 잊지 않는 것.
현장 갔다 오면 눈물이 난다니까요.
고인의 안식 하나만 생각하고 해요."

생각보다 부서지기 쉬운 한 명

원도

원도는 한 시도경찰청 소속 과학수사대에서 일하는 여성 경찰이다. 관할 지역에서 일어난 화재, 살인, 자살 등 '죽음의 자리'로 출동해 주검을 수습하고 범죄 혐의점을 확인하는 현장감식 요원으로 활동한다. 스물셋에 경찰이 된 뒤로 줄곧 그랬다. 생과 사가 뒤엉킨 악취가 밴 현장을 누볐다. 그러나 그는 천태만상의 사건들, 그리고 아무도 주목하지 않는 사람들의 죽음에 '끝내' 무뎌지지 못했다. 오늘 본 비극을 '나'라도 기억하기 위해 글을 썼고 왜 이런 일이 반복되는지 세상에 질문을 던지고자 책으로 묶었다. 제목은 《경찰관속으로》(이후진프레스, 2019). 마치 '관' 속으로 출근하는 심정으로 눌러 쓴 이 책은 일선 경찰들과 동네책방 독자들 사이에 입소문을 타고 2020년 기준 1만 5000부가 넘게 팔렸다.

생각 많은 막내 경찰은, 그렇게 본 것을 봤다고 말함으로써 작가가 됐다. 문체는 활달하고 내용은 웅숭깊다.《아무튼, 언니》(제철소, 2020)도 독자를 웃기고 울린다. 어릴 적부터 'K-효녀'로 사느라 암울했던 그의 인생에 나타나 등불을 밝혀준 구원자, 경찰 언니들로부터 배운 삶의 태도들, 남성이 90퍼센트인 조직에서 경찰 생활의 뒷배가 되어준 선배들과의 자매애를 담았다. 가정폭력, 성폭력에 죽거나 죽어가는 무명씨 언니들의 잔혹사도 기어코 보탰다. 먹고 잘 시간도 부족한 여건에서 무엇이 그를 쓰는 존재로 만들었을까. 여성의 위상이 높지 못한 경찰 사회에서 그는 언니들과 어떤 변화를 만들어내고 있을까.

'일하는 데 지장이 생길까 봐' 저자로서 모습을 드러내지 않았던 원도 작가가 얼굴은 가려달라는 당부와 함께 인터뷰에 응했다.

별관에 발령 난 첫 여성

"과학수사대에 지원해서 한 번 낙방을 하고 두 번째에 됐어요. 제가 들어간 과학수사팀에선 여경 발령이 제가 처음이었어요. 출근했더니 여자 화장실이 없는 거예요. 장애인 화장실에 시트지 발라서 임시로 쓰다가, 지금은 남자 화장실에 칸막이 치고 변기만 하나 받았어요.(웃음)

그게 저희 과학수사팀 사무실은 시도청 건물이 아니라 별관을 쓰거든요. 그 별관에 발령 난 여성 경찰이 없었던 거죠. 그리고 여성 경찰은 입직 비율부터 정해져 있어요. 경찰 지원자 중 여성은 10퍼센트만 뽑아요."

다른 나라 현황을 보면 전체 경찰관 중 여성 비율이 영국은 30퍼센트, 프랑스가 27퍼센트, 캐나다가 20퍼센트 정도. 우리나라가 낮은 편이다.

"맞아요. 우리나라가 13퍼센트까지 올라왔나? 근데 순경이 많아 봐야 별로 소용이 없어요. 고위직이 없는 게 문제죠. 고위직으로 제일 빨리 가는 발판이 경찰대학교 졸업이랑 경찰간부 시험이라고 따로 있어요. 그걸 간부후보생이라고 하는데 2020년에는 남자를 35명, 여자는 5명을 뽑거든요. 작은 일이라도 결정권을 가진 중간관리자 이상 직급에 여성이 많아져야만 조직 내 유의미한 변화가 있을 거 같아요."

그에게 이토록 남성 중심의 조직에서 하는 일을 직업으로 택한 이유가 있는지 묻자 "이 정도일 줄은 몰랐다, 정확히는 별생각이 없었다"며 웃었다.

신임 경찰 입문서 된 《경찰관속으로》

원도의 여섯 살 많은 오빠는 뇌병변 1급 장애인이다. "오빠 때문에 너를 낳았다." 자라면서 부모님에게 가장 많이 들은 말이다. 장애인의 동생이라는 이유로 학창시절 왕따 폭력 피해를 겪기도 했다. 오빠와 함께 있으면 어딜 가나 힐끔거리는 시선이 끈질기게 따라붙었다. 왜 저 사람들이 이렇게 우리를 힘들게 하지? 왜 다 쳐다보지? 그걸 설명해주는 어른이 없었다. 어린 마음에 막연히 억울하게 안 살고 싶다고 생각했다. "내가 경찰이면 우리 가족을 더 이상 무시하지 않을 거야!" 진로를 일찌감치 정했다. 경찰행정학과를 굳이 가긴 싫어서 철학과로 대학을 갔으나 원하는 공부가 아니었다. 2학년 1학기까지 다니다가 경시생이 되었다. 스물한 살에 시작해 스물셋에 경찰 시험에 붙었다. "억울하게는 안 살고 싶었는데 일하다 보니까 제일 억울한 직업 같다.(웃음)"

울분은 나의 힘. 억울함은 한 권의 책이 되었다. 때는 입직 4년차인 2019년 1월, 슬럼프가 찾아왔다. 합격도 승진도 비교적 이른 나이에 이뤄가던 행로에 제동이 걸렸다. 통상 지역경찰로 1년을 보내는 관행을 깨고 그는 6개월 만에 본서(경찰서) 정보과로 스카우트되었다. 정보과 경찰로 1년 6개월을 일하던 중 여러 사정으로 다시 지역경찰로 돌아가게 된 것이다. 일 말고 마음을 붙일 곳이 필요하던 참에 SNS에서 독립출판물 강좌 안내를 발견했다. 겨울바람을 가르며 왕복 열 시간을 오갔다. 휴가, 체력, 돈, 영혼을 끌어모아 네 차례 과정을 이수하고 그해 봄,《경찰관속으로》를 출간했다. 좋아하는 예쁜 성씨 두 개, 원과 도를 합쳐 필명을 지었다.

"어떤 분이 저희 내부 게시판에《경찰관속으로》를 소개하면서 많이 알려졌어요. 그분이 지하철에서 보고 울었다고. 그동안 경찰의 입장을 대변한 책이 별로 없었거든요. 왜냐하면 내부적으로 움츠러드는 분위기도 있고 사람들이 우리 얘길 궁금해할까 싶고. 저희 경찰관은 자존감이 낮아요. 어디서든 구박을 받으니까요. 예를 들어 소방관은 국민 영웅이잖아요. 같이 컵라면을 먹어도 '어, 저 사람들 고생해. 어떡해' 하는데 우리가 컵라면 먹으면 '저 새끼들 일도 안 하고 편의점에서', 진짜 그래요, 막 국민신문고에 사진 올라오고요. 파출소에 들어와서 면전에 대고 세금 축낸다고 뭐라고 하는 분도 있고요.

근데 현실은 알려지지 않았어요. 저희 관청 소속 경찰관이 사망하면 공고가 뜬단 말이에요. 사망 경찰이 매달 있어요. 저희 일이 감정 소모도 크고요. 그만큼 합당한 수당을 받냐, 그것도 아니고. 사실 책 쓰면서 고민을 진짜 많이 했어요. 약간 경찰 비하적인 내용이 될까 봐요. 근데 꼭 우리 경찰들 얘기를 해야겠다고 생각을 했어요."

경찰 일에 대한 애정이 뚝뚝 묻어나는 이 화제작을 동료들은 재빠르게 알아보았다. 중앙경찰학교에서 알음알음 알려지더니 단체로 주문이 들어오는가 하면, 이제 막 입직한 후배 경찰관들이 그가 원도라는 소문을 듣고 찾아와 정말 잘 읽었다며 빛나는 눈으로 손을 잡아주기도 했다. 결과적으로 사랑받고 있지만 직장 이야기를 쓰는 과정은 간단치 않았다. 어디까지 어떻게 쓸 것인가. 그는 내적 기준을 정해놓았다.

"일단은 피해자를 대상화하지 않는 것. 그러니까 피해자를 내 감정의 도구로 여기지 않는 것. 거기에 주안점을 뒀죠. 등장인물의 결정적인 정보들은 살짝 바꾸고 추정을 할 수 없게 뭉뚱그렸어요. 사건 자체보다는 왜 이 사람에게 이런 일이 일어났는가. 그걸 좀 얘기하고 싶었어요. 그다음에 주안점을 둔 건 저의 성별이 특정되지 않게 하자. 여자인 줄 모르게요. 경찰관이 너무 고생을 하는데 사회적으로 인식이 안 좋고 안 알아주니까, 직장인 입장으로 말하자."

경찰이 미친개인 나라에서 만난 구세주

'경찰은 미친개, 사냥개, 미친개에겐 몽둥이가 답'이라는 말로
우리의 수고를 대신했어. 경찰이 자신들의 입맛대로 수사를
해주지 않으면 미친개가 되는 대한민국에서 살고 있는 내가
갈 곳은 어디일까.(《경찰관속으로》 88쪽)

그가 다다른 곳은 언니의 나라다. "세상의 벼락을 맞고 훌쩍거
릴 때마다 울지 말라는 말 대신 실컷 울라며 어깨를 내어준" 경찰
언니들은, 그가 태어나서 처음으로 만난 '서울 사람'이었다. 나이,
경력, 성격 모두 제각각인 여성들을 본 것만으로도 문화 충격이 컸
다. 그 역시 주변 친구들이 그랬듯이 "집 가까운 국립대에 가는 게
효녀가 되는 길이라는 말을 귀에 못이 박히도록 들으며 인생의 수
많은 선택지를 박탈당한" 채 살기를 강요당했다.

그를 성장기 내내 위축시켰던 조건들. 비서울 거주자, 장애인
가족, 여성이라는 정체성은 아이러니하게도 '경찰'이라는 넓은 세계
에 이르자 그를 돋보이게 하는 매력 자원으로 작용했다. 서울 사람
들을 빠져들게 하는 랩 스타일 사투리, 인간 세상 고통에 대한 남다
른 감수성, 철학과에서 배운 "습자지처럼 얇은 지식들"로 대화의 물
꼬를 트는 능력, 돌봄 노동으로 단련된, 타인의 필요와 기분을 헤아
리는 섬세한 공감력, 일에 대한 집요한 몰입력까지. 경찰학교 언니
들은 있는 그대로 그의 존재를 수용하고 북돋아준 최초의 인연이
다. 삶이 곧 글이 되는 그가 두 번째로 펴낸 책은《아무튼, 언니》다.

"제가 세상을 좁게 살았잖아요. 중고등학교, 대학교 친구들 보면 다 제 나이에 전부 결혼하고 출산을 한 거예요. 그런데 그렇게 안 사는 사람도 많다는 것을 얘기하고 싶었어요."

그가 여성 경찰이라서 겪는 고충도 《아무튼, 언니》에 담겼다. 어떤 시민이 원도 작가의 투 블록 헤어스타일을 지적하는 일화도 나온다.

"저를 경찰로 보지 않고 여자로 보기 때문이죠. 드라마에 나오는 경찰에 대한 여성상도 그런 인식에 일조하는 것 같아요. 업무 능력이 부각되기보다 명랑한 분위기 메이커, 아니면 완전 4차원 왈가닥 캐릭터예요. '여경'에 대한 프레임도 강하고요. 예를 들면, 힘든 일 있으면 '저 못해요' 빼는 소극적 이미지. 만약에 얼굴이 예쁘면 쟤는 얼굴 믿고 그런다. 잘해도 튀고 못해도 튀고. 남성이 뭔가 잘못을 했을 때는 '그 새끼 이상해' 하는데 여성이 잘못하면 '역시 여경들은' 이러거든요. '뽑아놨더니 별거 없더만' 이런 소리 안 듣게 '필요'를 증명해야 하는 거 같아요. 책임감이 크죠."

이런 현실은 언니들의 활약으로 아주 조금씩 달라지고 있다.

"사실 경찰 조직뿐만 아니라 남성이 기득권을 잡고 있는 대한민국을 관통하는 문제 같아요. 경찰이라고 해서 그런 현실과 다르진 않죠. 일단 경찰 업무는 밤을 새우는 당직 업무가 대부분이에요. 그렇다 보니 자연스럽게 여성이 배제돼요. 어쨌든 여성에게 육아와 가사를 일임하는 게 현실이니까요. 또 회사는 여성이 당직을 할 경우 당직실부터 여러 시설이 필요한데 여기에 투자를 잘 하지 않죠. 굳이 노력하지 않는 느낌이랄까요. 하지만 이 분위기를 고수할 순 없을 거예요. 시간이 지나면 여성이 더 많이 들어올 거고 그런 흐름을 조직 차원에서 마냥 방관할 수는 없을 거고요.

실제로도 조금씩 달라지고 있어요. 이건 사회 분위기가 바뀐 데 따른 변화겠지만, 아닌 건 아니라고 말하는 목소리가 미약하게나마 나오고 있으니까요. 저는 현실에 좌절하기보다는 부당한 것에 목소리 내는 여자 선배들의 모습만 기억하려고요. 저도 그런 사람이 되고 싶고요. 남성 동료들과 갈등이 생길 때도 완벽히 매듭지으려 하면 싸움으로 번지니까, 저는 정면충돌보다는 브레이크를 걸어주는 정도로 노력하고 있어요. '그건 아닌 것 같다. 왜 그렇게 생각하시냐.' 근데 얘기를 나누다 보면 정말 '몰라서' 말하는 분도 많거든요. 예전에는 좋은 게 좋은 거라고 생각해서 무던히 넘겼는데 지금은 그런 말 한마디에도 지나치지 않으려 해요. 책임감이죠. 내가 용인하면 다른 후배들에게도 용인되겠구나 싶으니까요."

여성 자살은 사회적 타살

아기를 낳다 죽은 언니를 본 적도 있다.(135쪽)

아직 기어 다니지도 못하는 쌍둥이를 두고 옆방에서 목을 맨 언니도 있었다.(136쪽)

원도

지방청 사이버 수사팀 소속 언니에게서 전화가 왔다. (…) 대부분의 영상에서 기저귀를 한 여자아이가 나온다고 했다.(136쪽)

남편에게 두들겨 맞아 사망한 여성을 본 적이 있다.(139쪽)

《아무튼, 언니》 '조심히 가'를 읽다 보면 여성이 겪는 성폭력, 가정폭력과 죽음 이야기 대목이 잇달아 나온다. 쉬이 책장이 넘어가지 않는다. 원도는 "대한민국에 존재하는 어떤 법도 들이밀 수 없던 그 상황에서 나는 무력하기만 했을 뿐, 그런 내가 역겨워 며칠간을 끙끙 앓았다"고 썼다. 활자로 걸러졌음에도 고개를 돌리고 숨을 고르게 되는 현실을 그는 목격하고 응시하고 기록한다.

"경찰은 기억을 하는 사람이라고 생각해요. 마지막 모습을 잊지 않는 것. 여성 자살의 80퍼센트는 사회적 타살이에요. 피해가 있으면 남자들은 남을 죽이는데 여자는 자기를 죽이는 경향이 있어요. 자기한테 화살을 돌려요. 여자가 죽었는데 남편한테 맞아 죽은 거예요. 시체가 다 멍인데 이 여자가 알코올중독 환자라는 이유로 수사가 잘 안 이뤄지는 거예요. 유가족이 없으면 이의 제기하는 사람이 없죠. 현장 갔다 오면 눈물이 난다니까요. 글쓰기는 저 나름대로 풀어내는 방법이기도 해요. 사람들은 결과만 보니까. 왜 이렇게까지 됐는지 기록하고 싶은 거죠."

인간 사회의 비참을 매일 목도하는 그는 인간에 대한 사랑을 어떻게 회복할까.

"한적한 시골에서 음악 크게 틀어놓고 드라이브해요. 운동은 많이 해봤는데 더 힘들어요. 그 순간엔 고통스러워서 잊히는데 샤워하면 생각나고. 악기 배워보고 보컬 레슨 받고, 프랑스 자수나 뜨개 방도 가보고, 살려고 발악하다가 찾은 게 글쓰기예요. 벗어날 순없겠죠. 이 직업을 그만둬도 이건 늘 안고 가는 거고. 사망 2년 만에 발견된 사람도 있는데 2년이면 사람이 장판이랑 붙어요. 미라가 되다 못해 안 떨어지는 거죠. 징그럽다 생각하면 못 해요. 남자 선배가 해준 말인데, '사건 현장에서 냄새 난다고 생각하지 마라. 흙으로 돌아가지도 못하고 썩고 있는데 지금이라도 발견해서 장례 치르게 도와준다고 생각해라' 하셨죠. 고인의 안식 하나만 생각하고 해요."

혹시 경찰직을 내려놓고 싶을 때는 언제인가 묻자 1초 만에 답이 돌아왔다.

"매 순간?"

그럼에도 내려놓지 않는 이유는 이것이다.

"내가 선택한 일이고 누군가는 해야 할 일이니까요. 특히 추락변사는 구급대원들이 수습하는 게 아니에요. 여기저기 흩어져 있는 뇌 이런 것들은 저희가 치운단 말이에요. 보기 싫고 만지기 싫다고 놔둘 순 없잖아요. 누군가는 해야죠. 그게 경찰관이고요."

이런 직업의식은 어떻게 생기는 거냐고, 혹시 6개월 신입경찰 연수 과정에서 의식화가 되는 거냐고, 중앙경찰학교 입구에 걸려 있다는 '젊은 경찰관이여, 조국은 그대를 믿노라'라는 슬로건이 인상적이라고 말하자 그는 특유의 입담으로 응수했다. "그 문장에 현혹돼서 인생 꼬인 사람들 많아요.(웃음)"

원도는 저자 소개에 이렇게 썼다. '생각보다 부서지기 쉬운 한 명의 인간'. 부서지는 사람들을 수습하며 매일 부서지는 그를 되살리는 힘은, 소신보단 월급이다. 그래서 "경찰은 민중의 지팡이가 아니다. 경찰은 직장이다"라고 말한다. 회사원으로서 그는 범죄 예방과 수사라는 직무 수행을 위해 더 나은 연봉과 복지를 원하고, 힘없는 사람들이 죽어가는 안타까운 사건의 해결을 위해 법 제도적으로 강력한 형벌과 전폭적인 예산 지원이 필요하다는 입장을 갖고 있다. 아울러 '한 인간이 되는 일은 때때로 인간들을 감내하는 일'(카프카)임을 잊지 않는 시민으로서, 그간 만난 사람들이 더 나은 삶을 살기 바라며 절에 가서 향을 피운다.

정신질환을 앓던 모녀가 숨진 채 발견됐다. 이웃들이 악취가 풍긴다고 집주인에게 전했고, 집주인이 경찰에 신고해 모녀의 죽음이 세상에 알려졌다. 전엔 이런 뉴스를 보면 '모녀'에 온통 신경이 쏠렸다. 이제는 다른 사람도 보인다. 저 '악취 풍기는 시신'을 처리하는 존재 '경찰'을 생각한다. 안 보이는 것을 보이게 하는 마법을 글에 부려놓은 사람, 《경찰관속으로》를 쓴 작가 원도 덕분이다.

큰 사람으로 보였다. 그는 매일 목도하는 사건의 비참에 눈감지 않을 수 있는 힘, 한바탕 통곡하고 싶은 밤마다 꾸역꾸역 글을 쓸 수 있었던 힘의 소유자다. 용기와 끈기의 원천이 궁금해서 인터뷰를 시도했다. 원도는 지역민, 여성, 장애인 가족으로 살면서 불편을 숱하게 겪었고 '힘'을 갖고 싶어서 경찰관이 됐다고 했다. 그런데 막상 경찰이 되고는 자신보다 더 힘없는 이들의 삶과 죽음을 외면하지 못하는 딜레마에 빠진다.

"장애인 가족이 아니었다면 남의 아픔에 나의 일처럼 공감 못 했을 것 같다"며 그는 이렇게 말했다.

"고등학교 때 오빠 있다고 하면 부러워하잖아요. 오빠 군대 갔다왔니? 항상 물어봐요. 안 갔다, 그러면 왜? 오빠 장애인이야, 말하면 분위기 안 좋아지고. 그게 익숙해지니까 나중에는 그냥 갔다 왔다고 해요. 그래서 저는 남한테 질문을 잘 안 해요. 당연하다고 생각하는 게 당연하지 않은 경우가 많아요. 부모님이 두 분 다 계시는 게 당연하지 않거든요. 한 부모, 조손 가정도 많고요. 누가 결혼을 한다고 해도 남편 뭐 해, 몇 살이야, 안 묻고 축하만 해줘요. 남편이 직장이 없을 수도 있고, 남편이 남자가 아닐 수도 있고요. 그런 걸 제가 안 겪어봤으면 몰랐겠죠. 애써 안 물어봐요. 나 혼자 궁금하고 말지."

장애인 동생이라는 이유로 급우들에게 "병신 동생이 병신 같은 짓만 하네"라는 말을 들었다. 부모는 오빠 때문에 너를 낳았다고 귀에 못이 박히게 말했다. 자기 삶의 조건과 세상에 대한 원한 감정을 가질 수도 있는데 그는 타인의 고통에 대한 수용력이 높은 사람이 됐다. 어려서부터 꾸준히 써온 일기와 사건일지를 넘어서는 글쓰기가 길러준 삶의 저력이 아닐까 싶다. 현실을 바꾸지 못하는 무력감으로 글을 쓰면서 그는 자신이 바뀐 것이다.

또 좋았던 지점. 원도 작가는 '언니뽕'에 취해 《아무튼, 언니》를 썼다. 언니들 덕분에 "신파 없이 서로의 고통을 담담하게 대화로 풀어내는 법을 배웠다"는 그에게 그 비법이 무엇인지 물었다.

"나 힘들어, 라고 말하면 언니가 구체적으로 뭐가 힘든지 말해보라고 하고, 이야기하다 보면 정리가 돼요. 무조건 냉정하게 하면 상처받으니까 달래주고 스스로 말하게 하면서 생각해보게 해주는 거죠. 또 직업적 특성이기도 한데, 저희는 큰 사건을 자주 보니까 호들갑이 잘 없어요. 언니, 어디 다쳤어요, 하면 어디 찢어진 거 아니잖아? 팔 못 쓰니? 반응이 달라요. 경찰관 아닌 부류랑 놀면 벌레 하나만 봐도 깜짝 놀라는데 저흰 옆에서 누가 죽는다 해도 눈 하나 깜짝 안 하니까 좀 담대해지는 거죠. 자가진단을 하고 해결해야죠. 마냥 울 수는 없잖아요."

원도는 강고한 남성 중심의 조직에서 여성 경찰이 되기를 택한 것, 혼자서 글을 쓰고 언니들과 떠들며 일하는 것 자체로 의미 있는 변화의 물길을 내고 있다. 이 당차고 묵묵한 개혁주의자는 말한다.

"도통 풀릴 것 같지 않은 문제의 해답은 시간일 때가 많다"라고.

"돈이 조금이라도 있으면
남의 돈을 뺏은 거 같아.
마음이 불편해.
자연인으로서 자연법에 따라
어울려 살아야 하는데
내 것이라고 싸우고 그런 게 안 맞아요."

인간으로서 당연한 일

김용현

자연주의자

1분 19초짜리 영상에는 환자복을 입은 초로의 남자가 누워 있다. 강원도 속초여고 학생들에게 졸업 축하 메시지를 해달라고 요청하자 그가 힘겹게 입을 뗀다. "신사임당, 닮으시고, 의리, 최우선으로 하고, 데모, 참여하고" 한다. 성인이 되면 시위에 나가라는 뜻이냐고 되물으니 고개를 끄덕, 왼팔로 팔뚝질하며 하회탈처럼 웃는다.

요즘 학생들이 "저를 부끄럽게 해주셔서 감사하다"는 손편지를 쓰고 영상 메시지로 한 말씀만 듣길 원하는 이 어른은 누굴까. 바로 김용현이다. 2019년 6월부터 방송된 〈SBS 스페셜―어디에나 있었고 어디에도 없었던 요한, 씨돌, 용현〉 등 총 4부작으로 전파를 탄 그는 87년 민주화운동, 군 의문사 진상규명 싸움, 삼풍백화점 구조 현장, 구미 산동골프장 반대 시위 등 현대사의 지독한 곤경의 자리마다 어김없이 나타나 몸을 불사르다 조용히 사라진 청년 '요

61

한'이며, 2012년 〈순간포착 세상에 이런 일이〉에 나온 원조 자연인 '씨돌'이다. 일평생 불의에 항거하고 타인의 고통에 기꺼이 나섰지만 자취를 남기지 않았던 의인의 출현은 사회적으로 큰 울림을 남겼다.

현재 그는 뇌졸중으로 오른쪽 반신마비와 언어장애 상태다. 구강 근육이 경직돼 정확한 발음을 내기 어려운데, 다행히도 그가 단어를 뱉으면 조사를 붙여 문장으로 번역해주는 미더운 이가 곁에 있다. 제각각 흩어진 씨돌, 요한, 용현의 존재를 꿰어 세상에 알린 사람, 이큰별 SBS PD의 '동시통역'으로 충북 제천의 한 병원에서 인터뷰를 했다.

서른일곱, 봉화치 씨돌로

요한은 세례명이다. 배고플 때 도라지를 먹었는데 씨가 떨어진 자리에 도라지꽃이 피었다. '씨를 좋아하는 강원도 감자바우'라는 뜻을 담아 씨돌이다.

이름 그대로, 씨돌의 삶은 강원도 정선에서 영글었다. 그는 1989년 의문사 진상규명 촉구 시위 도중 경찰의 폭력 진압으로 다쳤는데 입원 치료를 할 정도로 심각했다. 시위 때마다 몸을 돌보지 않고 앞장서는 그를 지켜봐왔던 천주교 정의구현사제단 김승훈 신부가 고민 끝에 그를 정선으로 요양 겸 피신을 시켰다. 몸이 회복된 다음에도 서울로 안 가고 정선에 남았다.

"정선 다리 밑에서 밤나무 공동체란 이름으로 부랑자들이랑 살

왔어. 내가 거지 대장.(웃음) 나중에 부랑자들이 많이 모여들고 말썽을 피워서 꽃동네로 보내고 나는 봉화치로 올라왔어."

그때가 마흔 즈음이다. 강원도 정선군 북평면 봉화치 마을은 해발 800미터에 집이 세 채뿐인 심심산골이다. 창문도 없는 허름한 집을 얻어 1991년에 둥지를 틀었다. 텃밭에다 배추, 무, 당근을 키우고 겨울이면 고라니가 사냥꾼들에게 잡힐까 봐 발자국을 빗자루로 쓸고 다녔다. 이웃집 옥희 할머니가 수확한 감자를 소쿠리에 내주면 옥수수를 찌고 집 앞에서 꺾은 들꽃을 얹어 돌려주었다. 봉두난발에 지게를 지고 봉화치에서 읍내까지 왕복 세 시간을 걸어다니던 그는 '지게꾼' '참 좋은 아저씨' '정선의 명물'로 알려졌다. 생활은 어떻게 했을까.

"자급자족. 전화비가 한 달에 3000원, 전기요금 1300원. 한 달에 4300원이면 돼. 쌀은 물물교환. 그리고 토끼가 많이 와. 새끼를 여덟에서 열 마리씩 낳으니까, 토끼 두 마리씩 어깨에 메고 정선 장에 가서 팔면 1만 원 줘. 검정고무신 제일 좋아했어요. 네 켤레씩 사왔어. 맨발로 갔다가 고무신 신고 와요."

'자연인'으로 TV에 나간 그는 "돈을 갖는 게 무섭다"고 출연료도 기부했다.

"정말 무서워. 돈이 조금이라도 있으면 남의 돈을 뺏은 거 같아. 마음이 불편해. 자연인으로서 자연법에 따라 어울려 살아야 하는데 내 것이라고 싸우고 그런 게 안 맞아요."

씨돌의 서랍에는 돈 대신 글이 쌓였다. 봉화치의 긴긴 밤마다 쓴 산중일기가 2000쪽이다. "진박새 고목 둥지에서 알까다. 드디어 울다. 다들 목을 쭉 빼다. 어미 새 오자 고요하다" "첫눈이 내렸습니다. 송이송이 아름답습니다" 같은 담담한 문장들 가운데 "의문의 죽음, 그들과 만날 것 같다" 같은 피맺힌 말들이 누워 있다.

그에게 글쓰기는 "한풀이"다. (시위하다가) 억울하게 죽은 친구들 얼굴이 생각나 머릿속에 떠오르면 적는다. 자연을 노래한 시가 많다. "시인지는 잘 모르겠는데, 있는 그대로 쓴다." 글이 안 써진다거나 한 적 없다는 그. 글이 잘 써지는 비법은 이렇다.

"새소리, 물소리, 풀벌레 소리, 개구리 소리 들으면 돼. 홀딱 벗고 들으면 더 좋아.(웃음)"

TV에 나온 자연인 씨돌은 실제로 영하 18도 날씨에 '홀딱 벗고' 물웅덩이에 들어갔다. 고드름을 따서 얼음과자처럼 먹는가 하면 "개구리야, 내가 너를 얼마나 좋아하는지 아느냐?"며 살가운 목소리로 고백했다. 또 비료 포대를 깔고 산비탈에서 신나게 눈썰매를 타기도 했는데 아이 같은 환호성 끝에 그는 말했다. "혹시 세상에 기분 나쁘고 때려죽이고 싶은 사람 있고, 미운 사람이 있거들랑 다 여기 놀러 오시오."

그 말은 좀 처연했다. 그가 잊고 싶은 미운 사람이 누구길래.

"때려죽일 놈들, 박정희(후예들), 노태우, 전두환 죽이고 싶어. 제일 가슴 아픈 게 인혁당 사건…… 흐아아아악(갑자기 울음이 터진다). 대구에서 알던 사람들이야. 끌려가기 전에 만났어. (1975년) 사형당한 8명 중에 세 사람을 알고 그 어머님들도 알아. 억울한 친구들인데 민주주의를 위해서 고문당하고 도장 찍고. 그 당시 신부

김용현

님들하고 같이 서대문형무소 앞 집회 가서 영구차 밑에 누워서 못 나가게 하다가 두드려 맞았어. 허리를 다쳤어. 그때부터 몸이 안 좋아요."

용현의 꿈, 요한의 싸움

용현은 1953년 대구에서 태어났다. 열두 살에 아버지가 돌아가시고 어머니가 병이 깊어 보육시설에 맡겨졌다. 평생을 결혼하지 않기로 서약한 엄마들이 한 가정에서 예닐곱 명의 아이들을 돌보는 SOS어린이마을에 1호 아동으로 들어온 용현은 어린이마을 어머니 최해연 여사 손에 자랐다. 대구중앙고등학교를 졸업하고 섬유회사에서 3년간 경리로 일했는데, 임원의 자금 횡령을 목격하고는 부정의한 일을 바로잡을 수 있는 직업으로 법조인을 꿈꾼다. 지리산에 들어가 공부한 끝에 1차 사법시험에 합격했으나 사법시험 공부를 중단할 수밖에 없었다. 1981년 전두환 정권에서 시위 전력을 문제 삼아 사법시험 1, 2차 합격자들을 3차 면접에서 탈락시키는 초유의 일이 발생한 것이다. 고교 시절 교련반대 시위 이력으로 인해 용현의 꿈은 난파됐다.

이듬해 대자연의 품을 찾아 제주로 내려갔다. '사랑과 믿음의 집'이라는 장애인 시설을 만들려고 한라산 아래 터를 잡았다. 어느 날 불쑥 나타나 남을 돕겠다는 외지인을 보는 시선은 곱지 않았다. '뭐 하는 사람이냐?'는 물음에 내보일 만한 선명한 사회적 표지를 갖지 못한 그는 간첩조작 사건의 손쉬운 표적이 됐다. 과거 시위 경력이 있었던 용현은 제주 보안대에 의해 총련(재일본조선인총연합회) 자금으로 땅을 샀다는 누명을 쓰고 체포, 고문을 당했다. 사람답게 살아보려는 한 청년의 꿈도 몸도 무참히 망가뜨리던 엄혹한 시절이었다.

1986년 서른셋 용현은 국경을 넘었다. 남미에서 광야의 성자 요한으로서 뜻을 편다. 남미의 파라과이에서 교민 신문을 만들고 민원상담소를 운영하고 한글학교를 세웠다. 먹을 물이 없던 현지인을 위해 우물을 팠다. 빼앗긴 농토를 원주민에게 돌려달라고 외치던 수녀가 살해당했을 때, 시신을 수습한 것도 그다. 이유 없이, 목적 없이, 대가 없이 이웃의 손발이 되어주던 그는 조국에서 날아온 비보, 1987년 1월 박종철의 죽음 소식을 듣고 서울행 비행기에 올랐다.

1987년 6월항쟁 당시 미국 시사주간지 〈타임〉에 실린 시위 사진에 그가 있다. "호헌철폐! 독재타도!" 민주화를 외치는 시위대의 거대한 물결에 흡수돼 몸을 던져 싸우던 그를 두고 이한열 어머니 고 배은심 여사는 말한다. "요한 씨는 우리가 아무것도 몰랐을 때부터 투쟁 현장 제일 앞에서 우리를 인도한 사람이에요." 박종철 아버지 고 박정기 씨는 오랫동안 그와 서신을 주고받으며 인연을 맺었다. 전태일 어머니 고 이소선 여사는 그를 "요한아"라고 불렀다. 유가협(전국민족민주유가족협의회) 부모들이 제발 몸을 좀 챙기라고 꾸중하면 그는 "내가 좋아서 하는 일이니 걱정 말라"고 했다.

남을 돕는 일이 어떤 점이 좋았는지 물었다.

"질문이 잘못됐어. 돕는다는 생각 안 했어. 내 맘 가는 대로. 아

김용현

무 생각 안 했어. 자연 그대로. 양심이 가는 대로. 아무것도 아니야."

그래도 맞는 거 아프고 무서운데……. 그는 집회마다 맨 앞에 섰다.

"그런 거 없어. 나도 유도 배웠어요. 근데 한두 명은 되지만 서너 명은 안 돼. 어머니들이 머리채 잡혀서 끌려가면 그놈들을 때려죽이고 싶었어."

안 맞으려고 몸을 피하면 혹시 비겁하게 느껴지냐고 물었더니 "그렇지, 그렇지" 했다. 그는 속초여고 학생들한테도 의리를 최우선으로 하라고 말했다. 근데 그가 생각하는 의리가 뭘까?

"연민의 정. 불쌍한 거 반드시 도와야 해."

전쟁도 아닌데 청년들이 무시로 죽었던 시대, 그러나 죽음은 공평하지 않았다. 고 정연관 상병은 87년 대통령 선거의 군부재자 투표에서 야당 후보를 지지했다가 맞아 숨졌다. 부모에겐 가수나 배우를 꿈꿨던 아들, 출세해 엄마를 호강시켜준다던 막둥이의 원통한 죽음이었지만 사회적으로는 포항 출신 고졸 군인의 의문사였다. 서울 명문대생 죽음과 같지 않았다. 요한이 나섰다. 동료 장병들을 만나 증거를 모으고 정치인과 면담을 하고 소책자를 만들어 뿌렸다. 유가족과 한 몸이 되어 싸운 덕분에 국회에서 다룬 최초의 군 의문사 사건이 되었지만 진상규명의 결론을 맺지 못했다. 이 사건은 2004년 의문사진상규명위원회에서 17년 만에 진실이 밝혀졌다.

봉화치에서 소식을 들은 그는 포항에 찾아가서 고인의 어머니

임분이 여사를 안아드리고 또 홀연히 사라졌다. 요한은 〈SBS 스페셜〉을 촬영하면서 유가족과 15년 만에 상봉했다. 임분이 여사는 요한에게 묵혀둔 질문을 꺼냈다. "우리 처음 만났을 적에 무슨 맘으로 우리를 그렇게 도와주었어?" 그가 답했다.

"가족 같아서."

그는 자기 일처럼, 가족 같아서 나서다가도 문제가 해결되고 나면 사라졌다.

아픈 마음, 미안한 사람

"내 마음속에 아픈 마음이 있어. 산에 가서 기도하고 싶어서."

(어떤 아픔인가요.)

"억울하게 죽은 사람들. 사진이 나를 따라와."

(너무 많은 죽음을 보셔서⋯⋯.)

"종로6가 꽃시장에서 씨앗을 사서 뿌려. 길가에도 뿌리고 남한강에도 뿌리고, 서울에서 여주, 원주, 정선으로 걸어오면서 뿌려."

씨돌은 혼자서 원혼제를 지낸다. 억울한 죽음들을 겪으면서 그가 받은 상처는 얼마나 클 것인가.

"전태일 열사가 초등학교도 안 나왔어. 종철이는 명문대니까 많이들 데모도 같이 하고 그랬지만, 명문대가 아닌 애들도 많이 죽었어. 떨어져 죽고 무지 많이 죽었는데, 시신 수습하러 갔는데 아무도 안 와. 명문대생이 아니니까. 그런 게 싫어. 내가 방송통신대학교 나왔는데(1기 졸업생이다) 대학 취급도 안 하고 힘들었어. (잠

김용현

시 침묵) 그래도 유가협 어머니들이 최고, 어머니들 만나면 가슴이 다 풀려."

그는 서러운 일, 부당한 일을 겪으면서도 남 일에 나서서 "미친 놈 소리 듣고 간첩으로도 몰리고……" 이런저런 오해를 많이 받았다.

"기분이 좋아."

(왜요?)

"채찍질해주니까. 자만심을 없애주니까."

(본심을 몰라주면 원망스럽잖아요.)

"그런 것도 시간이 지나면 언젠가 다 풀린다."

언젠가, 다, 풀린다. 어쩐지 그의 말은 체념이 아닌 인내의 주술로 다가왔다. 그가 상처를 품듯이 반대로 그도 누군가를 아프게 했음을 뒤늦게 후회하고 있지는 않을까. 이제 와 돌이켜 보면 미안한 사람이 혹시 있는지 물었다.

"어. 노무현, 노무현 선배님. 허어어어억. (또 한 번 그의 입이 검은 구멍처럼 벌어지고 소리 울음이 쏟아진다) 억울해애애…… (한참 운다) 그리고 6월항쟁 때 명동성당에서 끌려가서 두드려 맞고 정신병자 된 사람 많아. 마음이 아파."

그는 노무현 전 대통령이 돌아가셨을 때 봉하마을에 갔다. 봉화치에서 봉하마을까지(367킬로미터다) 그 먼 길을 걸어서 갔다. 12일 정도 걸렸다.

"눈물을 같이 흘리면서 가고 싶어서. 묵주 굴리고, 염주 끼고 갔어. 검사 새끼들이 잘못했어. 있을 수 없는 일이야."

노무현 전 대통령과의 추억을 회상했다.

"부산역 앞에 노무현 변호사 사무실이 있었어. 유가협 어머니들이랑 같이 갔어. 얼마나 인간적인지. 이야, 다른 사람 나가라고 하고 어머니들 얘기 직접 앉아서 혈서를 쓰듯이 한 자 한 자 다 받아적고. 이야, 꼬르륵 소리가 나. 내가 주머닛돈이 있으면 가서 막걸리하고 호떡하고 사서 주고 싶어. 선배님이 아침도 안 먹고 점심도 안먹고 일해. 마음이 아파. 돈이 없어서 대신 배낭에 홍당무가 있어서 줬어.(웃음)"

1987년 6월 15일 명동성당 시위대가 해산돼 구심점이 사라지고 시위대는 부산으로 이동했다. 부산 가톨릭회관 꼭대기에서 6월 29일에 마지막 시위를 했는데 요한은 그 자리에 노무현 전 대통령과 같이 있었다.

"그때 노무현 변호사가 김승훈 신부님 앞으로 보낼 종이 한 장 줬어. '부산의 민주화 열기를 서울에서 이어주십시오. 노무현 드림.' 그걸 말아서 주머니에 넣고 홍제동 성당 신부님한테 가져갔어. 노무현 선배님은 정말 인간적이고 착한 사람이야."

학벌주의로 견고하게 짜인 한국 사회에서 사람 사는 세상을 만들고자 할 때 그가 본 것은 무엇일까. 근래 병실에서 쓴 투병일기에는 이런 구절이 있다.

소생은 자연 시인이고자 한다. 연초록 평화주의자다. 불평등, 출신, 학력, 종교 차별 등을 거부한다. 특히 고교 동창, 대학 졸업장을 적폐 청산으로 본다.('자연인 선언'에서)

김용현

유명대학 출신자는 중증장애인 돌봄에 하루 네 시간, 3년간 성실히 봉사한다. 최저임금에 큰 일꾼이신 요양보호사 어머님 에게 최대한 널리 대우한다. 성직자와 승려는 고교부터 개방 하여 인간미 넘치는 젊은이를 널리 받아들인다.('김씨돌법'에서)

현실을 외면 않는 자연주의자

씨돌의 산중 생활은 세속과의 단절이 아닌 이동일 뿐이었다. 그가 외친 민주주의는 6월 광장에서 종료되지 않았다. 봉화치에서 우체부에게 신문을 받아보며 세상 돌아가는 일을 예의주시했다. 행동하는 양심으로서 할 수 있는 걸 행하고 보이는 것을 외면하지 않았다. 1995년 삼풍백화점 붕괴 사고가 났을 때는 농기구 짊어지고 달려가 시민구조대로 활동했다. 당시 구조 영상에는 "산소호흡기! 산소호흡기 가져와!" 하는 그의 다급한 목소리가 남아 있다. 그는 스물두 살 이아무개 씨를 극적으로 구출했다. 그때 기자들이 그를 인터뷰하려고 하니까 "난 괜찮다"며 돌아섰다.

"그 아가씨를 파란 담요를 덮어서 끌고 나왔는데 그때 전 세계 기자들이 다 왔어. (생존자가 캄캄한 데 있다가 나와서 빛을 보면 안 되니까) 얼굴 사진을 찍지 말라고 내가 말했는데, 기억이 생생한 게 한 방송사 기자가 담요를 벗겨서 사진을 찍었어. 아가씨가 손을 발발 발 떨더라고. 저 죽일 놈들. 제가 땅을 치고 눈물을 흘렸어요. 그 이후로 사진 찍는 사람은 다 거짓말한다고 생각해. 내 마음에 원한을 샀어. 그 구조된 사람이 이틀 후 죽었어."

바람처럼 사라졌다 돌아온 씨돌. 봉화치로 돌아온 그는 이웃들에게 자신이 어디서 무얼 하고 왔는지 알리지 않았다. 누가 무엇을 했는지가 아니라 두 번 다시 이런 비극이 일어나지 않는 게 그에겐 중요했다. 언론사와 서울특별시 소방본부장에게 직접 항의 편지를 썼다. 재발 방지 대책을 요구했고 소방본부장은 다시는 이런 일이 없도록 하겠다며 김용현 앞으로 회신을 보내왔다.

그런 그가 정선 사람들의 든든한 버팀목이었음은 당연지사. 농가에서 토종벌 폐사 사건이 일어났을 때 자초지종을 조사하고 피해 내용과 탄원서를 작성해 지자체와 관계 기관 측에 문제를 제기하는 등 발 벗고 나섰다. 어느 해인가는 작은 사찰을 지나다가 스님에게 부탁해 음력 7월 15일 백중에 망자들의 패를 모시고 제를 올리는 행사에다 고 박종철 이름을 올리기도 했다. 자신을 민주주의에 크게 눈뜨게 해준 존재, 알게 된 뒤로는 한시도 잊은 적 없는 이름이다.

그렇게 자비의 우물처럼 제 시간, 품, 노동 다 퍼주던 이웃, 영원히 건재할 것 같던 그가 2016년 산속에서 쓰러진 채 발견됐다. 뇌출혈로 인해 더 이상 지게 지고 물물교환과 자급자족하는 생활을 영위하지 못한다. 기초생활수급자가 됐다. 신부님과 수녀님의 도움으로 요양원에서 지내다가 방송 이후 전국에서 답지한 후원금으로 이제야 제대로 된 치료를 받는 중이다. 오전에는 재활 치료를 하고 오후에는 책과 신문을 보거나 왼손으로 힘겹게 글을 쓰며 지낸다. 봉화치에서 긴긴 밤 그랬듯이. 그때처럼 혼자는 아니다. 돌봄의 순환이 이뤄지고 있다. 방송을 만들다가 삶을 배우게 된 이큰별 PD가

김용현

그의 입이 되고, 성당 교우인 정광수 씨는 스물네 시간 그의 손발이 되어 아무런 대가 없이 용현의 곁을 지킨다. 씨돌이 그랬고 요한이 그랬듯이.

세월호 사건이 일어났을 때 그는 또 얼마나 달려가고 싶었을까.

"아이고, 말도 못 하지. 몸이 안 아팠으면 가고 싶었어. 수능시험 끝나고 정선 가리왕산에 와서 스스로 목숨을 끊는 어린 학생들을 많이 봤어. 세월호 학생들 보면서 그 생각도 났고. 그 학생들 떨어지면 꽃이 돼. 약을 먹기도 하고. 주민등록증을 보면 거의 서울 학생이야. 대통령들이 학력 차별, 빈부 격차 못 없앴어. 가슴이 아파. 요즘은 열두 살만 돼도 아이들이 참 똑똑해. 학원 보내지 말고, 북돋워주고 해야지."

그의 어린 시절 이야기를 들었다.

"어린이마을에 책이 있었어요. 《피델 카스트로》《체 게바라》《나이팅게일》《아라비안나이트》《레미제라블》《닥터 지바고》《서유기》. 책 보는 게 너무 좋았어. 어린이마을 설립자 이프란체스카, 하마리아 여사가 영어, 독어 알려주고. 중요한 건 대구 어머니(최해연 여사)가 나를 논농사 밭농사 짓는 거 흙일을 가르쳤어. 중학교 때 돼지도 키우고 자립정신, 검소함을 배웠어.

고아라고 밖에 나가서 맞았을 때 울분이 올라왔는데, 흙 만지고 일하면 그게 다 씻기고 사과 따 먹고 나면 인류애, 인류애가 생겨."

그에게 '왜 평생 남을 위한 삶을 사셨냐'고 물었을 때 '인간으로서 당연한 일'이라고 했는데, 그걸 대부분은 못 하고 산다고 했더

73

니 "아닌데…… 다 하는 거고, 나는 요만큼 한 거예요"라고 했다. 그처럼 이웃의 아픔을 외면하지 않고 살려면 어떻게 해야 될까.

"그냥 내가 거지같이 사는 거야. 언젠가 산에 갔는데 절 입구에 스님이 붓글씨로 '알음알이(세속적 지식)를 버려야 오히려 맑아지고 빛을 발한다'는 글을 적어놨어. 알음알이를 버리는 게 최고. 배운 사람들이 하는 거 다 사기야. 측은지심이 중요해. 신천지는 개천지. 종교가 기생충. 종교가 다 거짓말해. 요한이라는 이름을 돌려주고 싶어. 도둑놈들."

그는 학생들에게 남긴 새해 인사 영상에서 남자들 뒤로 빠지고 여자들이 존중받고 우선되는 사회가 돼야 한다, 여자들이 최고라고 했다.

"닭이 먼저냐, 달걀이 먼저냐는 틀린 말이야. 닭이 먼저. 지금까지 2000년 동안 남자가 지배해서 여자가 뒤로 와 있었는데 그게 지금까지 전쟁을 만들었어. 그래서 수녀님들, 비구니 스님들, 특히 아마존 쪽에 '농토는 농민들에게' 돌려주라고 생태운동 하는 분들 전부 다 여성들. 여성이 더 앞장서야 돼요."

"기뻐, 기뻐, 항상 기뻐"

그에게 자기 자신을 위해서는 뭘 하고 싶은지 물었다.

"지리산 쪽에 아는 분 있으면 오두막 소개해줘요. 지리산에서 고백론 쓰고 싶어. 반성문."

씨돌의 고백론에 담고 싶은 내용은 이런 거다.

김용현

"어릴 때 개고기 먹은 거. 농사 지을 때 소 때린 거. 돼지 잡아 먹은 거. 개구리 구워 먹은 거. 채식 많이 했는데, 병원에 있으니까 고기가 나와. 멸치도 나오고."

그는 다시 태어나도 씨돌, 요한, 용현의 삶을 살고 싶을까.

"(고개를 젓는다) 알려지는 거 싫어. 소리 없이 죽은 억울한 친구들, 여학생들, 그 사람들 말고 내가 앞에 있는 거 같아서 마음이 안 좋아. 미안해."

(어떻게 살고 싶으세요?)

"이끼가 되고 싶어. 밑거름 같은 사람이 되고 싶어. 결국은 흙으로 돌아가. 정선에서 사람들 장례 치르고 이장을 많이 했어. 사람은 죽으면 흙으로 가. 너그럽게 산 사람들이 죽어서도 미소 짓고 있어."

코로나19 바이러스 때문에 사람들이 질병과 죽음에 대한 공포가 크다. 그는 "두려움은 없다"고 말했다.

"제일 중요한 건 쓰레기, 핵폐기물 그런 것들이 세계를 오염시켜. 죽는 건 흙으로 돌아가는 거야. 꽃이 되니까 헛산 건 아니야. 열매도 되고 나무도 되니까. 기뻐, 기뻐, 항상 기뻐."

항상 기쁘다는 말에 불현듯 "너무 슬퍼하지 마라"는 말이 떠오른다. "삶과 죽음이 모두 자연의 한 조각 아니겠는가"라던 노무현 전 대통령 유서가, 깨어 있는 시민 김용현의 일관된 생을 통해 이해되는 듯하다. 자연의 순환으로 죽음을 받아들인다는 것. 그것은 높은 자리에 올랐던 권력자의 말이 아니라 고개 숙여 흙 만지고 살았던 농부의 말이었다.

인터뷰를 마치고 산책 겸 사진 촬영을 위해 병원 마당으로 나가는 길에 그가 파란색 스웨터를 걸쳤다. 색이 곱다고 말하자 "도라지꽃 색깔" 한다. 땅에 버린 도라지 씨앗이 꽃으로 피어나는, 자연이 베푸는 기적에 반해 씨돌이 된 사람. 한국 민주주의 역사 뒤뜰에 떨궈진 요한이라는 씨앗이 도라지꽃으로 피어나 세상에 향기를 전한다. 측은지심을 잃지 않음으로써 인간의 존엄을 끌어올린 용현의 씨앗은 또 어디로, 얼마나 멀리 날아갈 것인가.

김용현

영화 〈시민 노무현〉(2018)을 봤다. 내가 쓴 책 《알지 못하는 아이의 죽음》을 영화로 만들 백재호 감독 작품이라서 궁금했고 또 노무현 전 대통령은 가끔씩 보고 싶은 사람이라서다. 사실 엔딩을 알고 보는 영화인데 너무 빨리 눈물샘이 터졌다. 봉하마을을 찾아온 시민들을 만나는 그의 얼굴이 해맑았다. "잘했으면 어떻고 못했으면 어떻습니까. 열심히 했습니다" 호탕하게 말하고는 다짐한다. "시민으로서 열심히 하겠습니다."

고향에서 농사도 짓고 습지도 보호하는 노무현의 모습은 정말 활기차고 살아 있다. 그런데 영화가 진행될수록 대보름달처럼 환하던 그의 표정에 점점 그늘이 드리워지다가 웃음기가 없어지고 마침내 실오라기 같은 눈썹달이 되어 이 세상에서 소멸된다. '삶과 죽음이 모두 자연의 한 조각 아니겠는가' 유서를 남기고 말이다. 간결한 단어의 배열들. 모르는 말은 없는데 도무지 어려웠다. 그날 밤 나는 유서를 읽고 또 읽다가 잠이 들었다.

며칠 뒤 씨돌 아저씨 인터뷰를 갔다. 처음 30분은 아저씨 말씀을 정말 한 마디도 못 알아들었다. 입 모양을 기를 쓰고 살폈지만 구강근육 마비라서 거의 차이가 없다. 식은땀이 났다. 동시통역사 이큰별 PD

도 못 알아듣는 경우도 생겼고 그럴 땐 연습장에 씨돌 아저씨가 단어를 썼다. 조금씩 대화의 합이 맞아갔다.

그 못 알아듣겠는 발음이 거짓말처럼 또렷하게 들렸던 순간은 미안한 사람이 누군지 물었을 때다. "어. 노무현." 이름 석 자 떼자마자 아저씨가 목놓아 울었다. 늙으면 몸에서 수분이 빠지니까 닭똥 같은 눈물, 줄줄 흐르는 눈물이 아니라 폭포 같은 소리울음이 쏟아진다. 물기 없는 통곡이라서 더 슬펐다.

울다가 웃다가 인터뷰를 마치고 서울 오는 길, 이큰별 PD한테 궁금한 것들을 물어보고 이런저런 취재 뒷얘기를 들었다. 인터뷰 때 아저씨 입에 고인 가래를 휴지로 받아가며 통역을 한 것처럼 평소에도 그가 거의 씨돌 아저씨의 아들 노릇을 하고 있었는데 실제로 아버지와 씨돌 아저씨가 한 살 차이가 난다며 말한다. "아버지가 둘이라고 생각하고 있어요." 자신이 PD 생활 하면서 정말 별의별 사람들 다 보는데 7년간 보아온 씨돌 아저씨는 세속의 인간과 다른 종의 사람이라고 했다. 알면 이전으로 돌아갈 수 없는 강력한 진실과 마주한 자로서 그는 자신의 책임을 다하고 있었다. 씨돌 아저씨가 인터뷰 때 "의리가 중요해!"라고 말하면서 "의리!" 한 번 더 강조하고 큰별 PD를 손가락으로 가리켰다. 그리고 큰별 PD를 '꽃별'이라고 부르신다. 아저씨에게 꽃은 최고의 칭호다.

오죽하면 씨돌 아저씨가 쓴 '자연인 선언'이 기사에 나간 것 외에도 편입학브로커, 사학부정 보수꼴통 분리 같은 조항이 이어지는데, 가장 마지막 조항이 이거다. '꽃별이의 건투를 빈다'. 몹시 사랑스러운 두 사람이다.

사랑의 봉우리가 너무 높아서 슬픔의 골짜기가 너무 깊은 사람. 나는 백두산 같은 아저씨 삶을 언덕만 한 면적으로 줄이는 일처럼 어려움을 느끼며 원고를 썼다. 씨돌 아저씨의 말을 고르고 고르다 보니 나중에 노무현 전 대통령의 유서가 이해되는 기분이었다. 영화에 이런 대사가 나온다. 노무현은 "끊임없이 자신을 불행하게 할 목표"를 세웠던 사람이라고. 시민 김씨돌도 그랬다. 자신을 남김없이 다 쓴 사람, 흙 만지며 산 두 사람이 입을 모아 말한다. "삶과 죽음이 모두 자연의 한 조각 아니겠는가."

신문이 나온 날 아침, 씨돌 아저씨가 기사 읽는 사진을 간병인 정 선생님이 보내주셨다. "좋아하셨습니다"라는 말과 함께.

"그날의 작은 시도가 저를 자유롭게 만들었어요.
몸도 생각도.
'하면 안 되는 이유가 있는 걸까?'라는 질문이
저의 모든 행동에 따라붙어요."

나답게의 힘

임현주

아나운서

2018년 4월 12일, 당시 MBC〈뉴스투데이〉진행자 임현주 아나운서는 국내 매체는 물론 외신에까지 이름이 났다. 여성 앵커의 '안경'은 10년 차 아나운서의 자기 발언이자 방송계 성차별 구조를 드러내는 '언어'로 발신됐다. 어떻게 안경을 쓰게 됐느냐는 세상의 물음은 외려 그를 각성시켰다. '하면 안 될 이유가 있을까?'

오래전부터 키워온 아나운서의 꿈이었다. 단 한 번도 아나운서의 경쟁력 1위가 외모라고 생각한 적이 없으면서도 몸치장에 가장 많은 시간을 쏟는, 모순된 생활과 비로소 작별했다. 딱 붙는 원피스 대신 편한 재킷을 입었다. 덜 꾸밀 용기를 내기 시작하자 아름다움에 대해 사유하게 됐다. 그렇게 하나씩, 책을 읽고 영화를 보고 글을 쓰며 생각의 기둥을 쌓아갔다. 보고 듣고 느낀 좋은 것들을 인스타그램과 유튜브를 통해 남김없이 세상과 나누었다.

하면 안 되는 일은 별로 없었다. 선택받길 기다리는 직업에서 선택해나가는 작업으로, 존재의 방향을 튼 이야기를 《아낌없이 살아보는 중입니다》(유영, 2020)에 담았다. MBC〈생방송 오늘 아침〉진행을 마친 임현주 아나운서를 서울 상암동 사옥에서 만났다.

월요일부터 금요일까지 오전 7시 50분에 시작하는 아침 방송을 맡은 그의 기상 시간은 오전 5시. 아나운서의 여덟 시간 노동은 어찌 되는 건지 묻자 방송 시간을 기준으로 자율적으로 지켜진다고 했다.

"출퇴근도 자기 방송 시간 기준으로 하죠. 저 같은 경우에는 아침 일찍 출근하니까 일찍 퇴근해요. 나머지 시간은 저를 채우는 시간으로 써요. 퇴근하고 나서 3시쯤 낮잠을 좀 자고 저녁에 다시 제2의 하루가 시작돼요."

깊은 좌절에서 낸 용기 '다 필요 없고 나답게'

맡은 업무와 주어진 일상을 성실하게 수행하는 직업인으로 사는 그이지만 인터넷에 임현주를 검색하면 지금도 '안경'이 언급된다. 방송 사고가 아닌 사건으로 남은 일이라서 그럴 테지만 '안경 아나운서'로 불리는 그의 마음은 어떤지, 또 그가 방송계의 오랜 암묵적 합의를 깰 수 있었던 힘의 원천은 어디서 비롯됐는지 듣고 싶었다.

"기사 타이틀에 '안경 아나운서'라고 하면 항상 조금 부끄럽기도 해요. 이게 뭐라고, 계속 '우려먹는다고' 느낄 것 같은 거예요. 그게 나지만 나의 모든 것처럼 하고 싶진 않아요. 하지만 또 그게 저를

임현주

설명하는 계기가 되기도 하니까 떼려야 뗄 수 없겠죠.

　　그건 아주 깊은 좌절에서 온 거 같아요. 전엔 누가 나를 칭찬하면 내가 잘하고 있구나 했어요. 남의 평가에서 자유롭지 못했죠. 그래서 오히려 뭔가를 해볼 생각을 못 했던 것 같아요. 네네 하고 알아서 눈치껏 따랐죠. 그랬다가 어느 시기에는 뉴스를 그만두고 책상에 앉아 있는 시간이 길어지면서 불행한 거예요. 난 끝났나? 준비한 시간이 이렇게 길었는데, 내가 방송한 시간이 그에 비해 너무 짧고 허망한 거예요. 그때부터 오히려 진짜 끝이 아니라 정말 시작으로, 다 필요 없고 재미있게 나답게 해보자, 해서 능동적으로 많이 변했던 것 같아요.”

　　아나운서는 맡은 방송이 없으면 직장인과 다름없이 일한다. 출퇴근하면서 방송에 보이는 것 외의 일들을 처리한다. 매시 정각에 라디오 뉴스도 하고, 또 우리말 연구회도 하고, 팀별로 하는 일도 있고, 평소에 자기를 채우는 자기계발의 시간을 가져야 한다고. 임현주도 1년 반쯤 그렇게 보냈다.

　　“간간이 방송을 해도 주체적으로 하는 게 아니라 계속 기다리는 시간을 보내요. 아나운서의 주된 꿈은 방송을 하는 거잖아요. 자기를 표현하고 소통하는 즐거움이 너무나 큰 사람인데 아무것도 못 하니까 깊은 패배감과 자괴감 같은 걸 느껴요. 2년간 뉴스를 진행했지만 나에게 남은 것은 무엇일까 하는 허망함이 크게 느껴졌어요. 아침에 눈을 떴을 때 뭘 해야 할지 모르겠는 거죠. 진짜 자존감이 너무 낮아졌어요.

　　(아나운서가 기다리는 직업이라는 것을) 몰랐죠. 아무도 가르쳐주지

않고. 누구나 이 직업을 준비하는 사람들은 그래도 자존감이 있고, 나는 입사하면 당연히 내가 롤모델이 있었던 그 자리에 있을 거라고 생각을 하죠."

나는 관상용 화초가 아니다

임현주는 2010년 부산·경남 지역 민영방송 KNN에서 아나운서를 시작했다. KBC 광주방송, JTBC를 거쳐 2013년 MBC에 입사했다. 여러 프로그램을 맡고 방송 경력이 쌓여갈수록 여성 아나운서는 '방송의 꽃'이라는 말이 단지 수사가 아님을 실감했다. 매스컴에서는 '여신 아나운서' '베이글 아나운서'로 불리며 소비됐다. "그동안 드넓은 초원에서 여자 남자 구분 없이 똑같이 경쟁하고 협력하며 뛰다가 갑자기 관상용 화초가 된 듯한 기분이 들었다." 지금 방송을 하고 있어도 언제 이 프로그램을 그만둘지 몰랐다. 시청률이 안 나와서 분위기를 바꿔보자 그러면 가장 먼저 진행자를 교체했다. '꽃'은 다른 '꽃'으로 쉽게 대체됐다. 불안정한 근무 조건은 불안감으로 번졌다. 중후한 남성과 젊고 예쁜 여성이 뉴스의 공식처럼 된 상황에서, 여성 아나운서에게 뉴스 진행의 기회가 일찍 오는 게 꼭 좋다고 할 수는 없게 된다.

"구조적인 문제인데, 여자 앵커는 보통 20대에 기회가 오니까 성숙도가 쌓일 수 없는 거예요. 내가 뉴스 멘트를 바꿀 수 있을까 자신이 없고, 뉴스는 정확해야 하는데 틀리면 어떡하나 위축되죠. 그런 구조가 오랫동안 관행처럼 이어졌어요. 이걸로 고민을 안 해본

임현주

여자 아나운서가 없을 거예요. 아이러니해요. 외적 조건을 쌓지 않으면 나에게 방송 기회가 안 오고, 방송을 못 하면 내공도 안 생기는 거죠."

　임현주는 2017년 12월 26일 MBC〈뉴스투데이〉진행을 맡게 됐다. 이전에 제대로 못 해보고 그만두었던 아픈 프로그램이었다. 다시 기회가 왔다! 이제는 정말 자유롭게 해보자, 오래 하는 게 아니라 언제 그만두더라도 후회 없이 해보자는 마음으로 방송에 임했다. 그즈음 평창동계올림픽 때 컬링 국가대표팀 김은정 선수가 '안경 선배'로 불리며 화제가 됐다. 업종 불문하고 일하는 젊은 여성에게 안경은 금기라는 비판의 말들이 하필 그의 귀에 착 붙었다. 그러고 보니 뉴스 진행자도 안경 쓴 여성 선배가 없었다. 그는 아침 6시 뉴스를 진행하기 위해 새벽 2시 40분에 일어나 메이크업을 했다. 수면 시간이 부족하고 눈이 늘 피곤했다. 그렇다면 '나부터 안경을 써볼까' 결단을 내린 것이다.

　"2년 반쯤 흘렀네요. 그날의 작은 시도가 이제 저를 자유롭게 만들었어요. 몸도 생각도. '하면 안 되는 이유가 있는 걸까?'라는 질문이 저의 모든 행동에 따라붙어요. 하면 안 되는 이유가 없는 것들이 많더라고요. 고정관념을 스스로 많이 안 가지려고 노력을 해요.

　예를 들면 이 나이 때는 결혼을 해야 하고, 아이가 있어야 하고, 이 연차면 이런 역할을 더 해야 하고. 제가 관심을 갖다 보니까 그런 사람이 많이 보여요. 그게 너무 큰 변화예요. 신기할 만큼 주변에 좋은 사람들이 많이 생겼어요. 물론, 나를 잘 아는 줄 알았는데 나를 잘 모르나 해서 상처를 받기도 했지만요. 진짜 별거 아닌데요. '너 페미니스트야? 페미 하니?'(웃음) 유튜브 할 때 제가 분홍 가발 썼더니 '튀고 싶어 한다' '이상한 거 아니냐'는 시선들도 있고요.

너 페미니스트야, 라고 물으면 처음에는 어? 이 질문의 의도가 뭐야? 기분이 묘하게 나쁘면서 저도 어버버했던 것 같아요. 지금은 왜 물어봤어? 라고 물어보죠. 페미니즘은 누구나 알면 좋은 건데, 많은 오해가 있어요. 무조건 꼬투리 잡는다, 무조건 남자를 싫어한다, 쟤는 대화하기 힘들 거야. 근데 아니잖아요."

페미니즘의 렌즈로 세상을 바라보면 좋은 점에 대해 그는 어떤 역할에 대한 고정관념이 사라졌다며 "페미니즘에 대한 이해가 있으면 각자 동등하게 살아갈 수 있다"고 말했다. "넌 여자니까, 난 남자니까가 아니라 난 이런 성향이니까, 넌 이런 사람이니까 이렇게 살자" 이런 대화가 가능해진 것이다. 한편 얼굴이 공개된 여성으로서 자기 목소리를 내고 살아가는 불편함도 겪어내야 한다. 어떻게 견디는지 묻자 "진짜 견디는 거예요"라며 웃는다.

"대개는 응원과 악플이 같이 오는데 응원의 목소리가 줄어들 때가 있고 그러면 악플이 더 눈에 띄는 때가 있어요. 아무도 나를 보호해주지 않는 듯한 기분이 들죠. 그럴 때 외롭더라고요. 근데 결국 내가 뭔가 하는 건 날 위해서다. 그게 맞더라고요. 세상에 뭔가를 알리기 위해서가 아니라 진짜 날 위해서 하는 거죠. 날 행복하게 만들어주니까요. 그걸로 저를 지켜요."

임현주

튀기보다 용기

임현주는 2020년 2월 3일 MBC 시사교양 프로그램 〈시리즈 M〉에서 '노 브래지어 챌린지'에 참여했다. 역시나 이번에도 '관종' 이냐는 소리를 들었다. 그는 튀어 보이기보단 용기를 주고 싶었다며, 누군가 변화를 찾는 계기가 됐다면 만족한다고 말했다. 그렇게 원하는 것들을 하고, 원하지 않는 것들을 하지 않으면서 그는 지금의 나에 충실하게 매일매일을 살아가고 있다. 《아낌없이 살아보는 중입니다》에서도 지금부터 행복하자며 주체적인 삶을 강조했다. '외모에 대한 일상의 평가들이 여성이 가진 진짜 힘을 무력화시킨다'는 메시지를 자신의 삶으로 멋지게 증명한다. 그런데 한편으론 '두드리면 길은 열린다' '세상에, 그냥 하면 되는 거였다' '개인의 브랜드가 중요해진 시대' 이런 이야기들이 어떻게 보면 자기계발서에 나오는 능력주의 담론을 정당화하는 것처럼 보이기도 한다.

"글의 톤을 많이 고민했어요. 내가 뭐라고 인생은 이런 것이다, 이런 말 못 해요. 나도 그렇게 못 사는 사람이고. 결국에 제가 찾은 길은 진짜 솔직하게 쓰자, 느낀 감정, 있었던 일들. 결국 개인이 바뀌어야 하지만 그게 또 다는 아니에요. 지향은 당연히 구조의 변화죠. 근데 이 구조가 변하기 위해서 개인이 문제의식을 가져야죠. 구조의 변화를 기다리는 것도 저는 좀 수동적이라는 생각이 들어요. 생활 속의 불편함에 대해 먼저 이야기해야 이 사회가 바뀌잖아요."

임현주 아나운서는 서울대학교 출신이다. 학벌과 외모 자원이 있고, 지상파 방송국 정규직이다. 이런 조건이 객관적으로는 유리한 출발선이라고 생각해본 적이 있는지 조심스럽게 물었다.

"안 믿을 수도 있지만 저는 진짜 제 학교 생각을 별로 안 하고 살아요. 사실 이런 질문을 받는 것 자체가 저는 걸림돌이라고도 생각해요. 자원이라고 느낄 새가 없죠. 방송국에서 제가 그 학벌을 가졌다고 좋은 기회가 오는 것도 아니에요. 저는 학자로서 공부를 더하고 싶은 사람도 아니고, 외모로 뜨고 싶은 사람도 아니고요. 제가하고 싶은 건 글을 쓰는 건데 저는 완전히 햇병아리라서 오히려 작가님들이 부러워요. 유튜브도 크리에이터들은 어떻게 저렇게 톡톡 튀게 하는지 부럽고…… 제겐 밝은 에너지가 장점인데 이것도 저는 조금 더 분위기 있고 싶어요. 누군가 저를 볼 때 그래도 이 사람은 많은 걸 가졌구나 생각할 수 있지만, 저는 제가 항상 제로에서 시작한다고 생각해요.

오히려 아나운서가 책을 쓴다고 했을 때도 편견이 있잖아요. 아나운서가 쓴 글은 뻔하겠지. 재미없을 거야. 인생에 대해서 얼마나 고민했겠어. 이런 것들도 제가 없애야 하는 거예요. 그래서 일부러 책 표지에 아나운서 사진을 안 넣었어요. 그것부터 편견을 주는 거니까요."

그의 안경이 화제가 됐을 때 책 내자는 제안이 몇 군데에서 왔었다. 아직까지는 할 수 있는 얘기가 많지가 않고 안경 이슈에만 집중이 되니까 거절했었다. 2019년 근속 5년 휴가를 받아서 한 달간 여행을 했고 밤마다 글을 조금씩 썼는데 재밌었다. 글쓰기에 재미를 붙였을 때 제안이 와서 계약하고 책으로 펴낸 것이다.

임현주

'하면 안 되는 이유가 있는 걸까?'는 임현주가 고안해낸 행동을 촉발하는 마법의 화두다. 요즘 그가 하면 안 되는 이유가 있는 걸까, 묻는 사안은 "다양한 가족 형태"다.

"우리 사회가 많이 변하고 있다는 생각을 해요. 사유리 씨의 비혼 출산 같은 사례가 점점 퍼져나가서 우리가 목소리를 같이 내는 거죠. 동시에 불편하게 바라보는 시선도 많고 갈등도 심해지는데, 그걸 목소리를 내는 사람이 감당해야 하는 상황이라 항상 안타까워요."

임현주는 서로에게 용기가 되자는 이야기를 자주 한다. '나는 대체되고 싶지 않다'는 말은 아나운서라는 직업에만 해당하진 않는다. 그런 불안을 느끼는 다른 동료에게 들려줄 이야기를 부탁했다.

"어려운 문제네요. 대체되지 않으려면 나만의 특별함이 있어야 하잖아요. 저는 늘 내가 안전한 길을 갔구나, 그런데 정말 내가 원하는 길을 생각해본 적이 있나? 두루뭉술하게 유명해지고 싶고, 가장 안정적인 직업을 갖고 싶다, 화려한 이미지만 생각했지, 그걸 통해서 내가 진짜 하고 싶었던 게 뭘까? 나는 어떤 사람일까? 생각을 안 해봤다는 걸 나중에 느꼈어요. 살면서 어떤 의문이 든다면 안전한 길에서 조금 벗어나도 괜찮다, 안전하고 뭐고를 다 떠나서 일단 저질러 봐, 너의 목소리를 내야 한다, 고 말하고 싶어요. 근데 그게 모든 직업에 통용할 수 있는 건지는 잘 모르겠어요."

그도 언젠가 프리랜서 아나운서를 선언할까?

"(웃음) 저는 꿈꾸고 있죠. 지금도 반은 프리랜서라는 마음으로 살아요. 앞으로 무엇을 할지는 모르지만 기대가 돼요."

1915년 샬럿 퍼킨스 길먼은 《여성의 옷》에서 "옷은 사회적 휘장이고, 일종의 사회적 피부다"(실라 로보섬, 《아름다운 외출》 73쪽에서 재인용)라고 했다. 역사적으로 여성들은 의복에서 남녀 구분을 없애가면서 일터나 카페 같은 남성의 공간으로 진출해 들어갔다. 2018년 한국의 지상파 뉴스에서 '여성 앵커의 안경'이 화제가 된 것은 변화의 물줄기가 일상으로 스며든 상징적인 사건이다. 방송에서 관상용 화초로 고정되길 거부하고 폭넓은 활동성을 확보한 그는 5.7만 팔로어를 둔 인스타그램에 얼마 전에도 이런 멘션을 남겼다.

하고 싶은 것 진짜진짜 많음.

임현주

오래전 교통방송에 근무하는 아나운서와 공중파 뉴스에 나오는 기상
캐스터를 취재한 적이 있다. 둘 다 여성이었다. 기사에는 쓰지 않았지
만, 나는 그들의 말에 조금 놀랐었다. 교통방송 아나운서는 자신을 지
상파 방송국 진입을 시도하다가 실패한 사람이라고 했다. 기상캐스터
는 또 말했다. 자기 목표는 지상파 아나운서고 이 일은 머물다 가는 자
리라고. 시차를 두고 만난 두 사람 모두 부정의 언어로 자신과 직업을
설명했다.

그로부터 10년쯤 흘렀을까. MBC 임현주 아나운서를 인터뷰했
다. 그는 2018년에 뉴스 앵커로서 안경을 끼고 나와 화제가 된 여성 방
송노동자다. 《아낌없이 살아보는 중입니다》라는 책을 펴냈다. 인터뷰
준비하느라 책을 보다가 난 또 같은 지점에서 멈칫했다. 세상 부러울
것 없어 보이는 직업으로 알았던 '지상파 아나운서'인 그는 일하면서
자존감이 낮아지고 패배의식에 시달렸음을 고백했다. 아니 왜지? 인터
뷰에서 물었다.

"원래는 자존감이 높았어요. 남에게 기대지 않고 항상 뭔가를 스
스로 했고요. 근데 아나운서가 되고는 늘 전전긍긍하게 되는 거죠. 더
이상 나 안 찾으면 어떡하지? 나 잘리면 어떡하지? 내가 방송을 하고

있지만 언제 이 프로그램을 그만둘지 모르거든요. 자의라기보단 여러 가지 이유가 있어요. 시청률이 안 나와서 '분위기를 바꿔보자' 그러면 먼저 진행자를 교체하죠. 그러니까 방송에 너무 몰입하고 내 전부라고 생각해버리면 불행해지기 쉬운 거예요. 내 운명을 내가 손에 쥐고 있는 게 아니니까요."

다행히 지금은 손상된 자존감을 회복했다며 "이젠 선택받지 않아도 내가 선택할 수 있다는 것!" 그게 '자존감 회복의 열쇠'라고 했다.

수동에서 능동으로의 전환은 무력감의 끝에서 일어났다. 선택받지 않으면 일할 수 없고, 일하다가도 언제 교체될지 모르는데, 그렇다면 차라리 하고 싶은 대로 해보자는 마음에서 안경을 쓰고 헐렁한 재킷도 입을 수 있었다고 했다. 선택받는 일 안에서 선택할 수 있는 것들을 시도하면서 긍지를 조금씩 회복한 것이다.

"다음 생에 아나운서 할 거냐고 물어보면 안 할 거예요"라며 그가 웃었다. 나는 그 말을 이렇게 이해했다. 아나운서가 나쁜 직업이라서가 아니라, 세상에 대한 호기심이 넘치고 사람을 환대할 줄 알고 계속 배워나가고 배운 것을 나누는 행위를 즐기는 그의 기질을 담기에 아나운서가 최적화된 직업은 아님을 이제 알았다고.

그와 그의 자리를 열망했던 이들을 떠올리며 나는 생각한다. 좋은 직업이란 무엇인가를 누가 결정하는가.

무엇이 좋은 직업인지는 나를 가장 잘 아는 내가 정할 수 있다는 것, "단단한 자존감이 무엇이 됐다고 해서 가질 수 있는 게 아니어서

임현주

직업이 꿈이 될 수 없다"는 것. 아나운서 임현주가 낭랑한 목소리로 세
상에 전하는 메시지다.

"가해자도 저처럼 잠 못 잘까요?
왜 피해자는 평생 벌 받듯 아프게 사는데
가해자는 반대가 될까요?"

아들의 방

김미숙

청년 노동자 고 김용균의 엄마

"꿈을 꿨어요. 우리 아들이 나왔어. 애 아빠한테 우리 용균이 어딨어? 집에 없는 거야. 용균이 데리고 와! 울면서 떼를 썼거든요. 애아빠가 다른 집에 있다면서 데리고 왔어요. 네 살짜리 아이만 한 용균이가 왔어요. 차에 태웠는데 뭐가 가려져서 잘 안 보이는 거예요. 그걸 치우니까 우리 아들이 웅크리고 있어요. 그래서 깼어요."

김미숙은 이틀 연속 꿈에서 아들을 보았다. 전날은 용균이 얼굴은 없이 목소리만 들렸다. 원래 꿈을 잘 꾸지 않는데 아들 기일이다가와서 그런가 싶다. 어느새 아들 없는 두 번째 겨울이다.

김용균은 2018년 12월 11일, 태안화력에서 일하다가 기계에몸이 분리된 채 발견됐다. 한국 사회에 충격을 던져준 이 산업재해사망 사건은 한편으론 이런 의미였다. 김미숙은 용균이를 만질 수있는 용균이 엄마에서 용균이를 만질 수 없는 용균이 엄마가 됐다는 것. 이 돌이킬 수 없는 현실 앞에서 그는 "짐승처럼 악을 쓰면서" 울었다. 누가 왜 이렇게 만들었을까? 한 청년의 생을 무자비하게 끊어내고, 한 엄마의 생을 뒤집어버린 이 참혹의 근간을 밝혀내기 위해 지난 1년 동안 김미숙은 자신의 모든 것을 바꾸어내지 않으면 안 되었다. 살던 집도, 하던 일도, 만나는 이도, 쓰던 말도, 그리고 세상에 대한 믿음도.

2019년 6월 김미숙은 용균이를 낳고 길렀던 구미 생활을 청산하고 서울로 이사를 왔다. '고 김용균 사망사고 진상규명과 재발 방지를 위한 특별노동안전조사위원회(특조위)' 활동을 가까이에서 지켜보고 감시하기 위해서다. 용균이 방을 마련했다. 용균이가 쓰던 행거에 아이가 입던 교복, 양복, 즐겨 입던 후드티셔츠 같은 옷가지를 걸어놓았다.

유품 상자도 그대로 옮겼다. 물건 하나하나마다 사연이 많다. 폼클렌징과 수분크림은 용균이가 매일 쓰던 것이다. 아이는 얼굴에 여드름이 잘 나는 편이었다. 얼굴은 자기도 잘 안 만지고 엄마도 손을 못 대게 했다. "그래서 맨날 손등으로 만졌다." 스킨도 한 가지 브랜드만 썼다. "집에 있을 땐 지 꺼 아깝다고 내 꺼 쓰는데, 같이 바르니까 좋았다." 뭐든지 세트로 했다. 똑같은 우산을 세 개 사서 엄마·아빠·용균이, 셋이 나눠 들었다.

샤워타월도 같은 제품을 두 개 사서 하나는 용균이에게 주었다. 원래는 흰색 바탕에 잔무늬가 있었는데 유품으로 돌아온 그것은 거무스름했다. 아무리 빨아도 색이 빠지지 않았다. 일한 지 3개월 만에 샤워타월 색이 변할 정도로 탄가루 먼지가 심한 데서 아

김미숙

들이 일했다는 사실에 가슴이 미어져서 "둘이서 을매나 울었는지 (용균이 아버지)" 모른다. 용균이가 일할 때 쓰던 수첩도 하얀 지면이 거무스름하다. 회사가 지급한 소형 랜턴은 금방 고장 나버렸고, 그 것을 대체하느라 조명으로 쓰던 스마트폰에도 석탄 가루가 꽉 차 있었다. 이 검게 변색된 유품들은 아들을 삼켜버린 암흑과 야만의 노동 현실을 그대로 증거했다.

"용균이랑 영상통화를 많이 했어요. 주변이 완전 새까맣고 뭔 가 반짝반짝 일어나는데 그게 탄가루인지 몰랐어요. 특조위에서 조 사하러 갔을 때 공장을 가동한 상태에서 갔는데 이 사람들이 다칠 까 봐 몸을 웅크리고 다녔대요. 위험한 게 말로라도 설명이 됐더라 면…… 분진이 그렇게 날리는데, 위험한 것도 있지만 더럽잖아요. 그런 곳에 자기 자식 집어넣을 사람이 어딨어요. 나도 하기 싫은 일 을 어떻게 자식을 하게 만들어요. 내가 용균이 회사에 대해서 좀 더 관심을 가지고 그 속이, 환경이 얼마나 어려운지 알았더라면 발 빼 게 하지 않았을까……."

취업 뒤 한 달 반쯤 지났을 때 용균이는 예비군 훈련을 받으러 집에 왔다. 그새 아들의 얼굴은 살이 쏙 빠져 있었다. 회사가 힘들지 않은지 물었더니 힘들다고 했다. 그럼 나오라고 했다. 아들은 "엄마, 조금 더 해볼게요"라고 했다. 그래서 그러라고 했다. 첫 회사니까 저 도 더 해보고 싶은 마음도 있을 테니까. 그래도 알아주는 공기업인 데 그 정도로 위험할 줄 몰랐으니까, 엄마는 좀 더 다녀봐도 된다고 생각했다.

"좀 안쓰럽긴 했죠. 근데 사실, 자식 사회생활 보내놓고 안 안

쓰러운 사람이 어딨어요. 원래 일 배우는 건 어렵잖아요. 직장 생활이 얼마나 어려움이 있는지 저도 겪어봤으니까 잘 알잖아요.”

'엄마'를 가장 닮고 싶어 했던 아들

김미숙은 충북 영동에서 육 남매의 둘째 딸로 태어났다. 농사를 짓는 부모와 조부모까지 대식구가 살았다. 삼 대가 시골에서 산다는 게 녹록지 않았다. 돈 나올 구멍은 없고 빚이 늘어갔다. 바로 위에 언니가 5학년 때 부산에 있는 작은아버지 댁에 가서 살게 됐다. 자연스럽게 미숙이 집안의 맏이 역할을 했다. “책임감도 느껴지고 아버지 어머니한테 잘해드리고 싶고 속을 안 썩여야겠다는 마음이 저절로 쌓였다.”

언니가 대학에 가고 싶다고 했는데 아버지가 극구 말리는 상황을 본 미숙은 아예 대학이란 말도 꺼내지 않았다. 부모를 원망하지 않았다. “시골 삶이라는 게 아무리 노력해도 나아지지 않는 삶이었다. 고달픔이 다 눈에 보이는데 어떻게 원망이 들겠는가.” 고등학교를 졸업하고 구미에 있는 섬유회사에 바로 취직했다.

그땐 비정규직이 없었다. 잔업수당 계산이 틀린 걸 얘기하면 정확히 챙겨주는 나름 괜찮은 사장 밑에서 10년을 일했다. 섬유업종의 특성상 일하다가 죽는 사람도 못 봤다. 일한 만큼 벌었고, 그돈을 착실히 모았다. 기숙사에서 쓸 비누나 샴푸를 가장 싼 것으로 사두고 용돈은 한 달에 5000원, 두 번 외출하는데 한 번에 2500원이면 족했다. 여름엔 친구들이 매점에서 하드를 사 먹는데 그조차

참았다. 최소한의 생활비만 제하고 남은 돈은 몽땅 집에 보냈다. 보너스는 열어보지도 않고 다 드렸다. 그렇게 3년간 집안의 빚을 갚아드렸다.

"한 달에 한 번은 꼭 집에 갔어요. 그날 무지개가 떠 있었어요. 그때 아버지가 곁에 계셔가지고, 아버지 저기 봐봐 무지개 정말 예쁘다, 보라고 했더니 아버지가 이리 와봐, 하면서 손 내밀어보래요. 손 내밀었더니 갑자기 제 손에 뽀뽀를 해주시는 거예요. 그러면서 하시는 말씀이 '저 무지개 되게 예쁘지?' '네' 이랬더니 '저 무지개보다 더 예쁜 게 있어' '뭔데?' 그랬더니 '우리 미숙이 속마음' 이러셨지요."

남편과는 사내 커플이다. 동료로 일하면서 티격태격 소소한 신경전을 벌이다가 정이 들었다. 저 사람이랑 살면 괜찮겠다 싶은 마음이 서로 있었지만 말은 안 하는 상태에서 그녀가 다른 회사로 가게 됐을 때 그가 고백했다. 1994년 12월 6일 용균이가 태어났다. 스물여섯 김미숙은 엄마가 되었다. 출산 후 집에 있으니까 우울증이 올 것 같았는데 다시 "나가서 일하니까 살 것 같았다". 용균이 초등학교 때 시댁 쪽에서 농사를 지었던 시기를 제외하면 김미숙은 출퇴근을 쉬어본 적이 없다. 이왕이면 수당이 높은 주야 근무로 했다.

8년 전 남편이 심근경색으로 쓰러진 후에는 생계를 전담했다. "남자만 가장 역할 하는 것은 맞지 않다. 남자가 아프면 여자도 가장 노릇을 할 수 있다"고 생각했다. 회사에서는 전자부품 검사하는 일을 했다. 자신에게 할당된 업무만 반복하지 않고 항상 전체 업무 흐름을 파악하려고 노력했다. 대충 넘기지 않는 꼼꼼함으로 다른 파트의 전산 오류를 잡아내기도 했고, 새로운 업무에 처음 투입됐을 때도 집중력을 발휘해 불량률을 현저히 낮췄다. 매년 우수 직원을 뽑을 때 상사들이 김미숙을 꼽는 것은 자연스러웠다.

"가정을 지키려고 그렇게 열심히 일했는데 가정도 못 지키고……(한숨) 애도 철이 일찍 들었죠. 엄마 아빠 고생하는 걸 어려서부터 봤잖아요. 저하고 약간 심성이 비슷해요. 저는 애한테 회사에서 있었던 일을 다 얘기해줬어요. 회사에 가서 일을 배우는데 잘 못 알아들으면 다른 사람한테 물어보기도 힘들잖아요. 제가 정말 눈썰미가 없거든요. 업무를 익히기가 어려워서 꼭 메모를 했어요. 용균이도 저 닮았어요. 그래서 애한테도 새로 배울 땐 무조건 쓰라고 했죠. 군대 가면서부터 메모를 했고, 사회생활 시작하면서도 메모 습관을 길들이게 했어요. 저는 메모가 참 좋다고 생각해요."

유품이 된 용균이의 때 묻은 수첩은 엄마가 물려준 유산이었다. 요령 부리는 법 없고 남에게 피해를 주지도 않고 묵묵히 제 몫을 다하는 것으로 삶에 헌신한 김미숙이 아들에게 줄 수 있는 귀한 것이자 유일한 것이기도 했다. 그런 엄마를 용균이는 자랑스러워했다. 한번은 명절에 고모가 용균이에게 넌 닮고 싶은 사람이 누구냐고 물었더니 "엄마!"라고 대답했다. "울 엄마는 일도 너무 잘하고 자식한테도 끔찍하게 잘해주니까 저절로 그렇게 생각이 된다"라고 한 것이다. 용균이 고등학생 때 일이다.

"모든 생활의 중심이 용균이었어요. 초등학교 입학할 때부터 제가 데리고 받아쓰기부터 가르쳤어요. 알림장 보고 예습을 시켜서 보냈어요. 학원 다니면서 선행학습 한 애들이랑 다르다고 담임선생님도 칭찬하셨죠. 애 아빠랑 저랑 TV를 보고 있으면 용균이가 중간에 끼어들어요. 그럼 뽀뽀를 하는 게 우리는 일상이에요. 어릴 때부터 커서까지 쭉 그랬어요. 애가 잔병치레도 많았는데 자라면서 괜찮아졌거든요. 용균이한테 그랬죠. 공부 열심히 안 해도 돼, 어렸을 때처럼 아프지만 않고 우리 곁에 오래 있으면 우리는 그걸로 만족해."

김미숙의 눈동자가 반짝반짝 반짝인다. "아들 얘기 하니까 기분이 좋아서" 입꼬리도 슬며시 올라간다. 아들을 손으로 만질 순 없지만 말로는 어루만질 수 있다. 아들을 만나는 유일한 방법은 아들 이야기를 계속하는 것이다. 아들 이야기를 하는 동안엔 행복한 용균이 엄마로 돌아간다. "가슴에 식지 않는 불덩이"를 잠시라도 식힐 수 있다.

고통을 잊기 위해 쓴 글들

저는 신에게 빌고 싶습니다. 우리 아들과 같이 올바르게 성장한 많은 사람들이 사회에 이윤 앞에 목숨이 하찮게 버려짐을 안타까워하며, 그렇게 구조를 만든 인간 같지 않은 사람들이 강한 천벌을 받게 해달라고 빌고 싶습니다. 저를 지켜주는 신이 있다면 나라에 의해 처참하게 자식을 잃어 힘든 세상을 사는 어미의 심정을 헤아려, 약육강식을 만들어놓은 사업주와 정부를 강한 처벌로 혼내주었으면 합니다. (2019년 12월 2일 김미숙이 쓴 글)

김미숙은 아들을 보내고 삶이 "손바닥 뒤집듯이 완전 바뀌어버렸다". 언론사 카메라 앞에도, 광장에도 섰다. 수많은 매체와 인터뷰를 했다. 대통령을 만났다. 토론회에서, 추모제에서, 문화제에서 마이크를 잡았다. 발언을 하고 글을 썼다. 이처럼 맹렬한 활동의 계기가 무엇인가 하는 질문에 김미숙은 답했다. "집에 있으면 아들 생각이 나서 미칠 것 같으니까 사회운동을 하러 나간다"라고.

"전에는 접해보지도 않았고 상상도 안 해봤던 일들이에요. 처음에는 멋도 모르고 정신없이 했던 일이고 지금은 업으로 하고 있지만, 지금도 이런 활동들이 쉽지는 않아요. 제가 충청도에서 살다가 구미로 갔잖아요. 처음에는 사람들 말을 하나도 못 알아듣겠더라고요. 사투리가 심해서요. 꼭 그런 기분이었어요. 애 사고가 나고 대책위가 꾸려져서 회의를 하는데 사람들이 하는 말을 무슨 소린지 못 알아듣겠어요. 한 열흘쯤 지나니까 귀에 들어와요. 이젠 동지라는 말이 참 좋아요. 뜻을 같이한다는 거잖아요."

김미숙의 동지는 노동 시민단체 활동가들과 다른 유가족들이다. 처음엔 저 사람들이 왜 자신을 도우려고 하는가 미심쩍기도 했다. 그런데 같이 어울릴수록, 알아갈수록 진국이었다. 적은 월급을 받으면서도 잘못된 것을 바꾸기 위해 오래전부터 꾸준히 일한 사람들이 있다는 사실에 그는 크게 놀라고 감동했다. 지금은 존경하고 의지한다. 유가족에겐 어디서도 얻기 어려운 위로를 받는다.

"가족들은 혈연관계라서 당연히 의지가 되는데 자식 잃은 깊은 힘든 심정은 잘 몰라요. 근데 유가족들은 알잖아요. 이런 사고 안 겪은 가족들은 맨날 좋은 거 얘기하고 자기들 삶 얘기하지만 우리는

김미숙

좀 동떨어져 있죠. 말하고 싶은 게 달라요. 그러니까 말도 좀 덜하게 되고 내가 말하면 좀 어두워지고 그러니까 꺼려지고. 유가족들 만나면 같은 상황이니까 눈치 안 보고 얘기해요."

김미숙은 늘 그랬다. "배울 때는 정말 어렵게 배우는데 한번 배웠다 하면 끈기 있게 한다." 요즘 그의 중요한 일과가 되어버린 글쓰기도 그렇다. 공식적인 자리에서 낭독하는 모든 글은 김미숙이 직접 쓴다. 아들을 보내고 아픔 때문에 잠을 이루지 못했을 때, 하루에 두세 시간 눈 붙이고 나면 밤이 무척 길었다. 울다가 끙끙대다가 고통을 잊고자 조금씩 쓰기 시작한 글들을 광화문에서 읽었다. 정부, 여당, 유가족, 합의 이행, 권고안, 고용불안, 비정규직, 원하청 등등 용균이랑 살 때는 입에 올릴 일이 거의 없던 낯선 말들도 쓴다. 뉴스에서나 보던 저 단어들만이 아들의 억울한 죽음을 설명해주기에 자꾸 사용하다 보니 일상어가 되었다. 정치가 김미숙의 삶으로 깊숙이 들어온 것이다.

"저도 가장으로서 내 할 일은, 열심히 돈 벌어서 우리 가족 잘 보살피고 앞길 잘 닦는 거라고 생각하고 살았어요. 그때는 그게 너무 당연했죠. 내가 정치를 외면했고 사람들이 이렇게 죽고 있다는 걸 모르고 살 수밖에 없었어요. 만약 알았다면 그 자리에서 뭔가를 하지 않았을까요. 대부분 사람들도 자기는 그런 일이 안 닥칠 거라고 생각하니까 외면하겠죠. 수명도 길어졌잖아요. 정규직으로 일하다가 비정규직이 되는 경우도 있고요. 우리 사회에서는 일하다가 죽는 사람이 정말 많고 그게 언젠가는 내가 될 수도 있어요."

'소 잃어본 사람이 외양간 고치지 소가 멀쩡히 있는 사람은 모르더라'는 세월호 유가족의 말대로, 잘 몰랐다가 잘 알게 된 김미숙은 연장을 들었다. 2019년 10월 김용균재단을 세웠다. 작은 아이 하나를 기리기 위한 단체가 아니라 일하다가 죽지 않고 차별받지 않는 사회를 만들기 위한 연대 조직을 꾸리려는 큰 그림을 그렸다.

"특조위 권고안이 22개가 나왔는데 하나도 이행되지 않고 있어요. 이행되려면 기업인이나 정치인이 반대를 정말 심하게 할 거고 그러면 뭉칠 수 있는 게 국민밖에 없어요. 국민을 엮으려면 큰 조직이 있어야 되고요. 제가 할 수 있는 건 없지만 제 주변에 많은 단체, 유가족들, 불의를 막고 싶어 하는 사람들이 있어요. 다 같이 뭉쳐 조직을 만들어서 악법 만드는 것도 반대하고, 또 이렇게 뭉치는 것만 해도 저들에게 큰 위협이 되잖아요. 촛불 때처럼 모여야만 바꿀 수 있다고 생각해요."

김미숙은 김용균 1주기 추모행사에서 아들에게 보내는 편지를 낭독했다. "너를 비록 살릴 순 없지만, 다른 사람이 우리처럼 삶이 파괴되는 것을 막고 싶다"고, 그래서 "엄마는 이제 우리와 같은 처지에 놓여 있는 많은 사람들을 살리는 길을 위해 걸어갈 것"임을 다짐했다.

이는 "저는 제 삶을 허투루 산 적이 없습니다"라고 말하는 한 사람의 선언이다. 아버지를 감화시켰고 아들이 자랑스러워하던 '무지개보다 더 예쁜 미숙이 속마음'은 가족의 울타리를 넘어 '김용균들'을 구하는 세상의 빛이 되고 있다.

김미숙

이소선에게는 아들을 여의기 전까지 살아온 40년과 아들을 여읜 뒤에 살아낸 41년이 있다. 그 후반의 삶은 누구의 어머니로서가 아니라, 한 인간으로서 평등한 세상을 만들기 위해 고투한 여정이었다. 그런 점에서 이소선이라는 이름은 전태일에 따라다니는 부수적 존재가 아니라, 여성 노동운동을 이끈 선구적 운동가로서 자리매김되어야 한다.

나희덕 시인이 칼럼(《문화일보》 2022년 2월 4일 자 〈'미싱 타는 여자들'이 돌아왔다〉)에서 언급한 내용이다. 이소선 선생님을 여성으로서 노동운동을 이끈 선구적 인물로 조명해야 한다는 말에 크게 공감했다. 나는 김미숙이라는 존재도 그렇게 말하고 싶다. 최초에는 김용균의 어머니로 세상에 불려 나왔지만 그 이후로 노동자들 싸움이 일어나는 현장에 먼저 달려가는 '여성-운동가'로 살고 있다. 공식 직함은 김용균재단 이사장.

김미숙 선생님이 2019년 〈시사인〉 선정 올해의 인물이 되었고 나는 인터뷰를 맡았다. 당시 나는 강연 및 집필 계획이 빽빽해서 도저히 가능하지 않은 일정이었는데 너무 만나고 싶은 인터뷰이라서 포기하지 못했다. 밤을 새워서라도 써보리라 욕심을 냈다. 인터넷 뉴스 검색에는 김용균과 김미숙에 관한 많은 자료가 쏟아져나왔다. 김미숙 선생님은 거의 모든 매체에서 인터뷰를 했다고 봐도 무방했다.

나는 어떤 이야기를 할 수 있을까. 이미 있는 것에 하나를 더 보태고 싶지 않았다. '용균이 엄마' 김미숙이 아닌 운동가로서의 면모에 집중하고 싶었다. 알려졌다시피 대한민국은 산재공화국. 사고로 가족을 잃는 경우가 많지만 그랬다고 누구나 투사가 되지는 않는다. 될 수 없다. 삶을 '확' 바꾸는 건 누구에게나 쉽지 않고, 생계 등 여러 가지 문제가 발목을 잡아 그냥 살던 삶을 살아간다. 김미숙은 예외적인 존재다. 그는 어떻게 싸우는 사람이 되었을까. 성장기에 어떤 삶을 살았을까. 그러니까 그는 어떻게 오늘의 그가 되었나.

산재 관련 기자회견이나 집회 현장에 나갔다가 김미숙 선생님을 몇 번 뵌 적이 있다. 스마트폰을 켜서 발언문을 한 줄 한 줄 눈물로 읽어내려갔다. 글의 내용은 매번 같은 듯 달랐다. 저 글이 어떻게 쓰여지는지 궁금했다. 측근에게 물어보니 대외적으로 발언하는 모든 글은 손수 쓴다고 했다. 나한테는 세상에서 가장 어려운 글쓰기가 성명서-발언문인지라 김미숙 선생님이 더 대단해 보였다. 무엇이 그로 하여금 쓰게 하는지 알고 싶었다. '글 쓰는 여자의 탄생'으로 방향을 잡았다.

"사랑을 잃고 나는 쓰네"라는 시구대로 글쓰기는 잃은 자들의 몸부림이 남긴 흔적이다. 가슴에 난 구멍을 언어로 메우는 일이다. 그도 그랬다. 잠이 오지 않아서, 세상에 외치고픈 말이 너무 많아서 쓰지 않을 수 없었다고 했다. 나는 글쓰기가 있어야 할 자리가 바로 여기라는

김미숙

확신이 들었다. 선생님에게 글을 쓰다가 혹시 도움이 필요하면 언제든지 연락하시라고 귀띔했다. 이후 한번씩 글을 봐달라는 문자가 왔다. 주로 깊은 밤이었다. 아직 안 주무셨냐고 물어보면 글을 쓰고 있었다고 했다. 긴급하게, 그리고 절박하게, 쓰는 사람으로 그는 살고 있는 것이다.

나는 가끔 선생님에게 안부를 묻는다. 그날 연락을 했더니 내일로 다가온 (김용균 사망사고에 대한) 공판을 앞두고 탄원서를 모으는 중이라고 했다. 나는 뭐라도 힘을 보태드리고 싶어 써서 보내겠다고 말씀드렸다. 새벽 1시가 넘어서야 보냈는데, 답장이 왔다. 왜 안 주무셨냐고 물으니 1심 선고가 내일로 다가오니 잠이 오지 않는다며 그가 말했다.

"가해자도 저처럼 잠 못 잘까요? 왜 피해자는 평생 벌 받듯 아프게 사는데 가해자들은 반대가 될까요?"

나는 "부조리한 세상이라서, 모든 게 거꾸로 됐다"며 맥없이 같이 한탄했다. 선생님은 "인과응보라는 것이 있었으면 좋겠네요"라고 했다.

다음 날인 2022년 2월 10일 대전지법은 원청 대표인 한국서부발전 김병숙 전 대표에게 무죄를 선고했다. 하청업체 등 사고에 직접 관련된 부서 책임자들에게는 징역형이 선고됐지만, 모두 집행유예 처분을 받았다. 기사에는 "재판부가 죽은 사람은 있는데 책임져야 할 잘못한 사람은 없다고 판결했다"며 "참담하다"는 김미숙 선생님의 반응이 실렸다. 나도 참담했다.

왜 피해자가 고통받는가? 이 물음을 내려놓지 못하는 한 그는 계속 쓰는 사람으로 살아갈 것 같다.

2부

사람을
지나치지 못하는 사람

"모든 존재가 긴밀히 연결되어 있고
서로가 서로에게 존재의 근거가 되죠"

"제가 공연하는 걸 좋아하는 뮤지션이에요.
왜 그런가 생각해보니까
사람을 보고 싶은 거예요, 결국
내 노래를 듣는 사람을
눈으로 확인하고 싶은 거예요."

노래 속의 대화

시와

가수

시와는 종종 찾아가는 길상사(서울시 성북구)에서 평소 앉아 쉬던 자리의 반대쪽에 앉았다. 늘 앉아 있던 자리를 건너편에서 바라보니 못 보던 것을 발견한 기분이 들었다. 가사와 멜로디를 잊지 않으려고 휴대전화에 녹음하고 흥얼거리면서 집에 왔다. 그렇게 만든 노래가 〈랄랄라〉(2007)다. 홍대 라이브클럽 '빵'에서 가수 활동을 시작해 "들여다보고 안아주는 노래"들로 꾸준히 사랑받으며 어느덧 14년 차 뮤지션이 된 시와.

그가 이번에도 슬쩍 위치를 바꿔보았다. 무대에서 관객을 기다리는 게 아니라 관객이 편히 여기는 장소로 찾아가기로. 단 한 명이 원해도 간다. 공연료는 신청한 사람이 형편껏 내면 된다. 이렇게 시도한 자리가 '당신을 위한 진짜 작은 콘서트—노래 속의 대화'다.

이는 코로나 시대에 맞춰 급조된 이벤트가 아니다. 본래 속닥

이듯 대화하는 느낌의 노래를 불러왔고 "내 노래 듣는 사람을 보는 걸 좋아하는" 뮤지션으로서 품어온 상상 속 공연을 이참에 시도하는 것이다. 색다르고 시와다운, 이 무대를 직접 경험하기 위해 서울 연남동의 한 문화공간에서 '노래 속의 대화' 형식으로 인터뷰를 진행했다. 한낮의 적막이 내려앉은 공간, 시와는 기타 줄을 고르다가 나의 신청곡 〈랄랄라〉의 첫 음을 뗐다.

노래로 말하기, 다 열어놓는 공연

나만을 위한 노래를 듣는 일은 황홀했다. 좀 긴장되고 책임감도 들었는데, 무엇보다 내가 소중한 사람이 된 것 같다고 소감을 말했더니 시와는 어떤 책임감이 드는지 물었고 나는 관객이 나 혼자니까 잘 들어야겠다는 생각이 든다고 말했다. 자연스레 '노래 속의 대화'가 시작된 것이다.

"현재 마음이 어떤지 제가 질문을 드리기도 하고, 먼저 얘기하시는 경우가 더 많아요. 노래하고 이야기하면서 또 이어지는 노래가 있으면 더 불러드리고요. 듣는 분도 '이거 들으니까 이 노래 생각나요' 하시면 그거 또 불러보고요. 오늘 어떠셨는지 묻고 저도 이야기하고 헤어져요. 그러면 두 시간이 훌쩍 가요. 사실 모자라요. 좀 아쉬워요."

'노래 속의 대화'는 시와의 SNS 계정을 통해 공개됐다. 1차 공연 기간은 한 달간 총 10회. 서울에서 지하철이 닿는 곳으로 장소를 한정해 시와가 기타 하나 둘러메고 직접 찾아간다. 관객은 1명부터 최대 6명까지 가능하다. 공연료도 정하지 않았다.

"작년 연말에 처음 생각했고요. 정말로 소규모 공연이다 보니까 비용이 필요해서 한 문화재단의 예술기금 지원 사업에 냈어요. 그건 안 됐죠. 이 공연은 지원 사업과 관계없이 하고 싶었어요. 그런데 사회적 거리두기로 공연을 못 한다는 불안한 마음이 있었고, 그만큼 관객이랑 좀 더 연결되고 싶은 마음이 컸죠. 코로나를 계기로 공연 계획을 더 가속화한 건 맞아요.

(공연료는) '시와가 나한테 노래를 들려주는데 이 정도는 줘야지' 하고 형편상 부담되는 만큼 빼고 주시면 된다고 말씀드려요. 저도 많이 받고 싶은 마음이 있죠. 그러면 그걸 지불할 수 있는 사람하고만 만날 수 있잖아요. 그러고 싶진 않았어요.

그냥 다 열어놓은 공연이라서 저는 좋아요. 자연스럽게 흘러가는 와중에 서로 배려한다든가 균형을 맞추고자 하는 흐름을 믿어요. 안전 문제도, 제 SNS를 팔로 해야 알 수 있는 공연이잖아요. 어떤 경로로든 어렵게 저를 찾아와서 신청한 사람인데 이상한 사람일리 없다고 생각해요. 그래도 최소한의 안전장치로 공연할 때 스태프들이 같이 가요."

유튜브로 공개된 첫 공연을 보면 시와는 눈물을 흘렸다.

"일단 저는 잘 우는 사람이고요.(웃음) 부끄럽지만 부끄러워하지 않으려고요. 왜냐하면 눈물도 말이잖아요. 공연을 왜 하게 됐는지 설명하다가 울었던 것 같아요. 저도 '내가 이 말을 해도 되나'라는 생각들 때문에 말하지 못할 때가 많아요. 주로 듣기만 하고요. 그렇다면 난 언제 이야기를 하는가 생각을 하면 노래로 말을 하는 거예요. 내가 말하고 싶은 마음으로 누군가의 이야기를 듣게 돼요. 그 이야기를 하다가 울컥했어요. 좋은 분을 만난 것 같아요, 그날."

눈물 앞에 당당한 시와의 태도는 잘 우는 사람인 나에게도 용기를 북돋웠다. 내가 잘 우는 것보다 못 우는 게 더 문제 같다고 말하자 시와는 맞장구를 쳤다.

"맞아요. 못 울어서 잘못되는 일은 있어도 울어서 잘못되는 일은 없어요."

퇴근 뒤 노래하는 교사에서 가수로

'시와'는 지금은 사라진, 그가 좋아했던 작은 가게의 이름이다. 그리움을 담아 지었다. 본명은 강혜미. 1996년 대학에 입학해 노래패 동아리에 들어갔고 거기서 기타도 배웠다. 덕분에 작곡을 하게 됐다. 졸업 후 특수교육 전공을 살려 교사로 일했는데 재직 중에 특수교사를 위한 음악치료 연수를 몇 년간 듣다가 노래를 만들어 부르는 '창작의 기쁨'에 눈떴다. 교사 강혜미로 살아가며 조용히 키워온 음악에 대한 열망이 점화된 것은 서른쯤, 홍대 라이브클럽에서다.

"원래 공연을 자주 보러 다녔어요. 어느 날은 앞에서 노래하는 사람이 너무 부럽더라고요. 더 바랄 게 없다는 표정으로 노래하는 것처럼 느껴지고. 그날 그 클럽 사장님에게 가서 여기서 노래하려면 어떻게 해야 하냐고 물어봤어요. 자작곡으로 오디션 보면 된다고. '저 노래 있어요'라고 해서 그날 공연한 분이 기타를 빌려줘서 바로 오디션을 봤어요. 〈길상사에서〉로. 근데 잘하지 못했겠죠. 연습을 한 게 아니니까.(웃음) 한 달쯤 연습하고 한 번 더 오디션을 봤는데 안 되고, 결국 두 번 떨어지고 세 번째에 공연 날짜 잡자고 해서 첫 공연 한 게 2006년 2월이에요."

그때부터 퇴근 뒤 저녁과 주말에 클럽 무대에 섰다. 2007년 여름 앨범《빵 컴필레이션 3. 히스토리 오브 빵History of Bbang》에 〈화양연화〉를 실으면서 데뷔했다. 당시 평택 미군기지 이전 반대와 한미자유무역협정FTA 반대를 위한 광화문 촛불 문화제에 서기도 했다. 그렇게 교사와 가수 활동을 4년간 병행하다가 2011년에 가수로 전업했다. 지금까지《소요》(2010),《다운 투 어스Down to Earth》,(2011),《머무름 없이 이어지다》(2014),《다녀왔습니다》(2019) 등 4장의 정규 앨범과 몇 개의 싱글 앨범을 냈다. 따스한 음색, 담백한 선율로 내면과 일상을 섬세하게 그려낸 시와의 노래들 중 음원 차트에서 가장 인기가 많은 곡은 〈완벽한 사랑〉이다.

나는 '노래 속의 대화' 두 번째 신청곡으로 4집에 수록된 〈여전히 모르겠어요〉를 신청했다.

언젠가 나와 조용히 약속하길 어른이라면 혼자서 감당할 것/ 고민의 시간은 끝낸 후에 밝힐 것 어지러운 생각은 드러내지 말 것/ 그러나 가려야 한다면 거짓은 아닐까 너무 어려워/ 마음속 일어나는 바람 잠잠해지지 않고 모두 흔들어/ 오해로 가득한 나날이여/ 오늘의 나를 거짓이라면/ 어느 곳에 온전한 내가 있을까.

"그때그때 저에게 크게 인상에 남는 일이 자연스럽게 가사로 나왔어요. 4집은 '나를 찾는 여정'으로 주제를 잡고 제 마음의 흐름을 가사로 썼고요. 많은 분들이 '진정한 내 모습으로 살고 있는가'라는 생각을 하시는 것 같아요.

제 안에는 여러 가지 마음이 들끓고 있고 어떻게 보면 부정적이라고 할 만한 것도 있는데 저는 평온한 표정으로 노래를 하는 거죠. 저는 부대끼고. 사실 나 이런 사람 아닌데. (막 짜증도 내고요?) 네. 특히 질투 이런 거.(웃음) 근데 샘 절대 안 내는 사람처럼, 돈 욕심 없는 사람처럼 보이고. 이런 모든 결점이 다 있는 사람인데 어쩌면 나는 그렇지 않은 모습만 내보이고. 내가 내 발목 잡은 거지만요."

시와는 이럴 때 질투의 감정을 느낀다.

"저는 곡을 못 쓰고 있는데, 곡을 못 쓰니까 음반을 못 내고 그런 시기에 어떤 친구는 음반을 내고 반응이 좋아 보이면 부럽고 세상 멋진 사람 같고 난 못 할 것 같고. 내가 내면 저렇게 될까. 근데 그런 감정이 자연스러운 거라고 생각하지 못했었어요. 숨겨야 하고 드러내면 큰일 난다. '사람 누구나 다 자기 나름대로 살아가고 있는데 그걸 왜 쟤는 잘나 보이고 나는 아니라고 생각을 해?'라고 저 자신에게 말하고 있는 거죠."

시와 안에는 도덕 교사가 한 명 살고 있는 걸까.

"그런가 봐요. 제 꿈속이 그렇게 맨날 학교예요.(웃음) 왜 맨날 학교 꿈을 꾸지 하고 의아해했는데 언뜻 생각해보니까 내가 정말 지키고 싶은 규율, 규칙이 많구나 싶어요. 지금은 괜찮다기보다 샘

116

나는 마음 때문에 그거에 사로잡히진 않는 정도 같아요. 결국은 감정이 있는 그대로의 자기 모습인데 그걸 드러내면 안 돼, 숨겨, 나쁜 거야라고 할 때 오히려 저한테 끼쳤던 해악이 더 많았던 것 같아요. 그냥 나 부러워, 샘나라고 할 때 휘둘리지 않더라고요.

그게 어떤 마음이냐면 천장이 있는 것 같아요. 벽이랄까? 인디 뮤지션으로서 음반을 내고 잘되면 〈EBS 스페이스 공감〉에 나가는 것까지의 범위. 그걸 어떻게 보면 그냥 반복하고 있는 거죠. 제가 할 수 있는 한에서는 거기까지라는 걸 음반을 낼 때마다 경험하는 게 있긴 있어요.

어떻게 해야 할지는 잘 모르겠어요. 그래서 제가 시와만의 고유한 것을 찾아야 한다고 생각했던 것 같아요. 더 많은 관객을 만나기보다 반대로 최소 관객을 만나는 공연으로. 또 어느 순간에는 더 많이 알려지고 싶어할 수도 있겠죠. 그런 마음이 들 때 가장 어려운 것 같아요.

저는 아예 싹을 자르는 게 방법일 줄 알았는데 그게 아니더라고요. 자를 수도 없고요. '노래 속의 대화' 하면서 만나는 분들에게 제가 메시지를 줘도 된다면, 줄 수 있다면 그런 부분인 것 같아요. 그런 감정이 생긴 데에는 다 이유가 있으니까 괜찮다."

"경제적인 어려움은 사실 학교에 사직서 내면서 못 벌면 안 쓰면 되지 생각했어요. 제가 10년 동안 일했고 퇴직금도 받고 그런 돈

117

들이 바탕이 되니까. 그래도 매달 월세는 안 내도 돼서 없으면 안 쓰고 이렇게 살 수 있죠. 지금 제 친구들이 우스갯소리로 말해요. '네가 버티는 힘은 전세이기 때문이다.'(웃음) 근데 이번에 코로나로 제가 어려워 보이잖아요. 친구들이 막 도와주려고 했어요.

제가 '노래 속의 대화'를 한다고 하니까 공연비를 먼저 입금하고 나중에 나아지면 공연하러 오라는 어른도 계셨고, 이 공연을 선물하고 싶다고 입금하는 분도 계셨고요. 그런 도움으로 저는 버텨왔죠."

예술 분야도 양극화가 심한 분야로 가난한 예술가가 목숨을 잃는 일이 뉴스가 되는 시대다. 그의 주변에 생계로 고민을 하는 후배들이 있다.

"저는 그래도 싱어송라이터니까 유튜브로 라이브도 하고 온라인 랜선 공연도 해요. 근데 그것도 혼자서 무대를 꾸릴 수 있는 사람에게만 가능한 일이더라고요. 다른 연주자들은 이럴 때 더 힘들어요. 주변에서 온라인 공연을 기획해서 섭외가 와도 그게 노래하는 사람에게만 집중되는 거예요. 그래서 제가 연결했어요. 이번에 재난지원금 받았잖아요. 저를 한 번 도와주신 어른이 요새 어떠냐고 또 물어보셔서 저보다 더 어려운 친구가 있다고 했더니 그분이 너무 좋다고, 정부에 기부하기 싫고 진짜 예술인 지원하고 싶다고 해서 소개했어요."

개인의 선의에 기대지 않고 예술가의 생계와 창작 활동을 해결할 방안을 묻자 그는 "기본소득"이라고 답했다. 그는 또 예술인복지재단과 연계된 예술인 경력정보시스템을 소개했다. 거기에 자신이

시와

발표한 작품을 등록하면 예술인 증명이 경력확인서처럼 나오고, 어린이집에 긴급보육 맡길 때 등 활용할 수 있다고 전했다.

"세션들도 참여한 음반이 있으면 돼요. 앨범에 크레디트를 정확하게 쓰는 것도 제가 할 수 있는 일일 것 같아요. 한 명도 빼놓지 않고 조금이라도 참여했다면 다 올려야죠."

청각장애인이 아니라 그냥 사람에게 하는 공연

'노래 속의 대화' 소식을 들은 한 선배는 그에게 말했다. "시와가 정말 사람 대 사람으로 만나는 일을 생각했구나." 참말이다. 시와는 뮤지션, 관객 같은 집단으로 묶이는 이름 말고 개별적인 존재가 만나는 일이 일어나기를 소망했다. 실제로 보청기를 껴서 소리는 듣지만 공연장에 가는 건 엄두를 못 냈다는 한 청각장애인이 공연을 신청하면서, "청각장애인에게 하는 공연이라고 걱정하지 마시고 그냥 인간 누구누구에게 한다고 생각해달라"고 당부했다. 시와는 "그러려고 이 공연 한다"며 그를 정중히 안심시켰다.

사연은 다채롭다. 새로 이사 간 집의 거실 전망이 너무 좋은데 혼자 보기 아깝다며, 또 아이가 어려서 공연을 보고 싶어도 나갈 수 없다며 가수를 집으로 초대한다.

뜻밖의 추억도 생겼다. 공연을 마친 시와에게 관객이었던 여자 친구들 넷이서 그의 노래 〈새 이름을 갖고 싶어〉를 불러주는 깜짝 무대를 선보인 것. 와! 세상에! 듣기만 해도 아름다운 장면이 연상된다. "눈물 흘리셨겠네요?" 묻자, "지금도 눈물 나잖아요"라며 시와는 눈물을 닦았다.

"넷이서 서로 파트 나눠서 부르고, 저는 안 해본 화음도 만들어서 넣고. 그 마음이 너무 고맙고, 너무 예쁜 거예요, 그 사람들이."

늘 있던 자리 건너편에서 바라보니 보이는 삶의 진풍경을 시와는 마음에 꼭꼭 저장 중이다. 그 근사한 기분과 감정은 훗날 노래로 만들어 세상에 돌려보낼 것이다. 언제나 그랬듯이.

이 진짜 작은 공연이 코로나 시대에 생존 양식이 될 수 있을까. 그럴 수도 있고 아닐 수도 있다. 우리가 확인할 수 있는 진실은 비대면 비접촉 시대에도 "노래 만들고 부르는 게 그냥 좋아서 노래한다"는 시와의 열망은 식지 않고, 좋아하는 가수의 노래를 직접 듣고 싶어 하는 팬들의 지순한 마음은 살아 있다는 것이다. 가수와 팬 사이에 암묵적으로 형성된 위계와 과잉된 자의식의 예술가라는 익숙한 전제를 뒤집어서 자신의 노래와 향기를 지키는 사람, 시와는 '노래 속의 대화'로 생에 다가가는 방법을 입증하고 있다.

글 쓰는 친구들과 만난 자리였다. 공연도 강연도 없고 극장도 텅 빈 코로나 와중에 밥줄 끊긴 예술가에 관한 이야기를 나눴다. 지금은 시민 단체에서 정규직으로 월급을 받는 한 시인은 예술가를 후원하는 게릴라성 프로젝트가 있길래 참여해 한 사람에게 30만 원을 기부했다고 말했다. 자격 증빙도 후원금 사용 보고도 없단다. 이 화끈하고 시적인 연대 모델이 맘에 들었다. 그런 얘기 끝에 가수 시와 소식을 들었다. 시와가 단 한 명의 관객이라도 찾아가는 공연을 하고 있다고.

인터뷰를 하고 싶었다. 궁금한 게 많았다. 뮤지션은 무대 위에서 완벽하게 연출된 '이미지'를 보여주기를 바랄 텐데 자신이 통제할 수 없는 상황에 간다는 게 선뜻 이해되지 않았다. 그런데 또 자꾸 생각을 진척시키다 보니 시와가 급진적인 사람 같았다. 통념을 거스르는 자는 시대를 앞서가는 자니까. 인터뷰할 때 나는 자칫 실례가 되지 않을까 우려하며 조심스레 물었다. 가수로서 자의식 같은 게 발동하진 않았는지.

"제가 공연하는 걸 좋아하는 뮤지션이에요. 공연을 부담스러워하고 공연보다는 음반 작업을 더 선호하는 뮤지션이 있어요. 왜냐하면 음반은 자기가 만든 완벽한 세계일 수 있잖아요. 그런데 저는 음반 작업도 뿌듯하고 보람 있지만 공연을 참 좋아해요. 왜 그런가 생각해보니까 사람을 보고 싶은 거예요, 결국. 내 노래를 듣는 사람을 눈으로 확인하고 싶은 거예요."

솔직하고도 사랑스러운 대답이지만 좀 간지럽기도 했고 궁금증은 풀리지 않았다. 대관절 노래를 듣는 사람을 눈으로는 왜 확인하고 싶은지.

"사랑받고 싶은 거 아닐까요? 노래를 만들 때에는 단순하게 말하면, 말하지 못한 내용을 노래로 만들잖아요. 발표하고 부르고 나면 그 노래가 내 얘기 같다는 사람들, 그 노래에 같이 울어주는 사람들, 고개를 끄덕이는 사람들이 다 나타나는데 그때 저는 나만 이런 게 아니구나라는 연결감을 느껴요."

시와는 정말 좋아했다. 노래도, 대화도, 사람도. 이 찾아가는 형식의 콘서트는 코로나 이전인 2019년 연말부터 계획했다고 했다. 이는 인터뷰에 나온 대로 14년 차 뮤지션으로서의 깊은 불안과 고민에서 나온 방책으로, 코로나 시대 생존 예술가 되기 이전에 그저 "노래하는 사람"으로 살아가기 위한 모색이고 시도였다. 아무리 그래도, 일일이 팬을 찾아가는 게 좀 번거롭기도 할 텐데 조금의 저어됨도 없었는지 한 번 더 물었을 때 그는 예의 차분함으로 답했다.

"이렇게 좋은데요. 어떻게 보면 저도 계속 환대받는 상황을 만드는 거잖아요. 그러니까 전혀 그렇게 생각 안 들었던 것 같아요."

시와를 인터뷰하고 나니, 그는 어떤 가수인가가 아니라 나는 가수를 무엇이라고 생각하는가가 밝혀진 기분이다. 역시 좋은 대화는 자기 이해를 돕는다.

나는 신비주의를 고수하는 뮤지션 '덕질'을 오래 해왔고 세기의 뮤지션들을 주인공으로 한 음악 영화는 빠짐없이 챙겨보는 편이다. 그 부작용으로 나도 모르는 사이, 가수를 너무 대단하게 생각했다는 자각이 들었다. 대단한 가수의 프레임이 편협했다. 자기가 하고 싶은 음악을 발표하는 사람과 그 음악을 좋아하고 들어주는 사람이 연결되는 것, 그런 삶의 자리를 오래오래 마련하고 이어가는 일도 중하고 대단한 일임을 시와에게 배웠다.

별을 노래하는 마음으로 모든 죽어가는 것을 사랑해야지 다짐하는 시인처럼 모든 팬을 두 발로 찾아가는 시와의 삶은 시적이다.

"사람이 있으면 달라져요.
 가족이 아니어도 곁에 사람이 있으면 달라지거든요.
 전 그걸 믿기도 하고
 또 실제 경험도 해요."

서로의 결

김중미

소설가

내비게이션의 길 안내가 종료됐다는 안내 음성이 나왔는데도 눈앞에는 흙길에 나무만 무성하다. 이런 곳에 집이 있을까 하는 의구심을 안고 비탈길을 오르자 단층주택 한 채가 하늘을 이고 앉아 있다. 소설가 김중미의 집이자 공부방이다. 환한 웃음으로 취재진을 맞이한 그는 마당에서 기르는 개 다섯 마리를 차례로 어루만지며 이름과 특징을 소개했다. 집 안에는 고양이 여섯 마리가 산다. '버려진 아이들'을 하나둘 거두다 보니 대식구가 됐다.

　이곳 강화도 양도면으로 이주한 지 20년. 원래는 농사를 지으려고 왔는데 '필요한 아이들'이 보여서 방 한 칸에 청소년 공부방을 열었다. 그의 하루는 밤새 난리가 난 고양이 털을 치우는 것으로 시작하고, 저녁 7시부터 밤 10시까지 아이들 숙제를 봐주는 것으로 끝난다. 소설가 김중미 '존재의 시원'이라고 할 수 있는 인

125

천의 '기찻길옆작은학교'도 짬짬이 오간다. 김중미를 세상에 알린 《괭이부리말 아이들》(창비, 1999) 이후 《조커와 나》(창비, 2013), 《모두 깜언》(창비, 2015), 《나의 동두천》(낮은산, 2018) 등 작품을 꾸준히 발표했다.

소설가, 활동가, 농부까지 직업이 여러 개다. 쓰거나 쓰지 않는 삶. 쓸 때는 가난을 쓰고 쓰지 않을 때는 가난을 산다. 그리고 소설 《곁에 있다는 것》(창비, 2021)을 펴냈다. 여성 청소년 세 명을 중심으로 할머니, 어머니, 딸로 세대를 이어 대물림 되는 가난과 여성 연대를 그렸다. 배경이 '은강'이다. 《난장이가 쏘아올린 작은 공》(1978) 속 지명과 같다. 그가 가난을 말하길 멈추지 않는 이유는 무엇일까. 초봄 햇살에 꾸벅꾸벅 조는 고양이 청중을 모시고 거실에서 그와 이야기를 나누었다.

가난을 이야기한다는 것

먼저 소설 《곁에 있다는 것》을 쓰게 된 계기를 물었다.

"저희 공부방이 있는 곳이 재개발에서 밀려난 구도심이에요. 나이 든 원주민들이 돌아가시거나 떠나면서 공동화되자 구와 시에서 마을공동체 복원 같은 이유를 대면서 다른 도시처럼 구도심을 관광자원화하고 싶어 했어요. 가난을 상품화하는 발상인데요. 가난은 그냥 존재하는 거잖아요? 물론 구조적인 가난은 분명 벗어나야 하는 거고요. 가난하지 않은 사람은, 가난한 이들이 싸워야 할 진짜 적이 무엇인지 몰라요. 그걸 볼 수 있는 건 당사자인데 사회가 '너네

김중미

는 아무것도 아냐, 시키는 대로 해'라고 하죠. 가난한 사람들이 목소리를 내면 짓밟죠. 이런 게 피해의식으로 있어요. 근데 이 사람들이 가난을 피하려야 피할 수 없어요. 존재 조건이에요. 그렇다면 무엇을 할까? 혼자선 못 싸우니까, 저는 당사자들이 자각을 하고 일어났을 때 변화한다고 생각해요."

《곁에 있다는 것》에서 여성이고 청소년인 지우랑 강이랑 여울이가 쪽방체험관을 막아선다. 또 삼 대에 걸친 여성들 이야기가 소설의 중심축을 이루어 페미니즘 소설로도 읽힌다. 시대의 흐름을 반영한 것인지 물었다.

"공부방을 시작한 초창기에 '기찻길옆작은학교'에 다니는 아이들의 엄마들하고 매주 글쓰기를 했어요. 엄마들이 밤 10시, 11시까지 잔업하고 집에 가다가 공부방에 불 켜져 있으면 불쑥불쑥 와서 신세타령을 하셨죠. 또 할머니들이 늘 '여자들이 강해' '남자들은 다 나자빠지는데 우리는 그 일을 다 했어' 이런 얘길 하시고.(웃음)"

소설에도 "가족이 그나마 굶지 않고 사는 것은 순전히 어머니와 딸들 덕분이었는데, 그런데도 집안을 이끌어갈 사람은 아들이라고 하니 황당했다"는 문장이 나온다.

"엄마들한테 항상 들었던 얘기예요. 처음 야반도주하듯이 만석동에 와서 공장 다니시던 이야기들요. 그때부터 전 어머니들의 이야기에 관심이 많았어요. 엄마들의 목소리를 직접 낼 수 있으면 참 좋겠다 싶었는데, 그때나 지금이나 여성들 삶이 힘들잖아요. 언젠가는 엄마들 이야기를 하고 싶었는데 섣불리 할 수가 없었어요."

오래전부터 묵혀둔 글감이다. 그러나 요즘처럼 주식이나 부동

산같이 부자 되는 법에 관심이 쏠려 있을 때 '가난'을 꺼내는 일이 쉽지는 않았을 거 같다고 하자 김중미는 "사람들이 다 잘살아서 외면하는 건 아닐 것"이라고 했다.

"모든 게 풍요로워야 하고 성공해야 하고 남들하고 똑같아져야 하고 이런 와중에 가난을 이야기하는 건 나의 비루함을 드러내는 일이죠. 불편할 수도 있는데 글 쓰는 사람은 말해야 할 것을 해야 한다는 생각이 들어요. 그래서 계속 부여잡고 있게 되나 봐요."

난쏘공 읽고… 공부방 33년째 운영

김중미는 인천에서 태어나 생후 100일부터 동두천에서 자랐다. 분단의 모순이 모여드는 곳. 이웃 언니가 양공주가 되고 어느 날 사라진 친구는 미국으로 입양됐다. 수첩에 뜻도 모르고 '텍사스' '늘 봄' 같은 클럽이나 술집 이름을 줄줄이 써가면 엄마한테 혼이 나곤 했다. 세상의 어둠을 예민하게 감지했고 사람이 얼마나 모순투성이인지 깨우쳐준 곳, 그런 세상과 사람까지도 사랑하는 법을 가르쳐준 곳. "어떤 삶을 살아야 할지, 어디로 가야 할지 헤맬 때마다 내 의식보다 앞서서 내 삶을 결정하게 하는 그 무엇"이 동두천이었다.

아버지는 미군 부대에서 일했다. 월급날이면 식구들에게 책을 한 권씩 사줬다. 방 안에는 전축 스피커가 매달려 있었다. 책과 음악 덕분에 그는 부자로 산 적 없지만 가난도 느끼지 못했다. '나의 사회적인 가난'에 직면한 것은 인천으로 돌아와서다. 집 주변 낡은 시립 아파트 단지 너머 산동네까지 처연한 삶의 풍경이 열여덟 살 아이의

김중미

눈에 서서히 들어찼다. 때마침《난장이가 쏘아올린 작은 공》을 읽던 중 강렬한 느낌이 왔다. 나도 난장이, 엄마, 아빠도 난장이구나.

고등학교 졸업 후 대학병원 원무과에서 일했다. 약자에 대한 감수성이 남달랐던 그는 마음 편히 일하지 못했다. 병원은 의사, 간호사, 간호조무사, 청소노동자 등으로 나뉜 촘촘한 계급사회였다. 낮에는 돈 있는 사람들이 오고, 밤이 되면 산동네 사람들이 응급실에 왔다. 열다섯 살 노동자가 손이 잘려 실려 오는 것을 목격하기도 했다. 문득 자신의 꿈이 부질없게 느껴졌다. "나보다 공부 잘하는 동생 대학 보낼 때까지만 돈을 벌고 나도 대학을 가겠다"는 계획을 지웠다. 스물넷 나이에 인천의 달동네, 그러나 판잣집조차 아름답게 보이던 만석동에 자리를 잡았다.

그로부터 10년이 지난 어느 날, 그를 '은강'으로 이끌어준 귀인을 마주했다. '난쏘공'을 쓴 조세희 작가를 인천 공부방에서 만난 일화를 그는《곁에 있다는 것》작가의 말에 썼다.

"우연히 만났어요. 그냥 쑥 올라오셨어요. 조세희 선생님이 아는 사진가가 난쏘공 쓸 때 취재하셨던 곳을 가보자고 해서 몇십 년 만에 다니러 오신 건데, 당신이 지났던 그 길에 다른 동네들은 쇠락해가는데 여기는 막 애들 신발이 있고 애들 목소리가 들리니까 희한해서 올라오신 거죠.(웃음)"

조세희를 알아본 김중미가 반색하며 "고등학교 때 선생님 소설을 읽고 빈민운동을 하게 됐다"고 말했더니 이런 답변이 돌아왔다. "제가 몹쓸 짓을 했네요."

《괭이부리말 아이들》은 제4회 창비좋은어린이책 원고 공모에서 대상을 받았다. 김중미가 공부방에 몸담은 지 12년 만에 쓴 작품이고, 태어나서 처음 써본 소설이었다. 어려서부터 '미술 할 아이'라는 말을 들었지 작가를 꿈꾼 적은 없었다. 글쓰기라곤 공부방 수업에서 엄마들과 일기를 쓴 게 전부였는데 동두천에서부터 몸에 쌓여서 발효된 어떤 절박함이 그를 등 떠밀었다.

"IMF를 거치면서 가난이 어떻게 소비되는지, 어떻게 왜곡되는지 보는 게 너무 힘들었고, 화도 나고요. 근데 뭐 할 게 없어서, 내가 쓰기라도 해야 돼, 하면서 갑자기 쓰게 됐어요."

나를 사람답게 지켜준 이웃들

그는 가난에 대해서 쓰지 않는다. 그가 서 있는 위치에서 본 것을 쓰는데 그게 항상 가난이다. "중앙에서 보면 안 보이고 가장자리에서 봐야 잘 보이"는 것들을 성실하게 실어 나른다. 《곁에 있다는 것》도 그랬다. '이걸 써서 뭐 하나' 계속 회의에 빠지는데 끝까지 쓸 수 있었던 건 어쩌면 팬데믹 때문인 듯하다고 했다.

"학교에 안 가면 애들이 일단은 먹는 게 안 돼요. 세끼 밥 중에 그나마 제대로 먹는 게 학교 급식이거든요. 그게 무너지면 애들이 편의점 음식에 더 길들여지죠. 중산층 아이들은 이 팬데믹 상황에서 쓸데없이 학교 가서 낭비하지 않고 사교육 시킨다고들 하죠. 주말이면 강화도가 난리였거든요, 주차장이 캠핑장이 된 거예요. 근데 저희 애들은 더 혼자가 되고, 그래서 무기력해진 애들도 더 많아요. 엄마 아빠는 직장 갔다 와서 힘드니까 주무시면 얘네는 밤새 게임

하고 아침에 못 일어나고요."

현재 만석동에 오는 아이들은 37명. 강화 공부방에는 "우유를 여덟 개 사면 다 없어지니까 여덟 명"이 온다. 그에게 집다운 집이란 어떤 의미인지 물었다.

"나를 기다려줄 수 있는 사람이 있는 곳. 아마 1988년쯤일 거예요. 어쩌다 저도 주말에 집에 가는데 밖에서 놀던 애들이 뛰어오더니 '어디 가냐'고 물어요. 그래서 '나도 엄마가 있어. 그래서 집에 가는 거야' 했더니 그 아이가 그러는 거예요. '그럼 불을 켜놓고 가요. 우리가 보통 밤 10시까지 여기서 노는데, 공부방에 불이 켜져 있어야 맘이 놓이고 불이 꺼져 있으면 기분이 이상하다'고요. 여기 불 꺼놓으면 안 되겠구나. 아, 함부로 떠날 수 없는 거구나. 그 생각이 그때 처음 들었던 거 같아요."

그때 '불 켜놓고 가야 기분이 좋다'고 했던 아이는 이제 마흔이 넘은 중년이 됐다. 가끔 큰이모 목소리를 듣고 싶다며 전화를 한다. 지금까지 공부방을 졸업한 아이들이 몇 명이냐고 사람들은 자주 묻지만 그는 질문을 받지 않는다. "저는 숫자로 하고 싶지 않아요"라고 말할 뿐이다.

"한 아이가 공부방을 졸업하고 대학에 가면서 여러 가지 문제로 이제 자긴 여기랑 안 맞는다고 해서 떠났어요. 그 친구가 작년 3월에 세상을 떠났죠. 그 일을 겪고 저한테는 결국은 아무리 힘들고 슬퍼도 내가 여기 있는 게 맞아, 뭐 이런 생각도 좀 들었죠. 사실 팬데믹이 아니었으면 그렇게 더 빨리 안 갔을 수도 있죠. 그 친구가 더 고립이 됐으니까. 제가 책임감을 느끼고 마음도 많이 아프고요. 그 친구랑 연결된 다른 청년들을 살려야겠더라고요."

사람과 사람 사이 거리를 두어야 하는 팬데믹 시대에 김중미가 내놓은 생존 키워드는 '곁'이다. 사실 이전부터도 그랬다.《괭이부리말 아이들》에서도 힘든 상황에 처한 아이가 주변 어른의 도움으로 난관을 극복한다. 그런 결말이 좀 비현실적인 거 아니냐는 물음에 그는 이렇게 말했다.

"사람이 있으면 달라져요. 가족이 아니어도 곁에 사람이 있으면 달라지거든요. 전 그걸 믿기도 하고 또 실제 경험도 해요. 물론 아무리 마음을 쏟아부어도 제자리인 친구들도 있고 뒤로 가는 친구들도 있지만 그래도 그 친구가 계속 넘어져서 기어서라도 올 수 있는 누군가가 있으면 달라지죠."

김중미 역시 곁의 수혜자다. 그는《곁에 있다는 것》작가의 말에 썼다. 33년 동안 나를 사람답게 지켜준 은강의 이웃들에게 감사하다고.

"공부방에서 엄마들하고 글쓰기를 시작한 일도 저를 지켜줬고요. 어떨 때는 도망가고 싶죠. 아우, 진짜 듣기 싫고 징징거리니까. 근데 그 가난한 현실이 제가 타협하거나 포기하지 않게 해주었던 것 같아요. 도망갈 데가 없잖아요. 내가 외면한다고 해서 없어지는 게 아니죠. 안 보는 거지."

김중미

가난한 사람들이 있다는 걸 아는 게 인간다운 삶

"저는 그렇게 생각해요. 어릴 적 여름이면 골목에 돗자리를 깔아놓고 동네 아줌마들끼리 얘기를 하는데 다 힘든 삶을 사신 거죠. 근데 동화를 봐도 다 슬프잖아요. 몇 학년인지 기억은 안 나지만 그때 제가 깨달은 세상은 인간은 다 슬픈 거예요.

며칠 전에 키우던 개 한 마리가 세상을 떠났어요. 그것도 슬프고. 애들이 아파도 힘들고 저희 공부방도 힘들고. 저희 공동체가 열 가족 정도가 함께해요. 공동체도 세상 속에 있으니까 청년들이 겪는 문제 똑같고 여성들이 겪는 문제 똑같아요. 저희가 공동체로 살면서 보호됐던 것들이 공동체가 흔들리면서 다 터져버리는 시간을 가졌어요. 근데 저는 원망할 사람이 없는 거예요. 내가 선택을 한 거니까 무슨 탓을 할 수도 없고, 자책밖에 없고 힘든 시간들을 보냈어요. 숨을 수 있었으니까 팬데믹이 오히려 고마웠죠."

그에게 《곁에 있다는 것》을 독자들이 어떻게 읽었으면 좋겠는지 물었다.

"제가 굳이 할머니, 어머니, 딸까지 삼 대 이야기를 했던 게, 내 아이를 혼자 키울 수 없는 것처럼, 나 혼자만 안전할 수도 없거든요. 지금의 나는 지난 시간들이 와 있는 거고, 물론 또 나도 흘러갈 거고요. 노동의 역사든 여성의 삶이든 내가 그냥 온전히 나이기도 하지만 내 안에 녹아 있는 시간들 있잖아요. 그래서 때로는 나도 지치고 힘든데, 아까도 말했던 공부방에서 만난 엄마들의 삶이 내 안에 들어와 있기 때문에 제가 버틸 수 있었던 거예요.

그리고 사실 알바 안 하면 못 먹고사는 애들도 많은데, 청소년 노동에 대해서 인정하지 못하는 경우가 있어요. 뭐 '돈 벌어서 물건 사려고 그래'라고 하면서요. 근데 그게 왜 얘네한테 중요한지, 아이들 안으로 들어가는 생각들은 사실 어른들이 그렇게 만들어놓은 거잖아요. 그걸 인정해주고 싶어요."

매스컴에서 촛불집회에 나온 '의식 있는 요즘 청소년'에 주목한다면 김중미는 편의점에서 알바 하느라 촛불집회를 가고 싶어도 못 가는 아이에 주목한다. 우리 사회에서 들리지 않는 가난한 청소년의 목소리를 소설로 살려낸다.

"여울이처럼 강단 있게 자기 걸 놓지 않고 가는 애도, 강이처럼 무른 애도 그렇고, 지우도 각자 자기 자리에서 최선을 다해서 살아가는 모습들이, 그게 옳다. 그래도 충분히 아름답다, 괜찮다, 이런 얘기를 해주고 싶었어요. (공부방에서 연을 맺어왔던 친구들도) 그냥 외롭지 않게, 관계를 놓지 않고 살았으면 좋겠어요. 한 졸업생도 '이모, 우리 목표는 고독사하지 않는 거예요' 그런 얘길 했어요. 청년들 죽음…… 너무 많아서. 오로지 죽지 않는 거. 그냥 살자. 제가 아예 대놓고 그랬어요. 우리 생존신고 하고 살자."

김중미

"엄마 왜 안 떠났어?"

"포기가 안 되더라고."

"뭐가?"

"가난한 사람들이 목소리를 갖는 거."

김중미의 신간 보도자료에서 인용된 부분이다. 대화가 강렬하게 와닿았다. '포기가 안 된다'는 오기 같은 결기. 글 쓰는 사람마다 쓰게 하는 '그것'이 있을진대, 그에겐 가난인 것이다. 가난. 나에겐 무엇이지? 나에게도 가난 같은 것일 텐데 그걸 가난이라고 말해본 적은 없는 것 같다. 빈곤이나 불평등, 같은 어휘 아니면 관계의 가난이라는 말로 사용했다. 그는 일관되게 '가난'을 말한다. 사랑이라는 말을 알고 쓰는 사람처럼 그가 사용하는 가난이란 말은 글에서 떠 있는 법이 없다. 그의 가난은 적어도 초라하지 않았고 그래서 내가 모르는 가난 같았다. 가령, 《괭이부리말 아이들》 이후 20년 만에 내놓은 소설 《곁에 있다는 것》에도 그런 대목이 나온다.

"은강방직에 다니는 여공들은 뼛속까지 가난한 처지라 금세 마음이 통했다" "은강동은 타인과의 비교가 아니라 타인과의 어깨동무로 살아남았다. 슬픔이든, 기쁨이든, 노동이든, 공간이든 무엇이든 나누어야만 살아갈 수 있는 곳이 은강동이다" 같은 문장을 예로 들며 "부족하게 나눌 수 있어 행복하다" 같은 대사가 계속 나오는데 금방 이해가 가지 않았다고 솔직히 말했더니 이런 대답이 돌아왔다.

"왜 어른들이 옛날부터 그런 말 하잖아요. 없는 사람이 없는 사람 마음 안다고. 사람들이 뭐에 쫓겨서 이기적으로 살지만 나한테 어떤 시련이 닥치고 내가 그 처지가 되고 나서야 아, 이 사람이 그랬구나, 아는 것처럼 서로 손 잡는 것밖에 없죠."

그래서인가. 《곁에 있다는 것》에는 여성 청소년 주인공 외에도 특성화고 아이들, 산재노동자, 장애인, 이주민, 보호종료 아이들, 기간제 교사, 라이더까지 사회적 약자들 면면이 고루 다 등장한다. 나는 좀 과한 설정이 아닌가 하는 생각도 든다고 하자, "어디든 비슷할 걸요? 서울에서도 가난한 동네에 장애인들이 많을 거고요. 이주노동자도 노인도 그쪽으로 흘러들어요. 제가 작위적으로 우겨넣는 게 아니라 실제 밀려밀려서 모여 살 수밖에 없어요"라고 했다. 그러고 보니 영화 〈죽여주는 여자〉(2016)에도 트랜스젠더와 장애인과 이주아동 등이 어울려 산다. 살다 보니 떠밀리고 흘러들어 만날 수밖에 없는 것이다.

그의 이야기를 들으며 내가 '은강동'으로부터 먼 생활권에 와 있고, 그래서 내 질문 자체가 무지했다는 자각이 들었다. 여성의 삶을 다룬 《82년생 김지영》(민음사, 2016)을 보고 일부 남성들이 작품 설정이 너무 작위적인 거 아닌가? 했던 것처럼 나도 그러고 있는 꼴이다.

모두가 '부자'가 되는 법을 공부하지만 '부자'로 사는 사람은 많지

김중미

않은 세상에서, 그는 한사코 가난의 이야기를 들려준다. 가난하면 무시당하고 가난하면 도태되고 가난은 영혼을 파괴한다는 단 하나의 앙상한 정의만 위력을 발휘하지만, 가난은 꼭 그런 게 아니라고 삶으로 글로 내보이는 김중미. 그에게 가난에 대한 가장 큰 오해가 뭐라고 생각하는지도 물었다.

"가난한 사람은 게으를 거야. 아무런 노력도 안 하고 평생 저렇게 살아온 것 같죠. 무기력해 보이니까. 근데 그렇지 않거든요. 매 순간 치열했지만 계속 좌절해온 사람들이잖아요? 사실 뭘 어디서부터 시작해야 할지도 모르고요. 실패한 경험들도 많고, 경제적인 상황들 때문에 심리적으로 상처를 받은 경우도 많은데, 그냥 한 개인의 능력으로 판가름을 해버리는 거잖아요."

책에도 이런 구절이 나온다. "상처 입은 채 살아가는 사람들 대부분은 이날까지 살아남았다는 것만 해도 대단한 성공이다." 가난에 대한 정의는 더 풍부해져야 한다. 가난한 사람은 목소리가 없다고 쉽게 말해왔고, 말할 수 있는 사람도 수적으로 드물기도 했지만, 한편으론 들으려는 사람이 없다는 뜻이었다. 심지어 가난에 대해 "아는 것을 적극적으로 거부"(캐시 박 홍)한다. 고개 돌리면 가난을 피해 갈 수 있는 것처럼 말이다. 그렇다. 가난이 사라진 사회는 불가능해도 가난을 부끄럽게 여기지 않아도 되는 관계는 가능하다는 것. 서로가 서로의 곁을 지킨다면 가난해도 살 수 있다는 것을 김중미는 기찻길 옆 공부방이란 한결 같은 풍경에 속함으로써 보여주고 있다.

"어떤 사회든 고유의 회복력이 있고,
한국은 회복력이 매우 강한 나라예요.
희망이 있습니까, 하면
희망은 있다고도 없다고도 할 수 있지만
희망이 있다는 쪽을 나는 택하겠어요."

사람이라는 희망

이영문

국립정신건강센터장

정신의 아픔은 육체의 아픔에 비해 잘 감지되지 않기 때문에, 우리의 정신은 병들어 있으면서도 알아채지 못하는 경우가 많다. 정신의 아픔, 그것만 해도 다행이 아닐 수 없다. 자신이 병들어 있음을 아는 것은, 치유가 아니라 할지라도 치유의 첫 단계일 수는 있기 때문이다. 우리가 이 세상에서 자신을 속이지 않고 얻을 수 있는 하나의 진실은 우리가 지금 '아프다'는 사실이다.

이성복 시인은 《뒹구는 돌은 언제 잠 깨는가》(문학과지성사, 1980) 자서自序에 이와 같이 썼다. 시인은 고통의 맥을 짚는다. 같은 시집에 수록된 시 〈그날〉의 "모두가 병들었는데 아무도 아프지 않았다"라는 시구도 겉으로 발전하고 속으로 곪아가는 세태에 대한 긴 진단명으로 자주 인용된다. 예언이 되어버린 시구대로 우울증,

공황장애, 불안장애, 트라우마, 조현병 등 정신의 아픔을 겪는 이들이 늘고 있는데 우리는 이를 스스로 알아차리지 못한다. '아픔을 느끼지 못하는 아픔'은 정신질환의 대표적인 증상이다. 우린 어떻게 우리를 아프게 하는 것들의 문제를 바로 볼 수 있을까.

질병인식 불능의 시대, 국민의 정신건강을 담당하는 국립정신건강센터의 이영문 센터장을 찾아간 이유다.

그는 일찍이 정신질환의 사회적 치료를 고민한 젊은 의사였다. 이미 1990년대에 '수용시설에서 지역사회로'라는 모토를 내세우며 환자의 편에서 목소리를 냈다. 관련 법률 제개정에 기여해 국민포장을 받는 등 전문성이 인정돼 2019년 11월엔 제3대 국립정신건강센터장으로 임명됐다. 취임사에서도 "한 나라의 정신건강 문제는 사람이 사람답게 살고자 하는 인간의 문제"임을 강조했다. 집무실에서 만난 이영문 센터장은 사진 촬영을 위해 하얀 가운을 걸치며 "십몇 년 만에 입는다"고 말했다. 그가 가운을 입지 않는 이유가 있다.

"제 정신장애인 공부의 근원이 되는 것이 '치료공동체'예요. 영국에서 2차 대전 이후에 맥스웰 존스라는 사람이 창안했어요. 제가 레지던트를 시작할 때 우리나라에도 막 도입되어 치료공동체 모형으로 병실을 운영했어요. 예를 들면 회진이나 치료를 교수가 아니라 환자 시간에 맞추는 거죠. 취침시간 같은 병동 규칙도 투표로 같이 정하고요. 그런 치료공동체 규칙 중 하나가 '노 유니폼'이에요. 의사와 간호사는 가운이 없고, 환자들도 환자복이 없죠. 치료공동체는 환자와 의사의 수평적인 관계를 강조하죠."

이영문

약자 위한 인권클리닉 만들고파

그가 환자의 인권에 관심을 두게 된 계기는 '공부 모임'이다. 1992년 '정신보건연구회'를 만들어 매주 월요일에 동료 의사들과 다른 나라의 정신장애인에 대한 사회정책, 역사, 법을 공부했다. 재활과 치료에서 인권까지 관점을 넓히며 정신보건 운동에 눈떠갔다. 치료가 되어 상태가 좋아져도 치료 과정에서 환자가 억압을 받을 수 있음을, 어느 것이 맞는다는 차원이 아니라 치료와 인권은 모순될 수 있음을 깨달았다. 이런 관점과 문제의식에 기반해 수원시 정신보건센터를 시범적으로 운영하고, 대학에서 의료인문학을 가르치기도 했다. 이후 국립공주병원 병원장, 서울시 공공보건의료재단 초대 대표이사 등을 지냈다. 사람답게 산다는 건 무엇인가, 큰 질문을 품고 현장을 누비며 '의학은 가장 실천적인 인문학'이라는 소신을 키워갔다.

2019년 세계인권선언일에는 제주에 살던 한 트렌스젠더가 우울증 끝에 자살한 사건이 있었다. 성소수자, 청소년, 노인 등 소위 사회적 약자의 정신질환 발병률이 높다. 어떤 대책이 필요할까 물었다.

"저희보다 더 높은 차원에서는 가장 적합한 부서가 보건복지부와 여성가족부죠. 미국에는 소수자minority를 담당하는 청廳급의 부서가 있어요. 영국에서도 '외로움 장관'이 있죠. 겸임제로 국민들의 외로움을 담당해요. 아랍에미리트에는 '행복부 장관'이 있어요. 우리나라도 이런 정책이 필요하다고 봐요. 우리 같은 국가 센터에서는 그분들을 돕기 위한 임상 프로그램을 진행해야죠. 영어로 하면 스페셜 클리닉이라고 하는데, 사회적 약자를 위한 클리닉의 상시 운영을 제 마음속에 늘 갖고 있습니다. 하고 싶어요. 일종의 인권 클리닉이에요. 제가 만약 외로움 장관이나 행복부 장관처럼 직함을 지을 수 있다면 저는 행복부를 맡고 싶어요.(웃음)

국민이 행복해지기 위해서라면 감수성이 커져야겠죠. 인권감수성, 사람의 가치에 대한 눈을 뜨는 것이 가장 우선이라고 봐요. 저는 감수성을 키우기 위해 영화를 자주 봐요. 제게 올해의 영화는 〈82년생 김지영〉(2019)이었어요. 영화를 보고 나서 내가 아직 멀었구나라고 느꼈어요. 내가 그동안 남성으로서 누려왔던 것들……. 사실 제가 밖에서는 진보인 척하지만 집에서는 보수적이거든요. 예를 들면, 내가 결정하면 가족들이 다 같이 한다는 그런 것들. 어떤 날 뭘 하자라든지. 애들 문제도 엄마한테 맡겨버리는……. 아내도 의삽니다. 같은 대학교 의과대학에 입학·졸업한 친구이자 부인이죠. 그런데 그 사람의 역량을 키우도록 도와주지 못했죠. 지금도 집사람…… 아니 집사람이라는 용어 자체가 틀렸죠.(웃음) 요즘 와이프에게 공부를 당하고 있죠. 영화를 같이 봤는데 와이프는 계속 울더라고요. 어떤 면에서 여성들만큼 느끼지 못하는 저에 대해 속상했어요. 이게 한계구나. 여성·남성에 대한 문제에 있어서 아직 나한테는 숙제가 많이 남아 있구나 깨닫는 영화였습니다."

이영문

이영문은 친가가 경북 고령이다. "나는 보수적인 집안 분위기에서 자랐다"고 말하는 그는 집안의 종손으로 1961년에 서울 영등포에서 태어났다. 어릴 때부터 관절염이 있었다. 중2 때 아침에 일어났는데 사지가 안 움직였다. 유사 백혈병 진단을 받았다. 나중에 의학 공부를 해보니까 청소년기에 관절염은 백혈병과 증상이 비슷했다. 1년을 휴학하는 동안 책 읽기에 취미를 붙였다. 고등학교 문예반에 들어가서 시를 썼다. 삶의 행로를 정할 소설도 만났다. 이건영의 《회전목마》(1968). 인간의 원죄를 다룬 이 작품에는 정신장애인들이 등장한다.

"거기에 정신질환이 천형인 것처럼 나와요. 근친혼으로 자녀가 태어났는데 정신질환에 걸리죠. 어머니도 질투망상이란 정신분열증에 걸리고. '천형', 하늘의 벌이라는 개념을 보면서 기이하다고 생각을 했었어요. 자연스럽게 정신과가 있는 걸 알게 됐죠. 의사라는 직업보다 인간의 정신세계를 본다는 느낌이었던 것 같아요. 제가 이과였으니까 거꾸로 정신의학을 공부하려면 의과대학을 가야 한다, 이렇게 된 거죠."

그가 관절염이 나은 이야기도 꽤나 문학적이다.

"그게 참 이상한 경험인데…… 한의사가 한 분 계셨어요. 지푸라기 잡는 심정으로 산골에 갔어요. 경북 영주에서 한 몇십 리 갔더니 쓰러져가는 초가집이 하나 있더라고요. 거기에 웬 폐인 같은 분이 계시는 거예요. 머리를 산발을 하고, 수염도 지저분하고, 옆에 소주병 하나 있고, 하지를 못 쓰는 장애인이 앉아 계셔요. 어머니하고

143

둘이 사시는 무면허 한의사였어요.

제가 아픈 직후라 몸무게가 20킬로그램 정도 됐을 때거든요. 선생님이 가래침 턱턱 뱉으시면서 진맥 한번 해보자고. 그분이 제가 아픈 증상을 정확히 짚어주시는 거예요. 뭐라도 해달라 하니까 그 양반이 소주로 입을 헹군 다음에, 손을 벌벌 떨면서 침을 손바닥 관절이랑 발바닥 관절에 툭툭 놓는데 신기하게 통증이 없어지더라고요. 그날 밤부터 열이 떨어졌죠. 1년을 다니고 어린 시절 6년 이상을 괴롭혔던 병이 다 나았어요. 다음 해에 찾아갔더니 선생님이 이미 돌아가셨대요. 나중에 커서 저에 대한 정신분석을 받을 때 선생님이 '그때 어떤 치료자의 이상을 자네가 본 것 같다'고 하셨죠. 치료자의 이상이란 의사로서의 책임감이나 전문성, 그리고 껍데기로 사람을 판단하면 안 되겠다는 것이겠죠."

정신질환은 완치가 아니라 관리

이영문이 의대에 입학한 1981년만 해도 정신의학과에 대한 인식이 척박했다. "의사 집안이나 부잣집에서 자식이 정신과를 지망하면 반대가 심했다." 다행히 내무부 공무원이었던 그의 아버지는 '미래 학문'이라며 아들의 선택을 지지했다. 그는 1992년에 전문의를 따고 아주대학교병원에서 근무를 시작했다. 정신과에 가는 걸 사람들이 더 꺼렸던 시절이다.

"그때도 선배님들은 10년 전보다는 편견이 많이 줄었다고 하셨어요.(웃음) 지금은 30년 전보다 정신과에 대한 편견이 굉장히 나아졌죠. 일반적인 정신질환에 대한 관용이 커졌다면, 심각한 정신증에 대한 혐오적인 요소는 더 늘었죠.

정신질환에 대한 가장 큰 오해는 정신질환은 영원하다는 것이죠. 한번 정신병은 영원한 정신병이라는 것, 아주 대표적인 편견입니다. 정신질환은 개인의 '특성trait'이 아니라 '상태state'의 개념이거든요. 상태는 언제든지 바뀝니다. 우호적인 환경이 만들어지고 병 자체에서 오는 증상들을 잘 조절할 수 있으면 상태는 바뀌죠. 질병이 없는 상태가 계속 유지되면 잘 살 수 있죠.

모든 의학에서는 '완치cure'가 있고 '관리care'가 있습니다. 대부분의 질병은 관리가 가능한 것이지, 완치는 몇 개 되지 않습니다. 맹장염은 수술하면 완치가 가능합니다. 심장병은 약을 먹으며 지속적으로 관리해줘야 하고요. 정신질환에 완치를 기대하는 것은 잘못된 개념이죠. 심각한 정신질환도 관리가 가능해요."

편견과 혐오에 대하여

"약의 부작용에 대해서도 편견이 있죠. 철학 이야기를 잠깐 하자면, 서양철학은 이원론이죠. 이성과 비이성의 대립이라면, 동양은 일원론이란 말이에요. 정신이 무너지면 전체가 무너진다고 보죠. 나의 정신을 약물이 컨트롤한다는 것 자체를 받아들이지 못하는 거예요. 정신을 약물이 완전히 컨트롤하는 게 아니고, 약물을 먹으면서 관리를 하겠다는 의지에 따른 선택이에요. 신체 관리를 위해서 밥을 먹고 운동을 하죠. 정신질환도 마찬가지죠. 밥에 해당되는 약이 있고, 운동에 해당되는 행동·감정 키우는 게 있고요. 양쪽이 똑같습니다.

(신체질환에 비해) 정신질환에 대한 편견이 심화된 이유는 세상에 대한 두려움일 겁니다. 잘 알지 못하는 것에 두려움이 더해지면 혐오가 돼요. 인간의 정신에 대해서 잘 알지 못하잖아요. 어떤 사건이 터져요. 그러면 두려움이 합쳐져서 혐오로 발전해버리죠. 동성애, 이주노동자 문제 다 같은 맥락입니다. 개별적인 사건을 보고 일반화해버리죠."

2016년 강남역 살인사건과 2019년 진주시 아파트 방화사건은 공통점이 있다. 두 사건 모두 가해자는 조현병 환자였고 피해자는 여성이거나 주로 여성들이었다. 강남역 살인사건에 대해 여성들은 여성혐오라며 크게 반발했으나 당시 범죄학, 법 전문가 등은 '묻지마 살인'으로 최종 발표했다. 이는 사회에 만연한 여성혐오의 맥락을 지우고 동시에 정신질환자에 대한 혐오를 조장하는 결과를 초래했다는 비판이 제기되기도 했다. 두 사건이 조현병에 대한 혐오가 커진 기폭제가 됐다.

"'묻지마 범죄'라는 명명 자체가 잘못된 겁니다. 정확히는 '정신질환의 급성기 증상에 의한 행동'의 결과가 범죄입니다. '묻지마'라는 단어가 행위 주체의 무개념이나 생각 없는 충동적인 행동을 내포하죠. 묻지마 투자, 묻지마 여행 등등이 그렇죠. 하나의 황색언론입니다. 혐오를 입힐 만한 대상자가 걸리면 그걸로 쓰죠. 프레임을 만들어놓고 기사를 찍어내는 식이에요. 수능 끝나고 청소년이 죽으면 무조건 '성적 비관 자살'이라고 쓰듯이요. 진주 방화사건은 희생

이영문

자가 더 많았죠. 범죄자가 더 부각될 수밖에 없었던 거 같고, 여성혐오가 동기가 됐던 것, 둘 다 이슈는 같다고 봅니다. 강남역 사건은 여성혐오가 맞죠."

한국여성의전화 2017년 통계에 따르면 한국에서 남편과 애인 등 친밀한 관계에 의해 살해된 여성이 최소 85명이다. 조현병에 의해 살해된 여성은 그보다 훨씬 적다. 근데 조현병 환자처럼 '남편'을 위험한 집단으로 낙인찍지는 않는다.

"2015년까지 신문에 언급된 기사만 봐도 정신분열증에 의해 살해된 여성보다 데이트폭력, 가정폭력으로 살해된 여성의 수가 더 많았죠. 혐오를 혐오로 덮는 사회예요. 그 혐오에 정신장애인을 동원시키죠. 이것의 가장 큰 책임은 법을 다루는 검찰과 언론이죠."

스트레스와 정신질환의 관계

한국 사회가 경쟁이 심해지면서 정신질환자도 느는 것 같은데, 스트레스가 영향이 있을까.

"스트레스가 원인이라기보다는 더 악화될 수 있는 매개가 될 수 있습니다. 원래가 '발현'이라고 하는 게 맞지요. 우리가 잠재적 요소를 다 갖고 있어요. 암 인자도 다 갖고 있다가 환경에 의해 발현이 되는 것처럼. 마찬가지로 정신질환도 발현되는 거거든요. 사회적 환경이 건강하고 스트레스가 많이 발생하지 않는 조건이라면, 그리고 스트레스가 발생하더라도 합리적 방법으로 수습이 되는 사회라면 발현이 덜 되니까 더 줄겠죠. 정신질환이 우리나라만의 현상이

아니고 다른 나라도 계속 새로운 정신질환이 나와요. 특히 사이코
패스, 소시오패스가 전 세계적으로 증가합니다."

정신과 의사의 스트레스 관리법

"저는 스트레스를 잘 쌓아두지 않죠. 역으로 이야기하면 지나
친 책임감, 성실감은 우리의 영혼을 갉아먹어요. 저는 지나치게 성
실하지 마라, 자기본위적으로 살라고 말해요. 못될 만치 자기만 생
각해라. 개인과 조직의 갈등이 있다면 개인의 욕망을 따라가라, 너
없이도 조직은 굴러간다. 네가 마음대로 해도 아무도 다치지 않는
다, 그건 너의 걱정일 뿐이다. 이런 생각들을 하죠. 근데 이게 잘 안
돼요. 훈련이 잘되어 있어야 해요.

제가 정신분석을 받기 전에는 굉장히 굿보이 신드롬에 시달렸
어요. 어려서부터 그렇게 컸고, 사람들에게 다 잘해줘야 하고요. 그
러다가 스물일곱에 분석을 받게 되면서 내가 불필요하게 매달린 걸
알게 됐죠. 아직도 체질화는 안 됐는데, 많이 달라졌죠.

(환자들과의 관계에서도) 정신과 의사는 분노를 받아줘야 하는 직
업이에요. 환자들이 하는 이야기가 아무리 절망스럽더라도 그걸 해
독해서 돌려줘야 이 사람이 순해져요. 청소년들이 '헬조선'이라고
이야기를 해도, 꼰대 정신으로 '지금이 얼마나 좋은 세상인데' 이러
면 안 되고, 네가 느끼는 헬조선의 모습이 맞다, 맞지만 대한민국은
다양한 모습을 갖고 있다고 해야죠. 어떤 사회든 고유의 회복력이
있고, 한국은 회복력이 매우 강한 나라예요. 희망이 있습니까, 하면

이영문

희망은 있다고도 없다고도 할 수 있지만 희망이 있다는 쪽을 나는
택하겠어요."

　이영문은 켄 로치 감독의 영화를 좋아한다. 좋은 영화가 세상
을 바꾸듯이 정신건강의 가치가 세상을 바꾸고, 대한민국을 바꾼
다고 믿는다. 그가 말하는 정신건강의 가치란 "사람이 사람을 생
각하는 힘"이다. 소통, 존중, 신뢰, 사랑이 녹아 있는 개념으로서의
정신건강을 사회적 자본으로 보는 이유다. 그의 이메일 아이디는
'humanishope(사람만이 희망이다)', 그는 지치지 않고 희망을 말하
기로 유명한데 그건 유토피아를 꿈꿔서가 아니라 세속의 아픔을 직
시하기 때문이다. 시인의 말대로 "아픔은 살아 있음의 징조이며 살
아야겠음의 경보"이기에, 살고자 하는 사람을 살게 하는 자신의 자
리를 귀히 여기고, 국립정신건강센터가 국민들의 정신건강을 위한
중심이 되고자 노력한다.

"점차 정신질환자가 늘어가는데 우리 사회는 정신질병에 대한 이해가 매우 낮습니다. 자신의 질병이 사회적으로 받아들여지지 않으니까 당사자는 숨기기 바쁘고, 주변인은 어디서 제대로 된 정보를 얻을 기회가 없었습니다. 정신질환자의 위험성을 부각하는 언론 프레임에 기대어 질병에 대한 편견만 쌓아가고요. 무지로 인한 혐오가 만연한 사회에서 '정신질환자'라는 또 하나의 대상이 발명되고 표적이 되는 실정입니다. '혐오와 차별을 넘어 누구나 존엄한 세상'이라는 인권의 가치를 삶의 현장에서 풀어내보기 위해 인터뷰를 준비했습니다. 이영문 센터장은 정신의학을 30년 전부터 '사람 중심' 그리고 '정신장애 인권'에서 바라보고 현장에서 일궈온 분으로 압니다. 정신과 질환에 대한 딱딱한 의학 상식이나 통계에 의한 접근이 아니라 정신질환을 겪는 이들과 동료시민이 되려고 노력해온 태도와 마음가짐 그대로 일과 추구에 관한 이야기 들려주시면 됩니다."

이영문

• 인터뷰 대략적인 내용

1. 이영문에 대한 기본적인 소개

2. 정신질환에 대한 이해를 돕는 이야기들(사례 중심)

3. 성소수자, 장애인, 저소득층 등의 유병률, 자살률이 높은 문제에 대하여

4. 탈시설, 국가폭력 피해자 치료 등 장애인권에 관한 소신과 노력들

5. 문학/책을 좋아하는 것과 사람을 치료하는 것의 상관성

6. 국민들의 마음건강을 위한 의료인/센터장으로서 해보고 싶은 것들

인터뷰를 앞두고 작성한 기획안의 일부다. 국립정신건강센터 홍보실에서 질문지 요청도 있었고 나도 정리가 필요했다. 왜 그 사람인가. 무슨 이야기를 어떻게 할 것인가.

인터뷰 연재 전 국립정신건강센터에 '조현병 바로 알기'라는 제목의 강연이 있었다. 나는 사회를 맡았다. 강연자인 김지용 정신건강의학과 전문의와 행사 시작 전 센터장님에게 인사를 갔다. 센터장님이 김지용 전문의의 대학 '은사'라고 했다. 어떤 조직이든 기관장과 마주하면 이상하게 공기부터 어색하고 갑갑하게 느껴지는데 그날은 편안한 분위기였다. 센터장님 집무실에 놓인 책들도 긴장을 풀어주었다. 내 서가에도 있는 책들과 몇 권이 겹쳤기 때문이다. 같은 책을 본다는 건 같은 곳을 본다는 거니까.

한 15분쯤 지났을까. 간단히 티타임을 마치고 나가는 길에 센터

장님이 내게 인사를 하며 "쓰시는 글 잘 보고 있습니다"라고 말했다. 속으론 좀 놀랐다. 나는 〈한겨레〉에 칼럼을 3년 넘게 연재 중이었다. 그는 〈한겨레〉 구독자라고 했다. 호감 지수 상승.

그즈음 주변에 정신과 약을 복용하는 지인들이 하나둘 늘었고 그들이 사회적 편견을 내면화한 채 힘들게 투병하는 것을 알게 됐다. 세상을 떠들썩하게 하는 흉악한 범죄를 저지른 자의 병력이 알려지면서 정신질환에 대한 편견은 강화되는 듯했다. 그래서 그를 인터뷰이로 떠올렸다. 오래전부터 자기 분야에서 나름 정신장애인의 인권을 위해 일해온 분이라는 사실에 믿음이 갔다.

사실 일간지에 연재할 '은유의 연결' 첫 인터뷰이가 '남성 이성애자 서울 거주 의사'일 줄은 몰랐다. 한국 사회에서 누가 봐도 권력자의 위치에 있는 사람으로 '들리지 않는 목소리'를 전달한다는 내 신념에서 벗어나는 조건에 있는 대상이었다. 하지만 같은 내용이라도 그런 위치에 있는 사람이 말할 때 파급력이 생기는 경우도 있을 것 같았다.

첫 인터뷰가 나간 직후 친구가 소감을 전했다.

"인터뷰이가 전혀 예상하지 못한 사람이었어!"

이영문

"소설을 읽으면
더 나은 사람이 된다기보다
더 나쁜 사람이 되지는
않지 않을까요."

가까이 서 있는 것

김혜진

소설가

서른을 목전에 둔 그가 배달원이 주인공인 〈치킨 런〉으로 〈동아일보〉 신춘문예(2012)에 당선했을 때 엄마가 물었다. "너 배달까지 했니?" 그것 빼고는 다 했다. 피자집·레스토랑·도서관·물류창고를 오갔고 과외, 교정교열, 영화 엑스트라를 해가며, 글을 썼다. 소설가가 되기도 어려웠지만 소설가로 살기도 난망했다. 매해 등단 작가가 100명이 넘는다. 지면, 고료, 독자가 없는 글을 계속, 써야 했다. 생활비를 벌던 논술학원에서 잘리고는 공모전을 노리고 글만, 썼다. 절실함을 끌어모아 쓴 소설 《중앙역》이 제5회 중앙장편문학상(2014)을 수상했다. 전업작가의 길이 기적처럼 열렸다. 상금이 1억원이었다.

소설가 김혜진의 존재를 널리 알린 작품 《딸에 대하여》(민음사, 2017)는 레즈비언 딸을 이해하며 성장하는 중년 여성이, 《9번의 일》

155

(한겨레출판, 2019)은 통신회사에서 26년간 일하다가 자신을 잃어가는 중년 남성이 주인공이다. 《중앙역》에는 노숙인이 등장한다. 《불과 나의 자서전》(현대문학, 2020)은 재개발을 둘러싼 내면의 감정을 다뤘다. 한 편 한 편 연결하니 그만의 별자리가 또렷하다. 권력에서 비켜난 존재들의 일, 사랑, 소외, 혐오, 차별의 이야기. 그는 왜 '이런 소설'을 쓰는 걸까. '이런 세상'에서 소설은 무엇을 할 수 있을까. 곡물들의 잠을 깨운다는 봄비가 내리던 날 서울 용산구 효창동의 한 카페에서 그를 만났다.

두 번의 입학과 졸업, 노동으로 채운 20대

"불이 옮겨붙으면 잘 꺼지지 않고 점점 번져가잖아요. 어쩔 수 없이 하게 되는 어떤 차별, 계급 안에서 느끼는 불안, 배척, 그런 이미지를 생각했어요."

《불과 나의 자서전》에서 '불'이 뜻하는 뜻하는 의미를 설명했다. 그도 소설에서처럼 주거로 인한 차별을 겪은 적이 있을까.

"제가 '국민학교' 마지막 세대인데, 그땐 심하지는 않았던 것 같아요. 그런데 요즘에 아이들을 키우는 제 또래 친구들 이야기는 놀라웠죠. 친구가 엄청 빚을 내서 아파트 단지로 이사를 갔다는 거예요. 아이가 입학 전에 반드시 이사를 가야 한다고. 아이한테 학교 배정이 중요하다는 이야기를 들었어요.

그런 이야기를 들으면 결혼하지 말아야겠다(웃음) 생각하죠. 나중에 인터넷 검색을 하거나 시사 프로그램을 보면서 만연한 문제라는 걸 알게 돼요. 개발이 일어날 때 한 개인의 내면에서 벌어지는 일들에 대해 써보고 싶었어요."

엄마가 부를 때까지 밖에서 놀았던 꼬마 혜진은 중학생이 되면서 책을 가까이했다. 《태백산맥》《혼불》《토지》 같은 대하소설을 탐독했다. 읽던 책을 책상에 올려놓으면 선생님들이 "와, 이런 걸 읽니!" 칭찬하셨다. 독서는 폼 나는 일이었다. 대학은 국문과로 갔다. 시민기자단으로 활동하며 대구 지하철 참사 당시 취재도 나갔다. 스물이 지날 즈음 소설가의 꿈이 선명해졌다. 그가 본 소설책들 속 저자 소개에는 '그 대학' 이름이 자주 보였다. 대구에서 대학을 졸업하고 2006년에 서울예대 문예창작과에 들어갔다. 두 번의 입학과 졸업, 그리고 생계 노동과 습작으로 20대를 온전히 채웠다. "매일매일이 굉장히 불안했"던 시기를 통과한 새내기 소설가가 이른 곳은, 광장이었다. 장편 《중앙역》(2014)엔 노숙인들의 사랑 이야기를 담았다.

"친구가 서울역 다시서기센터에서 일을 하고 있었어요. 저보고 소설이 안 써지면 와서 봉사활동을 해보래요. 친구 따라 여름밤에 몇 번 가다 보니까 거기에 익숙해졌어요. 사랑 이야기를 하고 싶었는데 자연스럽게 배경이 서울역이 됐어요.

(노숙인들께 다가갈 때는) 저도 약간의 무서움을 가지고 갔죠. 노숙인이라고 하면 길에 널브러져 있는 것만 생각하는데 그런 분들은 굉장히 소수고 서울역을 중심으로 자활근로를 하면서 건강하게 일어서려고 하는 사람들도 있고요. 실제로 독립을 해서 서울역 근처

의 센터에서 일하기도 해요.

제 친구가 가면 선생님들이 좋아하셨거든요. 자기 이야기를 막 해요. 왜 여기 계시냐고 여쭤봤더니 어제 왔다고, 일하러 돼지농장으로 갔는데 너무 외롭고 말할 사람이 없었다, 여기 오면 친구들도 있으니까 자기가 견딜 수 없어서 다시 왔다는 거예요. 그분들에게는 서울역이란 공간이 가까운 사람들이 많은 고향 같은 거죠."

"가족도 법도 복지도 아닌 그들을 온전히 받아주는 유일한 공간"인 광장을 배경으로 "우연을 운명으로 만드는" 사랑이라는 사건을 통해 "서사의 세계에서 발언권을 부여받아 본 적이 없"는 인물을 '세계-내-존재'로 조심스레 복원시킨 이 젊은 소설가를 평단은 주목했다.

박혜진 문학평론가 겸 편집자는 "편집자가 된 이래 행했던 모든 제안 중에서 가장 쓸 만한 선택"으로 김혜진에게 경장편을 제안한 일을 꼽았다. 그렇게 태어난 소설이 《딸에 대하여》다. 2020년 기준 6만 부가량 팔렸고 일본, 베트남, 대만, 체코, 영국, 프랑스 등에 국외 판권이 판매됐다. 2018년 신동엽문학상을 받았다.

《딸에 대하여》와 《9번의 일》

그는 2016년 서촌(서울시 종로구)에 살면서 우연히 퀴어 퍼레이드를 본 것이 《딸에 대하여》 집필 동기가 됐다고 한 인터뷰에서 밝혔다. 하지만 우리가 살면서 본 것이 다 글이 되는 건 아니다.

"그때 마감이 급했고요.(웃음) 그 무렵에 여성영화제에서 관련

김혜진

영화를 보면서 관심이 생겼어요. 그리고 나이가 많은 여성이 1인칭 화자인 이야기를 써보고 싶었어요. 저는 좀 나이 많은 분들이랑 있는 게 즐겁고 편해요. 그분들이 계속 재밌는 이야기를 해주시잖아요. 제가 30대로서 부모 세대를 좀 이해하고 싶었던 거 같아요. 동성애에 중점을 둔 소설이라기보다는 그것을 경유해 나이 많은 사람이 변화하는 세상을 받아들여가는 과정에 대한 이야기라고 생각하면서 썼어요."

그러나 현실에선 나이 든 분들이 변하기 어렵다. 특히 선거철만 되면 동성애 찬반을 묻는, 질문 자체가 폭력이 되는 말들이 공중파에서 오가는 상황이다. 김혜진도 "그들에게 혐오하지 말라고 하기보다는 제도나 법이 먼저 만들어져야 한다"며 "설득한다는 생각은 불가능하게 느껴진다"고 말했다.

2019년에 그가 펴낸 소설《9번의 일》을 읽다 보면 허먼 멜빌의 소설《필경사 바틀비》(창비, 2010)가 연상된다. 바틀비가 '그렇게 안 하고 싶습니다'를 반복하며 일손을 놓고 제자리에서 버텼다면《9번의 일》주인공은 '무엇이든 하겠습니다'라는 자세로 임하다가 변두리로 내몰린다. 바틀비는 '안 함'으로써 시스템을 교란하고 스스로 소멸해갔지만 9번 남자는 닥치는 대로 '함'으로써 자신을 망가뜨리고 세계에서 고립되는 인물이다. 이런 대사를 남긴다. "나는 이 회사 직원이고 회사가 시키면 합니다. 뭐든 해요. 그게 잘못됐습니까?"

한국 사회에서는 9번 남자처럼 열심히 일하는 것, 성실한 게 능력이고 미덕으로 칭송받는다. 소설에서는 성실함이 점점 파국을 초래한다.

"사람들이 선하다고 생각하는 가치가 있죠. 착하다, 성실하다. 또 사람들이 부정적으로 보는 가치도 있어요. 나쁘다, 게으르다. 그게 양가적인 거 같아요. 항상 선하거나 항상 악하지 않다는 거죠. 어떻게 해야 하냐고 물으면 저도 모르겠어요. 다만, 일이란 것 자체가 배우고 성장하는 것도 있지만 사람의 고유성을 훼손시키면서 완성이 된다고 생각해요."

그가 소설가로 일하면서 훼손된 건 건강이다. "앉아 있어야 하고, 소설은 혼자 하는 일이니까 피폐해지는 것 같다"며 웃는다.

《9번의 일》을 보면 '해야 하는 일'보다 '하지 않아야 할 일'을 판단하는 게 어쩌면 더 중요한 삶의 과제라는 생각이 든다. 그에게도 하지 않는 일의 기준이 있다.

"내가 잘할 수 없을 것 같은 일은 하지 않아요. 예를 들어 소설 쓰는 일 말고 리뷰, 산문 등 다른 장르의 글들이나 소설 심사를 제안받았을 때, 자신 없는 일은 최소한으로 줄이려고 해요. 해봐야지 늘고 자신을 틀에 가두면 안 된다고 말하기도 하는데 그걸 하는 게 너무 힘들고, 그걸 하고 나면 내가 하고 싶은 것들을 점점 못 하게 되는 상황도 생기는데 그 정도를 유지하는 게 어려운 것 같아요."

나와 멀지 않은 이야기

젊은 여성 소설가 김혜진의 작품은 동시대 경향에서 조금은 비켜난 느낌을 준다. 젠더 이슈보다 노동 문제에 기울고, 문체는 화려

하기보다 건조하다. 제목도 담박하다. 인물들은 판단하기보다 살아
간다. 이 요소들의 총합인 그의 소설은 독자를 위로하기보다 망연
하게 한다. 세계와 자신을 낯설게 보게 하는 것이다.

그에게 조심스레 물었다. 감각적인 글을 쓰는 동년배 작가들과
다른 행보를 보이는 거 같다고.

"그게 트렌디하지 않다, 올드하다는 이야기일 수도 있고요. 그
래서…… 왜 그럴까요?(웃음)"

타고난 성정일지도 모른다. 10대부터 주로 대하소설 탐하던 그
가 아닌가.

"그때는 만담풍의 소설을 쓴 것 같아요. 최근에 제가 옛날에 학
교 다닐 때 썼던 소설을 발견했는데. 그게 너무 부끄러운데요, 그때
미국산 소고기 수입 반대 시위에 꽂혀서요. FTA가 되면 한우가 없
어질 거라고 생각한 거예요. 이 인물이 아픈 어머니를 위해 한우를
찾아다니는 이야기예요. 그 소설을 보고 깜짝 놀랐어요. 제가 평소
에는 되게 엉뚱하고 친구들한테도 웃기다는 이야기를 많이 듣는데
소설은 왜 이런지 잘 모르겠어요.

소설이 너무 무겁고 지루한 거? 그렇기 때문에 얻어지는 다른
요소들도 있다고 생각하긴 하지만요. 예전에 공부할 때 선생님이
그러셨어요. 글이라는 건 결국 유전자다. 처음에 어떻게 쓰든, 다르
게 쓰려고 해도 결국에는 자기의 것이 드러나기 마련이고 맞닥뜨릴
수밖에 없다고. 그 말에 깊이 공감해요."

그는 또 왜 소외계층의 이야기를 쓰느냐는 질문을 자주 받는다
고 했다.

"너무 부끄러워요. 사실 제가 소설을 쓸 때 가까이서 접했던 한 개인에 대해 쓰는 건데, 뭉뚱그려서 소외된 계층이라고 하니까 뭐라 해야 할지 잘 모르겠어요. 저는 그 사람들이랑 제가 멀리 있다고 생각하지 않아요. 서울역에도 가보면, 사람들은 노숙인이 되는 게 어려운 일이라고 생각하지만 순간에 일어나는 일이기도 해요. 성소수자도 주변에 많잖아요, 자기들이 몰라서 그렇죠."

하지만 노숙인, 성소수자 등을 등장인물로 쓸 당시에는 그가 당사자성을 갖고 쓴 건 아니다. 소재주의로 빠지지 않기 위해 어떤 노력을 기울이는지 물었다.

"인물에 가까이 서 있는 것. 그 인물과 거리를 아주 좁게 만들어서 평가나 판단을 하기보다는 이 사람들을 둘러싸고 있는 이야기, 가능한 한 그 사람의 내면에 대한 이야기를 들으려고 노력해요."

자기모순을 보는 일

그간 성폭력, 저작권 침해 같은 문단 내에 큰 이슈가 많았다. 거의 여성 작가들에 의해 폭로됐다. 그는 "부끄럽지만 당연하게 생각했던 것 같다"며 "뭔가를 결정하는 자리에 남성들이 많다는 생각은 한다"고 말했다.

삶과 글의 일치를 위해서 노력하는 편일까?

"그런 게 일치되는 사람이 있을까라는 생각을 해요. 자기 안에서 모순되는 부분들이 충돌하는 건 당연하고 어쩔 수 없다고 생각해요. 그래서 요즘에는 소설 쓰기가 나의 모순, 불화적인 부분들을

김혜진

보는 일 같아요.

　예를 들면, 대구가 보수적이잖아요. 저는 부모님이랑 정치 이
야기를 하나도 하지 않았거든요. 근데 나이가 들면서 내가 생각했
던 진보에서도 속물적인 것들을 보게 되고요. 예전에 끊임없이 나
를 선한 쪽에 두고 피해자 쪽에 뒀다면 아, 내가 그런 사람은 아니구
나. 내 안의 자기모순을 확인하게 된달까요."

　김혜진에겐 장담하지 않음, 치우치지 않음, 내려놓지 않음이
중요해 보인다. 그래야 두루 살필 수 있고 갇히지 않을 수 있고 지치
지 않을 수 있을 테니까.《9번의 일》후반부는 밀양 송전탑 싸움을
떠오르게 하는데, 송전탑 건설 반대 투쟁을 하는 주민 쪽이 아니라
사측에서 동원된 노동자 입장에서 상황을 그린다. 그는 "염두에 두
긴 했지만 밀양 이슈를 쓰려는 생각은 아니었다"며 예의 그 담담한
어조로 말한다.

　"우리가 선악을 나눌 때 그렇게 명확하게 구분이 될까. 그 안에
들어가면 복잡하다고 생각해요."

　소설의 3요소는 인물, 사건, 배경. 소설가는 사람을 다루는 사
람이다. 그가 가진 사람에 대한 상을 물었다.

　"저는 인간은 나약하다고 생각해요. 사랑, 신념, 어떤 가치를 지
켜내는 것은 강해야 할 수 있는 거잖아요. 저부터도 그러기에는 너
무 허약하고요."

　그런 인간의 나약함, 양면성을 소설로 보여주면서 그가 지키고
싶었던 게 있다. "항상 선하고 옳은 쪽으로 사는 건 힘들고 불편하지
만, 어쨌든 그쪽에 가까이 있으려고 노력하는 일."

그렇다면, 소설을 읽으면 더 나은 사람이 될 수 있을까?

"더 나쁜 사람이 되지는 않지 않을까요."

가령 《불과 나의 자서전》을 읽은 사람이 자기 안에 있는 혐오와 배제의 감정을 알게 되면 달라지는 건 이런 거다.

"적어도 자신이 무해한 사람이거나 선한 사람만은 아니라고 생각하게 되지 않을까요? 자기도 어느 정도 혐의가 있다는 생각을 할 수 있을 것 같아요."

영국의 그라피티 아티스트 뱅크시 작품 중에 '무지ignorance라는 액체가 든 플라스크를 두려움fear이라는 불로 데우면 혐오hate라는 액체가 추출되어 시험관 안으로 들어간다'는 내용이 있다. 작은 동네에서도 이편과 저편으로 나누어 두 개의 평행우주를 구축해 나가려는 인간 세상의 축도를 그려낸 김혜진 작가는 혐오의 불씨가 애초에 '자신에 대한 무지'에서 연원하는 게 아닌지 묻고 있다.

선한 얼굴을 한 사람의 내면에도 조용히 똬리를 틀고 있는 그것. "이쪽과 저쪽, 안과 밖의 경계를 세우고, 악착같이 그 경계를 넘어서게 만들던 불안을. 못 본 척하고, 물러서게 하고, 어쩔 수 없다고 여기게 하는 두려움을" 보게 한다. 소설을 통한 자기 응시. 이는 '왜 문학인가'라는 근본 물음에 대한 그의 답변이기도 하다.

"사실 활자를 읽는 건 인내심이 필요한 일이죠. 같은 이야기라도 영상으로 보면 정말 재밌는데 활자로 읽을 때 어떤 이점이 있을까. 그래도 한 개인의 내면을 들여다볼 때는 문학이라는 장르가 최적화되어 있지 않을까요."

김혜진

올해까지 안 되면 집으로 내려오라, 고향에 있는 엄마가 못 박은 나이 서른에 맞춰 간신히 〈동아일보〉 신춘문예에 당선했다는 얘기를 김혜진 작가에게 들었을 때 나는 "엄마가 귀인이네요" 했다. 어쨌든 글은 마감이 쓰게 하는 건데, 엄마가 마감의 위력을 행사함으로써 집필의 강한 동기를 제공한 셈이니까.

그런데 김혜진 작가는 엄마가 소설가라는 직업에 대한 이해가 별로 없다며 신춘문예에 당선됐을 때도 "동아일보에 취직 좀 시켜달라고 이야기하라" 하셨다고 했다. 역시 부모님들은 작가고 뭐고 정규직을 선호한다며 웃었는데, 이어지는 말.

"항상 서울에 오실 때도 저한테 연락하세요. 동생은 정규직이니까 걔한테는 전화를 못 하고, 저는 논다고 생각하시는 거죠.(웃음) 엄마나 글 써야 한다고 하면 콧방귀 뀌시면서 그게 무슨 일이라고 그러냐고요."

아, 나도 많이 겪은 일이다. 그는 엄마 앞에서 갑자기 글을 쓸 수도 없고, 혼자 있을 때만 할 수 있는 일이어서 글쓰기는 '아무도 볼 수 없는 노동'이라고 했다. 맞다. 게다가 노동시간에 비례해서 성과물이 딱딱 남지 않기 때문에 글이나 책이 나오기 전까지는 꼭 '노는 것처럼'

보인다. 모든 비가시화된 노동이 그렇듯이 작가란 직업도 이해받기 어려운 것 같다.

그래서 이렇게 같이 이야기라도 나누면 좋다. 장르는 다르지만 같은 글 쓰는 사람으로서 나는 인터뷰를 핑계 삼아 이런저런 고민을 터놓았는데, 나의 주된 고민도 말했다. 온종일 붙들고 글을 썼는데 자신이 없을 때, 잘 썼는지 아닌지 끊임없이 모르겠는 상황엔 어떻게 하는지.

"예전에는 제가 막 데뷔하고 나서는 정말 잘 써야 한다, 소설 진짜 잘 써야 한다고 생각했다면 요즘에는 못 쓸 수도 있지, 그런 소설 낼 수도 있지 생각하게 됐어요. 그것까지 감안하는 것이 나의 일이다. 물론 좋은 걸 내면 좋겠지만. 사람이 계속 좋은 걸 낼 수는 없잖아요. 못한 것도 내고 더더욱 못한 것도 낼 수 있을 텐데. 그때 독자들이 비난을 한다면 그것을 감수하는 것도 나의 일이다 생각하게 됐어요."

당신은 내 속에 들어갔다 나오셨나요, 묻고 싶을 만큼 그의 말이 위로가 됐지만 아닌 척 또 물었다. 못 쓸 바에는 잘 쓴 것만 내고 안 쓰겠다고 할 수도 있지 않느냐고. 글은 남는 것인데 태작이 남는 게 싫지 않느냐고. 그는 예전에는 그렇게 생각했는데 그건 아닌 것 같다며 말한다.

"쓰는 와중에 좋은 게 나올 수 있는 거지, 좋은 걸 써야겠다고 생각을 해서 나올까 싶어요."

인터뷰 내내 신중하게 말하는 그였는데 글쓰기 고민 문답 코너에서 만큼은 척척 대답했다. 아마 수시로 찾아오는 번뇌라서 그런 것 같다. 그의 말에 대체로 공감하지만 이런 생각이 자기의 허름한 글에 대한 합리화는 아닌가 계속 헷갈린다고 나는 말했다.

　답이 어디 있을까마는 동지로서 말이라도 하고 나니 좋았다. 잘 써야지 노력하면서 계속 쓰는 것. 좋은 글이 될 수도 있고 아닐 수도 있다는 사실만 엄정하다. 작가의 정의를 어떻게 내리겠는가 물었을 때 그가 답했다.

　"글쎄요. 주변 환경 때문에 작가라는 자부심은 있지는 않은데, 그냥 혼자 쓸 때 나는 쓰는 사람이구나, 느낄 수 있는 것 같아요."

"환경이든 음식이든
라이프스타일을 자연스럽게
지켜줄 수 있는 방식,
그게 지구인으로 살아가면서
내가 해야 하는 일인 것 같았어요."

두루두루 이롭게

지구인컴퍼니 대표

"하루 종일 자유와 정의에 관한 이야기를 나누면서 스테이크를 먹었어. 스테이크 한 점을 썰어 입에 넣는 순간 이런 생각이 들었지. 내가 불행을 씹고 있다고. 그래서 얼른 뱉어버렸어." (앨리스 위커, 《육식의 성정치》 313쪽에서 재인용)

기후위기 시대, 축산업으로 배출되는 이산화탄소의 양이 세계 모든 교통수단이 배출하는 양보다 많다는 건 상식이 됐다. 고기를 먹어야 한다면, 최대한 환경과 건강을 해치지 않을 수 있는 방법은 없을까. 민금채 대표는 '식물성 고기'라는 맛있는 대안을 내놓았다. 시작은 버려진 농산물이었다. 여성잡지사 기자로 8년을 일하던 그는 '다음카카오'와 '배달의민족'에서 각각 마케팅과 상품개발을 맡았는데 그러는 사이 농부들과 친해졌고 농가의 골칫거리인 '못난이 농산물'의 처지를 연민했다. 그 쓸모없는 것들의 쓸모로 이익을 낳는 선순환 구조를 만든다면 두루두루 좋을 것 같았다. 생산자, 소비자, 지구까지.

2017년 푸드테크 스타트업 '지구인컴퍼니'를 설립했다. 곡물 재고의 쓰임을 고민하던 그는 미국 출장에서 우연히 식물성 고기로 만든 햄버거를 맛보았다. 그렇게 대체육의 신세계에 눈떴다. 2년간 연구개발 끝에 대체육 브랜드 '언리미트'를 론칭해 농림축산식품부가 선정한 'A-벤처스'(2020 우수 농식품업체)에 뽑혔다. 코로나19 이후 재난지원금이 풀린 한국은 소고기 매출이 올랐고 미국은 대체육 매출이 급증했다. '언리미트' 역시 수출이 두세 배 늘었다. 슬기로운 먹거리를 앞서 고민해온 민금채 대표를 서울 양재동 '지구인컴퍼니' 사무실에서 만났다.

재고 농산물을 구출하라

그는 손바닥 위에 언리미트 패티를 올려놓고 "진짜 고기 같죠?"라며 환하게 웃었다.

실로 그랬다. 모양과 색깔, 질감까지 '고기' 같다.

"처음엔 감자떡이나 메밀전처럼 나왔어요.(웃음) 곡물 기반으로 식품공학자랑 저희가 자체적으로 연구 개발을 하다가 고기 식감 부분에 풀리지 않는 숙제가 있어서 애를 먹었어요. 결국 특허기술을 하나 사는 방식으로 일정 부분 해결했고요.

콩고기는 90퍼센트 이상의 대두단백으로 구성해 푸석한 식감이랑 특유의 콩취가 있어요. 더 고기스러우려면 뭐가 제일 중요할까, 저는 식감과 질감이어야 한다고 생각했고 대두단백보다는 곡물류가 훨씬 더 그 성질을 잘 살릴 수 있다는 걸 연구 개발하면서 알았죠."

얼마 전 식물성 고기 전용 공장을 열었는데 아직 시스템을 완벽하게 재고 농산물에 맞춰 바꾸지 못했다. 농가들과 커뮤니케이션을 하면서 준비하고 있다고. 그는 못난이 농산물 재고 처리에 관심을 갖게 된 사연을 들려주었다.

"제가 '배달의민족'에서 밀키트 사업부를 담당했어요. 밀푀유 같은 패키지를 만들었는데 열심히 팔아도 계속 적자였어요. 주문이 적게 나오면 식재료를 다 폐기해야 하니까 재고 로스 때문에 흑자 전환이 어려웠죠. 가락시장에서 비싸게 사던 것을 농장에서 판매가 안 되는 파지 감자를 직접 구매해서 진행해봤는데 그게 너무 재미있더라고요. 적자 폭이 줄어드니까요.

또 지금까지 저는 사실 제 연봉만 중요했어요. 다른 사회적 의미를 찾을 수가 없었는데, 농부님들이 저희한테 너무 고마워하는 거예요. 이걸 팔아서 우리는 돈을 버는 건데 농부님이 이 정도로 고마워할 일인가 하는 생각이 들었는데, 고구마가 막 사무실로 오고.(웃음) 이것도 한번 써봐 줄 수 있느냐며 파프리카 못생긴 것도 보내주셨어요."

회사 사정으로 밀키트 사업이 정리됐다. 퇴사를 결심했다. 농산물 재고 처리 문제를 집중해서 해결해보고 싶어서다. 두 달 동안 100개 이상 농장을 찾아다녔다. 현장에서 가장 시급하게 해결할 못

생긴 농산물이 무엇인지 알아보고, 이걸 어떻게 팔아야 하는지, 왜 팔아야 하는지, 자문자답의 시간을 보냈다. 그렇게 찾은 지향과 목표를 회사 이름에 담았다. 지구에 살아가는 일원으로서 가장 근본적인 먹을거리에 대한 문제를 지혜롭게 해결해보자. '지구인컴퍼니'.

창업 초기엔 포도, 복숭아, 자두같이 장기간 보관이 안 되는 과일과 채소 품목을 중심으로 총 16개 농장의 재고를 제로로 만드는 등 지금까지 약 1020톤을 "구조"했다. 이에 만족한 '이장님'들의 입소문 덕에 효과를 톡톡히 봤다. 쌀과 잡곡 농사를 짓는 분들한테서 '우리 것도 좀 팔아달라'는 연락이 끊이질 않았다.

"곡물도 재고가 많다는 걸 알게 됐죠. 쌀을 원물로 팔기도 하고 선식, 죽, 쌀 요구르트도 생산하고 쌀미음을 넣어 마일드한 과일주스를 해보기도 했는데 다 맛이 좀 별로였어요."

맛, 맛이 중요했다. 아무리 버려진 농산물과 친환경 생분해 용기를 쓰는 등 의미가 좋아도 맛이 없으면 소용없었다. 그런 그에게 운명처럼 다가온 것이 샌프란시스코 '우마미버거'에서 파는 비건 메뉴 '임파서블 버거'였다. 진짜 고기보다 더 맛있는 식물성 고기를 맛본 것이다.

"저는 엄청난 육식주의자였는데 카카오에서 마케팅을 담당하면서 소비자들의 라이프스타일에 관심이 많아졌어요. 일주일에 한 번 정도는 햄버거를 먹고 싶긴 한데, 덜 부담스럽게 즐길 수 있는 방법이 있으면 좋을 것 같았죠.

식물성 고기는 우선 건강적인 측면에서 부담을 덜어줘요. 식물성 고기는 칼로리가 낮고 콜레스테롤은 제로예요. 또 꼭 비건이 아

　　　　　　　　민금채

니라도 지금의 식생활을 유지하면서도 간헐적 다이어트를 할 수 있
는 섹시한 방법이잖아요. 뉴욕에서는 실제로 그런 라이프스타일의
흐름으로 흘러가고 있었어요. 우리도 해보자. 재고 농산물을 식물성
고기 만드는 데 활용한다면 제가 이 회사를 만든 비전이나 초심을
잃지 않을 수 있겠다고 생각했죠."

명품보다는 의미 있는 소비를

서울 구로동에서 자랐다. 버려지는 것들은 어려서부터 그의 장
난감이었다. 양말공장에 다니는 엄마가 남은 양말을 가져오면 그걸
로 인형옷을 만들어 입혔다. 가난한 살림을 꾸리는 부모는 알뜰함
이 몸에 뱄고 페트병 하나라도 재활용은 당연했다. 그게 습관이 돼
서 지금도 그의 집은 절간 같다. 딱 필요한 것만 있다. 명품은 잘 모
르고 이왕이면 의미 있는 제품을 택한다. 가방은 트럭 방수천으로
만든 '프라이탁'을 좋아하고, 시계는 롤렉스가 아니라 시각장애인을
위해 만든 '브래들리'를 선호한다. 윤리적 소비라는 개념이 없을 때
부터 그의 삶은 착한 소비를 택했다.

"적성검사를 하면 항상 제가 선교사 기질이 있다고 나왔어요.
대학교 다닐 때는 봉사활동을 많이 했고요. 물건을 살 때도 백화점
보다 재래시장에서 사는 게 더 재밌어요. 소비를 하면서도 누군가
를 도와주는 것 같고. 그리고 저는 무조건 대면하는 게 좋아요.

저희 아빠가 기아자동차를 다녔는데 IMF 때 조기퇴직을 당하
셨어요. 그리고 엄마가 편찮으셨어요. 고3 때 제가 선생님한테 취

업을 시켜달래서 변호사 사무실에 취직을 했어요. 선생님이 그래도 야간대학이라도 가라고 지원서를 직접 준비해주셔서 숭의여대 유아교육과를 갔죠. 유치원 교사를 2년 했어요. 동물원을 여섯 번 가고 운동회를 한 네 번 하고 나니까 너무 지루한 거예요. 저는 활동적이고 현장에 돌아다니고 사람 만나고 막 발견하는 걸 좋아하는데 이 직업이 맞지 않는 것 같았어요. 주변의 선배들한테 물었더니 '너는 기자 하면 잘 어울릴 것 같다'고 하길래 편입을 준비했죠. 신방과에 가서는 기자가 정말 나한테 맞는 직업인지 궁금해서 〈오마이뉴스〉 시민기자로 활동했어요. 5·18 민주화운동 기념일에 혼자 광주에 가서 취재도 하고요. 또 안산에 엄청 친절한 62번 버스 기사가 있었어요. 그 기사님 인터뷰를 해서 기사가 나갔는데 그 버스 기사 아저씨가 표창장을 받으셨대요. 너무 재미있는 거예요."

사회에 좋은 영향을 끼치는 직업을 갖고 싶어서 언론고시를 준비했다. 원하는 곳에 낙방하고 들어간 곳이 여성잡지사. 사회부 기자를 원했으나 연예부에 배치됐다. 남의 사생활을 파헤치느라 잠복근무를 해야 했다. "진짜 하기 싫은 일"을 하는 와중에 간간이 재테크, 교육, 인테리어, 푸드 쪽 취재도 맡았는데 그중에 푸드가 가장 재밌었다. 셰프들과 농장을 방문해서 특집 기사를 내는 등 의욕을 부리기도 했지만 연차가 쌓일수록 특종과 단독의 부담이 커졌다. 사표를 냈다. 기자 시절 교분을 맺은 농부, 셰프, 푸드스타일리스트들은 지구인컴퍼니의 동반자가 됐다.

그가 언론계에서 IT 직종으로 옮긴 이유는 "조금 더 빠른 템포로 움직이는 온라인 마켓에서 콘텐츠와 관련된 일을 해보고 싶"었

민금채

기 때문이다. 다음카카오에선 콘텐츠 마케팅을 맡았다. 그가 배달의
민족이나 다음카카오 등 이른바 '핫한' 회사를 척척 들어갈 수 있었
던 비결은 이거다.

"대책 없는 자신감. 면접을 볼 때 얘 안 데리고 오면 큰일 나겠
다, 이런 것보다는 '얘 뭐지?' 그런 느낌.(웃음)"

직접 발로 뛰며 개척한 대체육 판로와 전망

민금채 대표는 견실한 행동주의자다. 바퀴 달린 사람처럼 어디
든 간다. 창업 준비할 때 농장을 일일이 돌아다녔듯이 유통망을 뚫
기 위해 전국의 수많은 마트와 편의점, 백화점, 식품박람회를 찾아
다녔다. 식물성 고기를 개발하느라 수익 없이 투자만 하던 시기엔
새벽 4시에 일어나 코딩 아르바이트를 해가며 직원들 월급을 마련
했다. "창업하고 하루에 서너 시간 이상 잔 적이 없다"는 그는 요즘
도 매일 아침 경기도 광주에 있는 공장에 들렀다가 오후에 양재동
사무실로 출근한다. 햄버거에 들어가는 식물성 고기 패티 제품 본
격 판매를 앞두고 있기에 초긴장 상태라고 했다.

언리미트에서 가장 많이 판매되는 제품은 슬라이스. 구매자의
60퍼센트가 육식주의자, 약 40퍼센트가 비건 포함 플렉시테리언(식
물성 재료로 만든 음식을 주로 즐기되 가끔 육식을 허용하는 사람들)이다.

"비건들은 채소 중심의 식습관에서 선택의 스펙트럼이 넓어지
고 쇼핑을 할 수 있게 돼서 신이 난다고 많이 이야기해요. 반대로 육
식주의자들은 '이게 저칼로리에 고단백이니까' 하며 목적을 갖고

먹는 게 아니라 '이게 요즘에 되게 핫하대' 그러면서 먹어요. 아직
은 소비가 미식의 경험 측면에서 이뤄지는 것 같아요. 외국은 이미
마켓에 비건 카테고리가 만들어졌고 다양한 비건의 식습관을 즐기
기 위한 여러 가지 마케팅이 진행되고 있어요. 아예 비건 전용 오프
라인 식당이나 마켓플레이스, 공유주방 같은 데가 생겨나고 있고
요. 한국은 극초기 단계예요. 제 생각에는 2~3년 정도는 걸릴 것
같아요."

　　지구인컴퍼니의 '언리미트'는 2020년 초부터 미국과 홍콩에
수출을 시작했다. 그즈음 음식계의 노벨상이라 불리는 '몽드 셀렉
션'에서 동상도 받았다. 코로나19 이후, 말 그대로 위기가 기회가 됐
다. 미국과 홍콩 수출 물량이 두세 배로 늘었다. 일본, 싱가포르, 중
국 등에서도 수출 문의가 들어오고 있다. 대체육류 소비가 느는 이
유에 대해 그는 "코로나로 공장 가동이 중단되고 육류 공급에 차질
이 생기면서 반대로 식물성 고기에 대한 필요가 늘어났다"고 진단
했다. 식물성 고기는 햄버거 패티 형태가 주류이다 보니 지구인컴
퍼니의 슬라이스 타입에 관심이 많은 편이라고 한다. 코로나19 이
후 밥상 풍경이 어떻게 달라질 것인가.

　　"(미국의 글로벌 식품기업) '임파서블 푸드'와 '비욘드 미트'가 5년
전 식물성 고기 개발과 유통을 시작할 때부터 육류 공급이 2050년
에는 문제가 생길 것이고, 육류 식량난을 해결하기 위해 식물성 고
기가 필요하다고 지속적으로 어필해왔어요. 기후위기나 육류시장
의 광우병, 아프리카돼지열병으로 인해 좀 더 건강에 안전한 식물
성 고기의 필요성을 강조한 거죠.

코로나19는 지구환경이 점점 안 좋아지는 과정에 나타난 대형 바이러스잖아요. 또 언제 어떤 악재가 발생할지 모르는 환경이 되었고, 사람들은 점점 이런 환경에서 사육된 고기에 대한 불안함을 느낄 테고요. 육류 식습관은 포기할 수 없지만 좀 더 안전하고 맛있는 식물성 고기가 있다면 대안이 아닌 필수로 선택할 거라고 생각해요."

"동양 여성이 미국 주류시장을 넘봐?"

민금채가 미국 시장에 판로를 개척한 사연도 드라마다. 가기 전에 메일을 많이 보내고, 가서도 그냥 로비에서 만나달라고 기다렸다. 에어비앤비 잡아서 매일 언리미트로 김밥도 만들고 소고기 샌드위치도 만들어서 실리콘밸리 카페테리아들 찾아다니면서 '우리 언리미트 메뉴 좀 론칭해달라'고 부탁했다. 여성이고, 젊고, 동양인 사업가라는 정체성은 적어도 스스로에겐 문제가 되진 않았다.

"여성이라서 동료들과 일하는 데는 불편이 없어요. 근데 농부님, 혹은 제조나 물류 쪽은 리어카에서부터 시작해서 잔뼈가 굵으신 분들이 많고 여자를 하대해요. '엉덩이 한번 흔들어주면 가격 싸게 해줄게'부터 시작해서, 실제로 저는 제조 공장에서 공사를 하다가 술 따르라는 인부님 이야기 듣고 너무 화나서 언성을 높였다가 맞았어요. 처음에는 상처를 많이 받고 화도 나니까 막 싸우고 그랬는데 지금은 싸운다고 해결되지 않으니까 나름대로 피하는 방법을 찾고요. 저는 절대 저녁 약속을 하지 않아요. 아침 일찍 8시, 9시쯤에 미팅을 하거나 점심을 같이 먹죠.

미국에서는 인종차별과 학력차별을 하더라고요. '너 어느 대학 나왔어? 미국의 아이비리그 나왔어? 너 식품공학 전공했어? 파운더(설립자)가 전문가가 아닌데 이 사업을 어떻게 해? 동양인이 미국 주류시장에 진입하는 게 얼마나 힘든데 이걸 네가 직접 하려고 해? 이런 이야기들을 굉장히 나이스하게 웃으면서 해요. 그걸 극복할 수 있는 방법은 오로지 제품력, 우리 상품의 매력 같아요."

단단한 심장과 명민한 두뇌를 가진 것 같은 그이지만 혼자 문제를 해결하진 않는다. 대표는 판단하고 결정하는 사람. 판단이 서지 않을 땐 주저없이 사업가 선배님들한테 연락을 한다.

"주변에 조언을 정말 많이 구해요. 최근에 이니시스 김중태 대표님이 말해주셨어요. 항상 대표는 최선책이 아니라 차선책을 선택하는 사람이다. 인상적이었어요. 그래서 지금은 조언대로, 가장 잘할 수 있지만 시간과 돈이 많이 드는 방식이 아니라 위험 요소가 덜하면서 더 빠르게 실행할 수 있는 방식의 차선책을 선택해요."

민금채. 이제 금, 나라 채. 이제 나라를 세운다는 뜻대로 그는 '버려지는 곡물로 만든 고기'라는 맛의 대륙에 지구인을 초대한다.

환경에 관한 긴 글을 읽는 사람은 그 글을 읽을 필요가 없는 환경운동 가밖에 없다는 문장을 어느 글에서 보았다. 너무 맞는 말이라서 충격을 받았다. 글 쓰는 활동가라고 말하고 다니는 사람으로서 마음에 새길 문구였다. 우리끼리만 보는 닫힌 글을 쓰지 않기 위해서 무엇을 어떻게 해야 하는지 자주 고민한다. 옳은 것을 옳다고 쓰는 글은 의외로 힘이 없다.

기업인 인터뷰는 사보 일 할 때 '지겹게' 하다가 내가 쓰는 글이 기업이데올로기에 복무한다는 생각이 들어서 확 관두지는 못하고 서서히 발을 뺐던 일이다. 아무리 소기업이라도 기업인 만나는 게 조심스러웠다. 대표님 스펙도 좋아 보였다. 연예부 기자 하다가 카카오랑 배달의민족 같은 소위 '꿈의 직장'을 거쳤다. 금수저인가? 나로서는 인터뷰 의욕이 1도 안 생기는 조건이었다.

근데 또 농부들이랑 친하고 버려진 농산물에 관심을 가졌다고 하니, 그 점이 특이했다. 연예부 기자 출신이면 연예인이랑 친교를 맺을 것 같은데 웬 농부들이람. 시골에서 자랐나? 이 사람 뭘까? 기후위기, 동물권, 비건 문화 같은 이슈를 '음식 이야기'로 풀어가면 좀 빤하지 않게 전할 수 있을 것 같았다.

실눈 뜨고 일단 인터뷰를 나갔다. 자료조사 할 땐 분명 직원 4명이었는데 사무실이 북적북적. 곧 25명쯤 된다고 했다. 민금채 대표에게 "초고속성장이네요?" 물었더니 "매출로 급속성장 해야 하는데 지출이 성장 중"이라며 웃었다. 숨이 막힐 지경이라고 하는데 좀 안쓰러웠다. 대표로서 책임감이 느껴졌다. 실제로 국내 최초로 식물성 고기 전용 공장을 열고 나서 살이 8킬로그램이 빠졌다고 했다.

내가 정말 궁금했던 것을 물었다. 이 사람은 왜 어느 날부터 지구를 걱정하게 됐을까?

"10년 전 기자 할 때 이런 비슷한 생각을 했던 친구 3명이 있었어요. 셋이서 그때 윤리적 소비를 생활화해보자고 해서 우리끼리 '지구인 프로젝트'라고 정해 캠핑도 다니고요. 그냥 진짜 가볍게 가능하면 누구에게도 해 끼치지 않고 가장 자연스럽게 살아갈 수 있는 방법을 같이 만들어 가보자 했어요. 지구인컴퍼니 이름 지을 때 문득 그 생각이 났어요."

이때가 20대라고 했다. 젊은 날 뜻이 맞는 친구가 있다는 것이 인생에서 이렇게나 중요하구나 절감했다. 내 좁은 소견으로 '운동권'이 아니라고 분류된 인물이었던 그가 운동권 같은 이야기를 자꾸만 했다.

"이 사업을 하려는 이유가 제가 사회운동가도 아니지만, 가장 자연스러운 방법으로 살아가고 싶고 그 문제를 해결하는 방법이 조금 팬시하고 섹시했으면 좋겠다. 환경이든 음식이든 라이프스타일을 자연스럽게 지켜줄 수 있는 방식. 그게 지구인으로 살아가면서 내가 해야 하는 일인 것 같고 해결해보고 싶은 문제였어요."

나는 계속 궁금했다. 지구와 음식과 비인간 존재와 나의 '연결'을 인식하는 이 생태적 윤리의 기원은 어디서 왔을까. 그는 집안이 가난해서 재활용이 몸에 익었다며 구로동과 안산을 오가며 살았던, 대학에 들어갈 형편이 되지 못해 취업을 해야 했던 성장기 이야기를 들려주었다.

　역시나 어느 날 갑자기 생기는 것은 없었다. 그간 살아온 경험들, 생각들, 감정들에서 차차 형성된 것들이 삶의 얼굴을 만든다. 누구에게는 그게 책이고 음악이듯이, 그에게는 사업이었다. 지구인컴퍼니, 라는 근사한 이름의.

"저는 우리가 가해자와 피해자를 왕복하는
존재라는 인식, 이게 더 본질 같아요.
내가 가해자라는 인식을 가지면 할 일들이 많잖아요.
해를 끼치기 싫으니까."

미안함의 동력

신영전

한양대 의대 교수

신영전은 의사다. 환자를 직접 대면하는 임상의는 아니다. 질병을 낫게 하기보다 질병을 낳는 정치사회적 요인의 진단과 치료에 관심이 많은 사회의학자다. 특히 취약계층 건강 정책과 대북 의료 분야 전문가로 오래 활동했다. 그러다 보니 '빨갱이' 소리를 더러 듣는다. 공포와 불안을 파는 의료민영화 등 의료 생태계를 비판하면, 일선에선 환자도 안 보는 '네가 무슨 의사냐' 하고, 의사 아닌 그룹에서는 '너는 의사니까' 한다. 의료와 정치, 의사와 시민 경계 어디쯤이 그의 자리였다.

신영전은 교수다. 20년 넘게 학생을 가르쳤고, 일간지에 칼럼도 기고한다. 전공의 집단 휴업, 일명 의사 파업이 끝난 뒤 〈의대생은 학교를 떠나라〉(〈한겨레〉 2020년 9월 30일 자)라는 글을 썼다. "부자가 되고 싶다면 가난하고 아픈 이들의 돈이 아니라 힘세고 돈 많은 이들의 돈으로 되라"는 죽비 같은 내부 비판이 큰 반향을 일으켰다. 코로나19가 장기화 조짐을 보이는 때에 의료인의 사회적 역할은 어떠해야 할까. 무상 공공의료는 가능할까. 한양대학교 의과대학 예방의학 교수실에서 만나 이야기를 들었다.

직업인으로서의 윤리, 그리고 과학시민운동의 필요성

"〈의대생은 학교를 떠나라〉는 글은 평소 학생들에게 늘 하던 말이에요. 지금은 누구든지 아플 수 있는 상황이니까 모든 국민이 관심을 갖는 주제라서 화제가 된 거 같아요. 어쩔 수 없이 팔이 안으로 굽는다고 의사들, 특히 젊은 학생들의 마지막 자존감을 지켜주려는 의도가 있었죠. 사실 의대생은 가장 체제의 말을 잘 들었던 친구들이에요. 교수들끼리 얘기하죠. 심하게 사춘기를 앓았다면 의대에 못 왔다고요. 이 친구들이 가장 잘하는 건 참는 거예요. 오래 앉아 있기. 좀 안쓰럽죠. 학생들을 비난할 생각은 없었고, 오히려 교수니까 제가 책임져야 할 부분이 있죠."

그가 칼럼으로 '직업 윤리'를 환기시킨 것도 책임의 실행 중 하나다. 요즘처럼 감염병 대유행으로 국민 불안감이 클 때 의료인은 "시민들을 대신해서 의료적 전문성에 문제가 없는지 검토해주고 시민들이 이해할 수 있는 방식으로 설명해주는 역할"을 해야 한다고 말했다. 실제로 연세대 의대생들이 잘못된 코로나 정보를 찾아서 교정해주고, 주요 저널들을 정리해서 인터넷에 띄우기도 했다고.

신영전

그는 또 현재의 감염병 대유행은 과학과 대자본의 영리적 결합에 따른 생태 파괴에서 비롯된 것인데도 사람들은 여전히 과학이 해결해줄 것이라고 믿는다고 비판하기도 했다.

"다들 과학에 희망을 갖죠. 화이자 제약회사에서 개발한 코로나 백신이 95퍼센트 효과가 있었다고 발표했어요. 그게 얼마나 많은 돈이 되겠어요. 접종 대상을 정하는 일이나, 그 실험 방법, 결과, 검증이 잘 이뤄질 것인가, 그걸 시민들이 견제해내는 게 중요해요. 과학 자체가 막강한 지배력을 행사하게 될 때 견제 대상이 없다면 지배집단과 쉽게 의기투합을 할 수도 있죠. 이런 것들이 지속적으로 문제가 될 거예요. 그래서 과학시민운동이 있어야 해요. 과학에 대한 시민적 감시가 전 세계적인 중요한 미래 이슈가 될 것 같아요.

과거 과학시민운동에 관심 있으셨던 분들은 너무 나이가 드셨고, 젊은 사람들은 워낙 몇 조원짜리 연구 프로젝트 트랙에 들어가 있지 않으면 나중에 월급도 못 받고 교수가 될 수 없기 때문에 거기에서 비판적 목소리를 내기가 예전보다 훨씬 힘든 조건입니다."

신영전은 보건학을 전공했다. 아픈 사람을 계속 보는 일이 힘들어서 택한 길이다. 회진 돌 때 전날에는 "선생님," 그랬는데 그다음 날 벽을 보고 누워 있으면 그사이에 암이라는 진단이 나온 거다. 고통에 빠진 사람을 보는 고통을 감당할 자신이 없었다. "과연 이런 일을 평생 할 수 있을까." 둔해질 수 없다면 피하는 수밖에 없었다. 그리고 저만치 떨어지니 보였다. "가난한 이들은 쉽게 아팠고, 쉽게 다쳤고, 쉽게 죽었다." 질병의 원인을 병균, 세포, 유전자 탓으로 돌리는 환원주의적 사고가 놓치는 부분들, 건강 불평등으로 공부 방향을 잡았다. 기초생활수급자 의료 혜택으로 첫 연구를 시작한 그는 취약계층 최후의 안전망인 공공의료 강화에 주력했다. 무상의료에 관련해서도 앞장서서 목소리를 내고 있다.

"제가 '건강연대' 정책위원장을 4년 정도 했어요. 건강연대가 노동자 조직, 시민사회단체, 진보적 의료 공급자, 환자단체까지 한 연대체로 꾸려져 활동하는데, 이건 전 세계적으로 전례가 없습니다. 지금 한국 사회에서도 유일하게 살아 있는 시민사회 연대체예요. '무상의료운동본부'로 개칭을 했고 아직도 2주에 한 번씩 모여서 회의하고 성명서를 내죠. 그때 내놓은 안이 100만 원 상한제예요. 개인이 1년간 의료비를 100만 원까지만 부담하는 거고 사실상 무상의료라고 본 거죠. 그걸 18대 대선에서 문재인 대통령이 공약으로 내놓죠. 심상정 후보도 당시 시민사회단체가 내놓은 걸 공약으로 받아요.

이미 유럽에서는 그렇게 많이 하고 있거든요. 우리로서는 굉장히 엄청난 일이라고 생각하지만요. 스웨덴의 무상의료는 정치적, 이데올로기적 행위가 아니었어요. 합리적인 선택이죠. 한국 사회도 무상의료에 준하는 움직임이 있는 이유는, 지금 방식으로는 의료비를 감당할 수가 없기 때문이에요. 우리나라 고령화가 인류가 경험해보지 못한 속도예요. 그러면 결론은 두 가지죠. 결국 포기하든가, 의료의 상당 부분을 국영화해서 원가를 낮추든가. 정치권에서 '100만 원 상한제'를 선언하는 순간 그 약속을 지키려면 정부가 매일 밤새우면서 낭비를 줄여야 해요. 왜냐하면 감당할 돈이 너무 많

신영전

아지니까요. 상한제로 걸어야 의료 낭비나 의료의 영리화를 막을
수 있다고 생각해서 제가 정책위원장일 때 제안해서 동의를 얻었
던 거죠."

고아원에서 봉사하던 소년, 의료사회학자 되다

그가 의사로서 소명을 갖고 사회적 약자 편에서 계속 발언하는
힘이 어디에서 오는 것일까.

"저도 잘 모르겠어요. 기독교 문화에서 자라서 영향을 받았을
것 같은데, 저는 '천국은 가난한 자의 것이다' 이게 가장 혁명적인
기독교 사상이라고 생각해요."

중고등학생 때 친구들과 주말마다 고아원으로 봉사활동을 갔
다. 시험공부를 도왔는데, 아직 더하기도 못하는 아이들에게 나머
지를 구하는 나누기를 가르쳐야 했다. 아득함을 느꼈다. 친구들과
밤새 토론하고 고아가 생기지 않는 사회를 만들어야 한다고 결의
했다. 시험 성적이 우수했던 그의 진로는 자연스레 의대가 되었고
1984년에 한양대 의대에 입학했다. 87년 민주화운동 시기엔 그도
다른 의대생들처럼 '들것'을 들고 시위 현장에 나갔다. 얼떨결에 대
오에 휩쓸려 "딱 한 번" 돌을 던져보았다. 맨 앞은 아닌 조금 뒤에서.
그런데 20~30년 지나고 보니 앞줄에 있던 애들은 사라져버렸고
'최루탄 피해 다니기 급급했던 병약한 의대생'이었던 그가 "소위 이
판에서 제일 과격하다"는 말을 듣고 있다.

코로나 시국이 쏘아올린 공

코로나19로 취약계층은 더 어려움에 처해 있다. 가령 아프면 쉬라고 하지만 쉴 수 없는 게 현실이다.

"마스크를 쓰고 일하기 어려운 조건에 놓인 사람들이 많아요. 우리 청소하시는 분들도 땀이 많이 나죠. 콜센터도 그렇죠. 그런데 취약계층은 거부하기 힘들죠. 취약계층의 근로조건은 더 정교하게 자주 바꾸는 배려가 필요해요. 그렇지 않은 상황에서 공권력만 커지면 취약계층은 비인권적인 상황에 노출될 가능성이 더 높아지죠. 마스크를 더 많이 지급해야 하고, 호흡에 지장을 덜 주면서 효과가 좋은 마스크여야 하죠. 노동 강도가 높은 노동자는 휴식도 더 많아야 하고요. 취약계층에 대해선 필요한 보호 장비 등의 기준이 일반 노동자들보다 더 높아야죠."

그는 건강증진사업으로 보건소 금연 프로그램이 있지만 실질적으로 저소득층이나 일용직 노동자가 이용하기 어렵다는 문제 제기를 한 적이 있다. 그래서 취약계층에 접근할 때는 더 노련하게 접근하고 더 많은 비용을 들여야 한다. 그런데 통상적으로 취약계층에 대한 정책이 더 적은 돈으로 이뤄지는 게 현실이다. "더 수준 높은 민주주의가 작동해야 하는데 쉽지 않다"고 진단했다.

코로나 시국에서 의료진에게 감사를 표하는 '덕분에 챌린지'가 있었다. 그러나 그간 우리 사회에서 의사가 존경받는 전통을 확립하지 못했다. 존경받는 의사가 되기 위해서는 환자와 의사가 관계 맺는 방식이 바뀌어야 한다고 그는 말했다.

신영전

"바뀌는 것의 핵심은 주치의등록제겠죠? 태어나면서 죽을 때까지 본인이 선택한 의사와 관계를 지속적으로 유지하는 제도요. 국민이 가장 갖고 싶은 것이 주치의예요. 궁금한 거 바로 물어볼 수 있고. 환자와 의사의 관계를 본질적으로 돈 벌고 안 벌고의 문제가 아니라 서로에게 지지가 되는 관계로 전환하는 제도로 바꾸면, 의학 커리큘럼도 의료적 관행도 바뀌겠죠."

우리나라가 주치의등록제가 안 됐던 이유는 뭘까.

"정치 지도력의 부재 때문일 겁니다. 큰 병원들은 싫어하겠지만, 대다수 의료인들도 필요하다고 느끼고 국민은 당연히 원하고요. 그런 것들을 조정하는 게 정치의 몫인데 정교한 지도력을 발휘하지 못하는 상황이죠. 지금은 대형병원 중심으로 의료체계가 돼서 더 어려워진 점은 있죠.

최근에 주치의제도 시행을 위한 연대체도 꾸려지고 있어요. 되기는 될 거예요. 현실적으로는 의료비 증가, 고령화 때문에 할 수밖에 없는 거예요. 좌우 이념의 문제도 아니죠. 해외 사례에서도 주치의제도를 보수주의자들이 주장했어요. 이해집단으로서가 아니라 시민적 입장에서, 합리적인 논의 속에서 설계되는 주치의제도가 되도록 노력해야죠.

주치의등록제가 되면 인두제라고, 의사가 사람당 얼마를 받아요. 제가 은유 님 주치의면 1년에 일정 금액을 받아놨어요. 그러면 은유 님이 병이 나면 이 돈에서 해줘야 하거든요. 병이 안 생겨야 하니까 예방접종 받게 하고, 예방을 잘할수록 내가 돈을 버는 모드로 바뀌게 돼요. 그게 의사도 좋아요. 지금은 남이 아파야 내가 돈을 버는 거잖아요. 그럼 의사의 삶도 별로 안 좋은 거죠. 저는 의사가 행복해야 환자도 행복하다고 생각해요. 의사들이 불행한데 어떻게 환자가 행복할 수 있겠어요."

사회가 건강해야 사람들이 건강하다

신영전은 《퓨즈만이 희망이다》(한겨레출판, 2020)라는 책을 펴냈다. 지난 15년간 한국 사회 건강정치학이라는 공간에서 이슈가 됐던 사건들을 기록했다. 제목의 퓨즈는 취약한 존재들을 뜻한다. 과부하가 걸리면 가장 먼저 끊어져 전체 전기 시스템을 살리는 존재들의 죽음을 현대사회는 그저 부수적 피해로 간주한다는, 사회학자 지그문트 바우만의 비판에서 착안했다. 이렇듯 그의 글에는 전공 분야만이 아니라 건강정치학을 관통하는 철학, 문학, 정치, 역사에서 빌려온 지식과 사유들이 촘촘히 꿰어져 있다. 다독가인 그에게 물었다. 책을 왜 읽는지.

"전 행복이 건강보다 중요하다고 생각해요. 건강은 우생학적 개념이에요. 행복은 장애가 있어도 행복할 수 있죠. 다만, 구조적 모순을 놔두고 마취제같이 행복을 말하는 건 비판받아야 하지만요. 행복감은 직전의 나보다 그 후의 내가 더 풍성해졌단 느낌이거든요. 복권에 당첨됐어도 내가 풍성해지지만, 그건 올 확률이 거의 없죠. 그에 비해 좋은 책을 읽으면 반드시 행복해져요. 그런데 누가 모르냐, 책 읽을 시간이 어디 있냐, 라는 말 때문에 조심스러운 부분이 있어요. 읽고 싶어도 못 읽는 사람들이 있으니까요."

'나는 행복해지기 위해서 책을 읽는다'에서 그치지 않고 그는 다시 사회구조의 문제를 짚었다.

"미안해서 그래요. 나만 누리니까. 읽고 싶어도 못 읽는 사람이 떠오르는 거예요. 신동엽 시인이 쓴 산문에 보면 스웨덴 노동자들이 바지 뒷주머니마다 하이데거, 러셀, 헤밍웨이, 장자의 책을 꽂고 있다는 얘기가 나오거든요. 노동시간 준수가 보장되지 않는 상태에서 책 읽으면 행복해진다고 이야기하는 건 낯 뜨거워지잖아요."

그게 당신의 잘못은 아니지 않느냐 물었더니, "내 잘못이라니까요. 제가 좀 더 힘이 있고 잘했으면 노동시간도 단축하고 그렇게 했을 텐데"라고 했다. 아니 대관절, 한 개인이 노동시간을 어떻게 단축한다는 걸까. 자신의 역할을 너무 크게 보는 거 아닌가.

"그렇게 사회화된 것 같아요. 절 움직이는 동력은 미안함이거든요. 내가 누리고 있는 것들에 대한 미안함. 제가 어떤 걸 하는 건 미안함을 덜기 위한 행위일 때가 많은 것 같아요. 근데 이 얘기도 사실은 밥맛 떨어지는 얘기죠.(웃음)"

그는 자신의 생각이나 의견을 말하고 사회구조의 문제로 언어를 추상화하다가 자기부정으로 끝내는 패턴으로 답했다.

"제가 자꾸 추상적이 되는 데에 대해 변명하자면, 헤겔의 말대로 '진리는 전체'라고 생각해요. 다 관련이 있고 전부 다 말해야 되는 거죠. '글 읽는 행복'과 '노동조건'과 자본주의를 연결을 해야지, 한쪽만 얘기하면 성에 안 차요. 그래서 사회의학자의 기본이 '홀리스틱 어프로치holistic approach'예요. 병은 의료로 하는 게 아니고,

사회가 건강해야 그 속에 사는 사람들이 건강하다. 그게 사회의학이거든요."

의사는 가난한 사람들의 옹호자

예방의학 전문의인 그는 금연 교육을 나간다. 한번은 마장동 육가공협회 회장이 고기에서 담배 냄새가 난다며 직원 대상으로 교육을 요청했다. 또 이마트에서는 일하다가 직원들이 자꾸 사라진다며 교육 의뢰가 왔다. 그는 둘 다 거절했다. "고용주 입장에서 금연 교육은 생산성 목적이지 직원들의 건강한 삶을 우선으로 하는 게 아니니까" 가지 않았다. 예방의학 1번은 금연인데도.

신영전은 "의사는 가난한 사람들의 옹호자"라는 사회의학 창시자 루돌프 비르효의 말을 신념으로 삼으면서, 동시에 자신은 "남자에, 기득권 교수에, 편안한 정규직"이라는 존재 조건을 한시도 잊지 않는다. 이 모순과 분열을 겪어내며 그는 좋은 의사란 어떠해야 하는지를 매 순간 질문하는 의사로 산다. 마지막으로 코로나 감염병 대유행 시대에 우리가 각자의 자리에서 무엇을 하면 좋을지를 물었다.

"저는 우리가 가해자와 피해자를 왕복하는 존재라는 인식, 이게 더 본질 같아요. 내가 가해자라는 인식을 가지면 할 일들이 많잖아요. 해를 끼치기 싫으니까. 뭐, 채식도 그중 하나고요. 내가 피해자라는 인식도 날 행동하게 만들죠. 억울하니까. 우리나라가 코로나 초기에 마스크를 해외에 보내지 못했잖아요. 그런데 백신이 미국에

신영전

서 개발됐는데 우리나라에 보내지 못하게 하면 우리가 피해자가 되는 거예요. 관계는 계속 바뀌죠. 전 지구의 인간, 동식물, 생태계 모든 존재가 긴밀히 연결되어 있고 서로가 서로에게 존재의 근거가 되죠. '공생적 온존symbiotic wellbeing'이라는 인식의 전환에서 출발해야 할 것 같아요."

다르덴 형제의 영화 〈언노운 걸〉(2017) 주인공의 직업은 의사다. 의사 제니는 밤중에 누가 문을 두드리는데 진료시간이 끝났다는 이유로 문을 열어주지 않는다. 다음 날 경찰이 찾아온다. 병원 문을 두드린 사람이 신원 미상의 소녀였으며 변사체로 발견됐다는 얘기를 듣는다. 문을 열어줬더라면 그 소녀가 죽지 않을 수도 있었다는 생각에 사로잡힌 제니. 죄책감을 떨치지 못하고 소녀의 이름과 행적을 찾아 나선다는 내용이다.

한 사람의 (목숨이 아니라) 죽음을 외면하거나 포기하지 않는 것, 후회와 반성이 행동으로 이어지는 결단, 소명의식을 가진 직업인의 이야기도 좋았지만, 간호사도 없는 허름하다시피한 진료실에서 환자들과 소통하는 의사의 일상, 저것이 말로만 듣던 주치의제도구나 싶어서 인상 깊었다.

신영전의 칼럼 〈의대생은 학교를 떠나라〉를 봤을 때 반가웠던 게, 이대로만 된다면 우리나라도 제니 같은 의사를 낳는 교육-의료 시스템이 마련될 것 같아서다. 인터뷰하는 날, 그의 책상에는 나의 셀프 인터뷰가 인쇄된 종이가 놓여 있었다. "주류 인사, 기득권층의 서사는 이미 널리 알려져 있으니까 호기심이 별로 안 생겨요"라고 내가 말한 대목을 짚으며, 자신이야말로 바로 이런 사람인데 "지면 권력도 있고 교수에 정규직에 또 남자인데"라고 말끝을 흐리며 왜 자신을 인터뷰하는지 의아하다고 눈을 껌뻑였다.

나는 무상의료, 무상교육에 관심이 많다고 답했다. "교육과 건강 문제에 관한 한 모든 이의 출발선을 맞추어주는" 게 중요하다고 말하는 그와 그런 이야기를 해보고 싶었다고. 먼저 물었다. 지금은 수능 성적 전국 1등부터 2000등까지 서울대부터 서울에서 거리가 먼 의대까지 정원을 다 채우는 식으로 의대생이 된다고 하는데, 어떤 사람이 의사가 되면 좋다고 생각하는지.

"공감능력을 흔히들 얘기하는데 공감능력만으로는 너무 힘들어요. 공감능력만 있으면 정말 본인이 아파서 먼저 드러눕게 되지요. 공감능력은 필요한데 그것만으로는 충분하지 않고 몸과 마음에 쿠션이 튼튼한 사람이 의사가 되는 게 좋은 것 같아요. 의사는 건강을 다른 이들에게 전염시켜야 되거든요. 공감능력과 회복력이 있는 사람이 있어야 환자는 위로가 되죠."

그는 학생들에게 사회의학 마지막 수업에 이런 이야기를 들려준다고 했다. 의사의 원형은 샤먼(무당)이라고 볼 수 있다. 가장 힘든 고통을 겪고 그걸로 죽지 않고 살아남은 사람일수록 더 용한 샤먼으로 쳐줬다. 그래서 당신들이 의사가 되어 나갔을 때 당신들이 아무리 조심해도 의료사고는 날 거고, 여러 가지 개인적인 일이든 고통을 직면하게 될 거다. 그러면 그때 내 말을 떠올리고 우선 한 번씩 웃어라. 혹시 내가 고통을 이해하는 훌륭할 의사가 될 조짐이 아닐까.

"환자들도 고통이 뭔지 아는 의사를 감각적으로 안다고 생각한다"는 그의 말에 공감했다. 고통을 겪어본 의사가 용한 의사가 되고, 그 경험을 환자에게 나눠주는 직업이 의사라는 것. 니체도 말했다. 병이 낫고 싶거든 자기 병을 치료한 의사에게 찾아가라고. 니체나 그가 말한 잣대로 보면, 신영전은 좋은 의사일까? 즉 고통을 겪어본 의사일까?

"교수님 인생에서 가장 큰 고비, 고통은 뭐였어요?"

"고통을 계속 피해 다닌 것 같아요."

"피할 수 없어서 고통 아닌가요?"

"제가 약자나 마이너리티 이슈에 관심이 있는데 내가 다른 길로 가고 있는 거 아닌가 하는 느낌들이 들 때. 실제로 나는 굉장히 비겁하고 기득권 교수고 편안한 정규직이고, 그런 게 내가 말하는 것과 안 맞는 게 제일 고통스러운 것 같아요. 그럼 너 교수 그만둬라. 왜 그거 하고 있냐고 할 때 할 말은 있어요. 근데 명쾌하진 않죠. 나 스스로에게."

내 맘대로 그를 영화 〈언노운 걸〉의 의사 제니의 자리에 놓아본다. 긴급한 초인종 소리를 외면했을까? 그 사람이 변사체로 발견됐다면, 그 이름 없는 소녀의 이름이라도 알기 위해 거리를 헤맬 것인가? 그래야 하는데 그렇게 살지 못해서 자신의 비겁을 자책하는 언어를 고를 것인가?

아무려나 앎과 삶을 일치시키고 영화처럼 사는 삶은 드물다. 그것을 알지만 영화처럼 살지 못하는 자신을 수시로 심판대에 세우는, 정

규직에, 교수에, 남자인 스스로를 기득권으로 규정하는 의사는 이렇게
말했다.

"늘 어수선한 꿈을 꾸죠. 밤마다."

3부

사는 일 자체로
누군가의 해방을 돕는 사람

"내가 비로소 인간으로서
자기 몫을 하게 되는 것 같고,
사는 것처럼 사는 느낌은 그때가 처음이었어요"

"내가 저 일을 하면 자랑스럽겠구나 생각했어요.
폼 나잖아요, 용접공.
저는 그냥 한진중공업 노동자 김진숙이 좋아요.
나의 삶을 규정할 수 있는 건
해고자의 삶이었으니까."

시대의 복직

김진숙

민주노총 부산지역본부 지도위원

'용접공'이라고 쓰지 않고 영어로 '웰더welder'라고 야학 입학원서에
썼다. 그건 매일 잔업에 시달리고 불꽃 상처로 착색된 얼굴을 가려
주는 도금 같은 말이었다. 생이 누추해도 폼은 나야 했던 스물하나.
어서 돈을 벌어 '대학생'이 되고 싶었다. 검정고시를 준비하려고 간
야학인데《전태일평전》(1983)을 만났다. 조선소 현장직 5000명 중
유일한 비혼 여성이었던 '진숙이'에게 대놓고 음담패설을 일삼던
아저씨들이 어느 날부터 수군거렸다. "야야, 저기 근로기준법 간다."

김진숙은 1986년 2월 18일 대한조선공사(현 한진중공업) 노조
대의원에 당선됐다. 옳은 일을 한다는 기분과 진급하는 느낌으로
시작한 노조 활동은 운명의 지침을 돌려놓았다. '대의원대회를 다녀
와서'라는 유인물을 돌렸는데, 얼굴에 보자기 덮어 쓰인 채 대공분
실에 끌려갔다. 난데없이. 하필 아버지 고향이 황해도다. 여기는 '니

겉은 빨갱이를 잡아 조지는 데'라는 협박에 놀란 그는 뭔가 착오가 생긴 거 같다며 항변했다.

"저는 선각공사부 선대조립과 용접1직 사번 23733 김진숙입니다!"

그길로 해고돼 35년이다. 스물여섯부터 해고자로 살았다. 대공분실 세 번, 징역 두 번, 수배생활 5년, 부산에 있는 경찰서를 들락거리다 보니 청춘이 갔다. 속절없이. 한진중공업 조합원 박창수, 김주익, 곽재규, 최강서 네 번의 장례를 치렀고, 그간 쓴 추모사와 글을 엮어 《소금꽃 나무》(후마니타스, 2007)를 펴냈다.

2011년엔 85호 크레인에 올라가 309일을 생활했다. 밥을 먹고 운동을 하고 트위터를 하고 방울토마토를 키웠다. 전국에서 달려온 '희망버스'의 기적이 가세되어 한진중공업 노동자 400명의 정리해고가 철회됐다. 그런데 '체공인滯空人' 김진숙의 존재가 커질수록 '땜장이' 김진숙의 복직은 멀어졌다. 가뭇없이. 외로운 싸움이었다. 그러나 포기한 적 없는 꿈이었다. 2018년에 유방암을 진단받았다. 해고자로 죽을 순 없다고 생각하며 해고자로 환갑을 맞았다.

환갑이면 정년이다. 2020년 6월 23일 그는 35년 전 쫓겨난 그 자리에 섰다. 한진중공업 영도조선소 앞에서 복직투쟁을 선언했다. "제 목표는 정년이 아니라 복직임을 분명히 밝힙니다." 출근 선전전 57일째 되는 날. 문규현 신부, 신발공장 해고 노동자, 정의당, 이주민과함께, 금속노조 등 여러 동지들이 아침 6시 반부터 속속 도착해 그의 곁을 지켰다. 그는 정문으로 흘러 들어가는 동료들에게 목례를 건넸다. 저 공장에는 이제 그를 '진숙이'라고 부르고 그가 '아저씨'라 부르는 사람은 아무도 없다. 손팻말을 든 백발의 해고 노동자는 저 홀로 서럽다. 손팻말에는 대한민국 최초의 여성 용접공 김진숙, 파란 작업복 차림의 진숙이가 웃고 있다. 바다와 하늘이 맞닿은 푸른 배경에 새긴 글자는 구호가 아니라 기도다.

'끝내 내 돌아갈 곳, 그리운 조선소.'

김진숙 민주노총 부산지역본부 지도위원(이하 '김 지도') 인터뷰는 부산 범일동의 한 카페에서 진행됐다.

35년간 멈춘 적 없는 복직투쟁

"35년 전부터 늘 같은 생각을 했어요. 1986년 해고된 뒤로 복직을 계속 주장했죠. 바로 출근투쟁을 했어요. 그때는 관리자들, 어용노조 간부들한테 맨날 맞았어요. 1년 넘게 싸우다가 87년 7월에 노동자대투쟁이 터졌죠. 이듬해 임금단체협약에서 임금인상이 우선이고 해고자 복직은 세 번째 쟁점이었어요. 파업이 일어났죠. 해고자 3명이랑 현장에서 5명이 파업에 동조하는 단식을 했더니 회사가 다음 날 공장을 폐쇄하더라고요.

그냥 문을 닫아버렸어요. 직원들이 다 영도에 살 때니까 부인들이 아기들을 업고 와서 우릴 붙잡고 우는 거예요. 우리도 먹고살아야 할 거 아니가. 봐주라. 진숙아, 니는 내년에 복직해도 될 거 아니가. 나도 마음이 약해져서 같이 울고. 단식 중에 박창수가 폐결핵에 걸리고. 단식을 일주일 만에 풀었죠."

그와 입사 동기인 박창수가 1990년 노조위원장이 됐다. 한진중공업에 명실상부한 첫 민주노조가 들어섰다. "이젠 복직이 되는구나" 기대가 컸으나 박창수는 1991년 구속 수감 중 의문사했다. 견딜 수 없는 날들이었다. 노조의 힘이 강했던 시기인데도 복직 이슈는 계속 뒤로 밀렸다. 사측은 교묘하거나 노골적으로 그의 복직을 논의할 자리를 회피했다.

2003년에도 김진숙은 김주익, 곽재규 두 사람을 "잃었다". 노조 지회장과 조합원이 숨지자 사측은 노조의 요구를 100퍼센트 수용했다. 정리해고 철회, 임금인상, 1986년 이후 누적된 해고자 9명의 전원 복직을 발표했다.

"사람이 참 이기적이더라고. 둘이나 죽었는데도 내가 복직하는 게 그렇게 좋더라니깐요. 나 들어가서 열심히 일해야지. 겉으로 표는 못 내도 심장이 막 뛰어. 근데 지부장이 하는 소리가, 김진숙은 안 된다고. '왜요?' 이랬더니 경총(한국경영자총협회)에서 반대한다고. 나보고 묻더라고. '어쨌으면 좋겠어요?'(침묵) 주익 씨가 그렇게 됐을 때만 해도 조합원들이 밥을 먹었거든요. 그런데 재규 형까지 그렇게 되니까 아무도 밥을 안 먹어요. 구석에서 울고 있고. 언제 또 조합원들을 잃을지 모르는 분위기에서 내 복직 하나만 남았는데 끝까지 싸워야 하지 않겠습니까? 이 이야기를 못 하는 거야.(눈물)"

'단 한 사람, 김진숙만 빼고'라는 단서는 이후에도 질긴 농담처럼 따라붙었다. 사측은 돈을 미끼로 던졌다. 1986년엔 3000만 원을 제시했다 2008년엔 '생계비 월 200만 원'의 조건을 내세웠다. 일부 조합원들은 그랬다. "돈 주는 데 뭐 할라꼬 굳이 힘들고 위험한 일을 할라 하노. 내 같으면 그냥 200만 원 먹고 떨어진다."

김진숙

"나는 돈도 필요 없다. 하루를 일하더라도 내 발로 걸어 나오고 싶은 게 내 꿈이라고 말했죠. 조합원들에게 그 말을 이해시키는 게 굉장히 어려웠습니다. 2011년에 자기들이 해고돼보니까 왜 굳이 내가 그렇게 복직을 하려고 그러는지 알겠다는 사람들이 있었어요. 그 말들이 참 고마웠습니다."

자랑스러운 일 하고 싶어서 조선소로

고향 강화도를 열여덟에 떠났다. 집에서 "제일 먼 곳으로 가고 싶어서" 부산으로 왔다. 서울역에서 부산역까지 열차 요금이 2600원. 밤 11시 15분에 부산역에 도착해 함흥여인숙에 묵었다. 이후 한복가게, 보세옷공장, 가방공장, 신문배달, 우유배달을 전전했다. 해운대 백사장에서 아이스크림을 팔다가 김해 시내버스 122번 안내양을 했다. 새벽 4시 15분에 나와서 막차의 내부 청소까지 하고 나면 새벽 한두 시였다. 종일 서서 일하느라 다리는 뻣뻣하게 굳고 동전 독이 올라 손이 벌겋게 부풀어 올랐다. 관리자들에게 수금액이 부족하다는 이유로 벌거벗긴 채 검신을 당했다. 월급은 12만 원. 치욕의 시간을 통과하며 '인간의 일'을 구하던 스물한 살, 조선소에 닿았다.

"안내양이니까 라디오를 듣잖아요. 어버이날인데 조선소에서 일하는 아줌마들, 수리선에서 녹을 털어내는 일을 하는 분들이 나왔어요. 라디오 진행하는 임국희 씨가 그렇게 찬사를 늘어놓더라고. 돈 벌어서 애들 공부시킨다고 훌륭하다고요. 내가 저 일을 하면 자랑스럽겠구나 생각했어요.(웃음) 자격증 따고 조선소에 들어가서 아주 그때는 진짜 내 인생의 모든 걸 다 이룬 것 같았는데. 폼 나잖아요, 용접공."

지옥을 피해 간 조선소는 더 큰 규모의 지옥이었다. 한 해에도 수십 명의 노동자가 죽어갔다. 골반압착, 두부협착, 추락사고, 감전사고…… 살아 있는 동료들은 그게 아닌 줄 알면서도 사망 원인이 '본인 부주의'라고 써 있는 서류에 지장을 찍어주어야 했다. 문상이 잔업만큼 잦았다. 무엇보다 1만 명 넘게 일하는 공장에 제대로 된 화장실도 식당도 없었다. 새까만 꽁보리밥에 쥐똥이 콩처럼 섞여 나오는 도시락을 공업용수에 말아 후루룩 삼켰다. "내게 똥이나 먹이면서/ 나를 무자비하게 그냥 살려두"는(최승자, 〈미망 혹은 비망 1〉) 삶. 죽으려고 지리산까지 올라갔는데 일출이 너무 황홀해 1년만 더 살자고 내려왔다가 노동조합을 알게 됐다.

"대의원에 출마하니까 과장이 불러서 물어요. '니 뭐 할라고 나왔노?' 나는 개뿔도 모를 때니까 야학에서 배운 말을 한 거지. '우리 회사에 민주노조를 쟁취하기 위해서 출마했습니다.' 그 말을 듣고 회사가 발카닥 뒤집힌 거예요. '뭐, 쟁취?'

(대의원으로 일하는 5개월 동안) 어용노조 간부들이 횡령한 돈을 받아서 조합원에게 돌려주었어요. 30년 다닌 아저씨도 노조에서 돈을 처음 받아본다고 하고. 쉰 살이 넘은 아저씨가 손을 흔들어주고, 간이화장실에는 '진숙이를 국회로!'라는 낙서가 적히고. 목이 메었어요. 저를 나이 어린 여자애로 바라보던 아저씨들한테 동료로서 인정받는 느낌. 내가 비로소 인간으로서 자기 몫을 하게 되는 것 같고, 사는 것처럼 사는 느낌은 그때가 처음이었어요. 86년도 7월 14일에

김진숙

해고통보를 받는데 진짜 하늘이 무너지는 느낌이었습니다."

"땅에서 할 수 있는 건 다 해봤다"

2009년 11월 이명박 정부는 김진숙의 복직을 권고했다. '민주화운동 관련자 명예회복 및 보상심의위원회'가 그의 노조 민주화 활동을 민주화운동으로 인정하고 부당해고임을 명시했다. 그러나 한진중공업은 정부의 복직 권고를 받아들이지 않았다. 희망은 절망으로 또 한 번 뒤집혔다. 김진숙은 1인 시위로 출근투쟁에 나섰다. 정문 앞을 지키다 보니 통근버스를 타고 오는 사람의 규모가 나날이 줄어드는 게 보였다. 회사가 일용직을, 다음엔 하청노동자를 자르더니 정규직에게 정리해고를 통보했다. 김주익과 곽재규가 목숨을 던지면서 지켰던 조합원들이 줄어드는 상황에서, 그는 내가 무엇을 할 수 있을까를 "하루 종일 생각했다".

자신의 복직투쟁이 조합원의 정리해고 반대투쟁으로 바뀌던 순간이다. 2010년 1월 단식에 들어갔다. 백혈구 수치가 30까지 떨어지는 등 건강 악화로 24일 만에 단식을 풀었다. 1년 뒤 35미터 높이 85호 크레인으로 홀연히 올라갔다. "땅에서 할 수 있는 건 다 해봤다"는 쪽지를 남겼다. 2011년 1월 6일, 역사적인 309일의 고공농성이 시작됐다.

100일, 200일. 그건 별로 중요치 않습니다. 마무리 짓지 못한 채 내려가면 제대로 못 살 거라는 거. 그게 더 중요해요. 제게는. 두 사람 한꺼번에 묻고 8년을 허깨비처럼 살았으니까요. 먹는 거, 입는 거, 쓰는 거, 따뜻한 거, 시원한 거, 다 미안했으니까요. 밤새 잠 못 들다 새벽이면 미친 듯이 산으로 뛰어가곤 했으니까요.(2011년 7월 28일 204일 차 트위트)

하늘에 고립된 김진숙은 트위터 140자로 세상과 소통했다. 시인이자 선동가이자 재담꾼의 언어를 구사하는 그의 트위트는 리트위트로 노을처럼 번져갔다. 노동자, 학생, 장애인, 성소수자, 이주민이 희망버스를 타고 한진중공업 농성장을 찾았다. 최루탄과 물대포에 맞서 "내가 김진숙이다"를 외쳤다. 5차 희망버스까지 1만 명 이상 다녀갔다. 한진 사태는 외신에까지 보도됐다. 여론의 압력에 밀린 사측이 정리해고를 철회했다. 그가 309일 만에 땅을 밟았을 때고 노회찬은 자신의 트위터에 이렇게 남겼다.

"김진숙에게 주어져야 할 것은 체포영장이 아니라 노벨평화상입니다."

크레인 위의 김진숙은 나보다 확대됐다

크레인에서 내려오는 그가 두 팔을 위로 쭉 뻗어 올리며 환하게 웃는 사진은 강렬했다. 노동자 웃음. 세상을 떠들썩하게 했던 '희망버스' 투쟁으로 그가 복직된 줄 아는 사람이 많았지만 아니었다.

"처음부터 정리해고 철회만을 요구 조건으로 내세웠어요. 투쟁의 순수성이라고 해야 하나, 그게 훼손되니까. 크레인 농성을 두고

김진숙

사측이 그런 선전을 했어요. 해고자 앞세워서 자기 복직하려고 한다, 김진숙이 자신의 정치적 입지를 다지기 위해서 올라갔다, 별소리가 많았어요. 복직 요구 명단에 저는 처음부터 안 포함시켰어요."

그러나 후회 없는 싸움이었다.

"나는 크레인에 있으면서 오감이 열리는 경험, 내 능력치의 최대한을 다하고 있다는 생각이 들었어요. 근데 제가 내향적인 사람이에요. 크레인이 굉장히 부담스러웠어요. 영웅화하는 게 진짜 너무너무 싫었거든요. (크레인의 김진숙은) 나보다는 확대된 이미지? 과장됐어요. 그리고 크레인 아래에서는 훨씬 더 많은 사람들이 싸웠어요. 우리 조합원들, 다른 단체들, 그리고 봉쇄된 공장에 홀로 남아 가장 고생한 황이라 동지, 그분들은 다 가려졌잖아요. 나 같은 사람들은 이름이라도 나고 훌륭하게 보이잖아요. 별로 안 훌륭하고 나도 할 짓은 다 하고 사는데도. 지금도 어디 가면 309일 크레인과 희망버스로 소개받는 것도 좀 부담스럽고요. 저는 그냥 한진중공업 노동자 김진숙이 좋아요. 나의 삶을 규정할 수 있는 건 해고자의 삶이었으니까."

몸에 새겨진 309일의 흔적은 깊었다. 크레인에서 10분을 이어서 자본 적이 없었고 지금도 길게 잠들지 못한다. 깰 때는 '어렴풋이'가 아니라 '확' 깬다. 밤에는 불을 켜지 않고 겨울에는 양말을 신지 않았다. 그가 두 명의 동지를 가슴에 묻은 뒤 크레인에 오를 때까지 8년 동안 겨울에 난방을 하지 않았던 일화는 유명하다. 그에게 물었다. 왜 춥게 살아야 돼요? 또 왜 불은 안 켜고······.

"크레인에 있을 때 까맸으니까(사측이 전기 공급을 끊었다). 따뜻한 것에 익숙해 있으면 안 되니까 춥게 있어야 되고. 언제 또 그렇게 될지 모르니까. 복직투쟁을 위해서죠. 또 한진이 부당하게 나오면 내가 다시 고공농성을 해야 한다는 생각 때문에요. 남들은 지진 때 생존배낭을 싼다고 하잖아요. 저는 고공농성 짐을 늘 싸고 있는 상태인 거예요. 두꺼운 양말, 두꺼운 옷들을 싸놓아요. 늘 쫓기듯 긴장하고 극한을 대비하는 삶을 끝내는 게 저한테는 복직입니다."

"가장 무서운 형벌은 반복을 반복하는 것"(조용미, 〈흑백〉). 해고 이후 희망을 가졌다 빼앗겼다를 반복하는 동안 그의 몸은 "얼었다 풀렸다"를 반복했다. 그는 2018년 유방암 수술을 받았고 4차에 걸친 항암치료를 마쳤다.

"항암하는 기간이 길었어요. 몸무게가 44킬로그램 이상이어야 항암제를 맞을 수 있는데 제가 44킬로그램이 안 돼서 항암을 못 하고, 또 면역이 너무 떨어져서 항암제를 못 맞고. 그러니까 항암을 하려고 억지로 먹는 거야. 항암을 하면 다 토하고. 고기를 끊은 지 30년이 됐는데 고기 먹어야 머리가 빨리 난다고 하고. 암환자들이 우울증이 올 수밖에 없어요. 이러고 살아야 되나 하루에도 몇 번씩 생각했어요. 그럴수록 복직이 더 절박해지더라고. 나를 일으켜 세워줄 수 있는 게 복직밖에 없었어요."

이번 그의 마지막 복직투쟁은 6월 23일 '선언' 전 5월부터 이미 진행됐다. 한진중공업 노동조합에서 '김진숙 조합원이 복직투쟁을 시작합니다, 조합원들의 협조를 바랍니다'라고 소식지를 내자마자 사측에서 노조로 연락이 왔다. 사측은 한진중공업 최대주주인

김진숙

산업은행에 보고하겠다고 했다.

"희망에 들떠 있었죠. 근데 몇주 만에 '노No'라고 통보가 왔어요. 회사 경영진, 산업은행, 채권관리단 이렇게 3자가 오케이를 해야 하는데 다 '노'라고 했대요. 이유도 설명을 안 해요. 왜 안 되냐고 해도 모른다고. 국책은행이니까 산은의 결정이라는 건 정부의 결정이라는 거죠."

그 시절 동지는 대통령, 노동자는 비정규직

문재인 정부에서도 그의 복직은 난항을 겪고 있다. 문재인 대통령은 변호사 시절 부산에서 활동했다. 98년쯤부터는 김진숙 지도위원와 같이 민주노총 부산지역본부 지도위원을 지냈다. 그런데도? 라는 말을 하지 않을 수 없다. 그는 독백처럼 되뇌었다.

"왜 이렇게 정권마다 다 저를 싫어할까요. 경총은 왜 저를 싫어할까요…… 크레인만 놓고 보면 이명박 정권 때는 희망버스들이 오고 트위터로 각계각층의 사람들이 지지를 많이 해주었는데 제가 만약 지금 크레인에 올라가면 어떨까, 이런 생각을 하면 소름이 끼쳐요. 살아서 못 내려올 것 같습니다. 오히려 개혁에 걸림돌이 되고 민주노총 꼴통이 되는 거고. 김주익 씨 때도 그걸 겪어봤으니까요."

김주익 금속노조 한진중공업 지회장은 2003년 10월 17일 회사의 부당해고에 항거해 85호 크레인에서 129일을 버텼으나 아무런 응답이 없자, 스스로 목숨을 끊었다. 같은 달 30일에 조합원 곽재규도 세상을 등졌다. 그해 노무현 대통령은 "죽음이 투쟁의 수단이 되는 시대는 지났다"고 발언했다.

"그 말은 참 아파요, 지금도. (침묵) 노동자들의 삶을 가장 잘 안다고 생각했던 대통령이 왜 그런 말씀을 하셨을까. 그 말은 꼭 물어보고 싶었어요. 그 후로 노동자들의 고립은 점점 심해지고. 어쨌든 그 시절에 같이 투쟁했던 분들이 지금 국회의원이 되시고, 청와대 수석들이 되시고, 옆에서 같이 활동하셨던 분은 대통령이 되시고, 노동자들은 그냥 다 비정규직이 됐어요."

그는 노무현 전 대통령과의 인연도 떠올렸다.

"1994년 한국 최초의 선상 파업인 LNG 선상 파업으로 김주익이 구속됐을 때 노무현 대통령이 변호사였죠. 저의 공동 변호인에 들어가시기도 했고요. 해고자들이랑 노조 간부 몇 사람이랑 노 변호사님이랑 노동법 공부하는 모임도 했어요. 하루는 모임 하고 분식집에서 저녁 먹고 나오는데 노 변호사가 박창수를 보시고 '저 사람 다음에 위원장 시키라'고, '사람이 됐다'고 하셨어요. 그래서 집까지 찾아가서 위원장 해달라고 그랬는데 1991년에 그렇게 가서…… 그게 지금도 너무 미안해요.

처음에 노무현 대통령이 됐을 때만 하더라도 기대가 컸지요. 기대가 없을 수가 없잖아요. 근데 IMF 경제위기 이후로 정리해고 비정규직들이 늘고, 노동자들의 삶이 점점 더 벼랑으로 몰리는 걸 보면서 더 절망하죠. 저분이 왜 그럴까 고민하게 되는 거예요."

그는 노무현, 문재인 둘 다 대통령 되고는 한 번도 만나지 못했다.

김진숙

현직 민주노총 지도위원인 그에게 대중이 민주노총 방식의 노동운동에 대해 반감을 갖는 까닭이 무엇이라고 생각하는지 물었다.

"언론의 왜곡이 제일 크다고 생각하고, 민주노총이 잘못한 것도 있지요. 시류를 못 읽고 기존에 해왔던 방식들을 고집하고. 저도 민주노총이 답답할 때가 많아요. 특히 희망버스 이후에는 집회가 싫은 거야. 너무 똑같은 대회사, 투쟁사, 연대사, 문화공연, 행진 코스. 이런 게 식상하죠.

맨날 투쟁조끼 입고 집회하고. 애들이 있거나 비흡연자가 있거나 담배 막 피우고. 삶에 대해서 긴장하지 않는 것들이 답답해요. 회식하면 삼겹살 먹고. 기후위기를 생각하는데도 그게 삶에서는 별로 달라지지 않는 부분들이 참 답답해요. 근데 민주노총이 비정규직과 함께하지 않는다고 비판하는데, 사실은 민주노총 조합원의 30퍼센트 이상이 비정규직이에요. 대형 공장 노조원들이 비정규직에 대해 배타적인 건 있지만, 비정규직들의 현실을 개선하기 위해 혹은 정규직화하기 위해서 싸우는 건 또 정규직 노조밖에는 없거든요."

김진숙은 1981년 7월 1일 입사해 1986년 7월 14일 해고됐다. 5년을 용접공으로 일했다. 우수사원으로 표창장을 받았고, 사장의 요트를 수리하는 기술직 5명에 뽑히기도 했다. 그는 "내가 생각해도 일을 참 꼼꼼하게 잘했다"고 했다.

"용접이 힘들어요. 아주 육체노동이에요. 탱크 안에 겨우 들어가서 용접해야 하고 불똥을 막 맞아야 되고 제 지금 건강 상태가 감당할 수 있을까 의심도 있지만, 전 그냥 내 발로 걸어 나오고 싶은 거예요. 그 시절에 저랑 같이 해고됐는데 어디 싸울 회사도 없어진 부산의 신발공장, 풍산금속 노동자들을 잊지 않기 위한 싸움이기도 하고요. 제 복직은 시대의 복직이에요."

그는 복직해서 공장에 들어가면 하고 싶은 것들을 하나씩 천천히 꼽았다.

"제가 상상하는 현장과 실제 현장은 많이 다를 거예요. 그땐 제대로 된 화장실도 없었고. 얼마 전 5월에 회사와 교섭할 때도 기대에 부풀어서 현장에 있는 친구한테 물어봤어요. '야, 화장실 깨끗하냐?' 그랬더니 '아무래도 좀 뭐, 남자들끼리 있으니까 그렇게 깨끗하진 않습니더' 이러더라고. 그래서 청소 좀 깨끗하게 해놓으라고 했죠.(웃음) 화장실도 가보고 싶고. 저는 구내식당에서 밥을 못 먹어봤거든요. 그렇게 투쟁을 열심히 해서 식당이 만들어졌는데…… 식당에서 따뜻한 국, 따뜻한 쌀밥도 먹어보고 싶고. 박창수가 일했던 배관공장도 가보고 주익 씨 일했던 조립과도 가보고 재규 형이 일했던 데, 강서가 일했던 데도 가보고 싶어요. 공장 안에는 박창수 장례 때 들어가고 주익 씨와 재규 형 합동장례식 때, 강서 장례 때만 들어가봤어요. 그냥 별것도 아닌데 들어가보고 싶은 거지.(눈물) 우리 아버지가 그렇게 이북에 가고 싶었듯이."

그동안 너무 힘들게 싸웠으니까 이젠 좀 편하게 살 수도 있는데 그는 또다시 투쟁을 시작했다. 요즘 말로 '김진숙이 김진숙했다'. 무엇이 그로 하여금 끝까지 싸우게 하는지 물었더니 "내가 편하게 살 수 있는 길은 별로 없었을 것 같아요" 했다. 회사에서 주는 200만 원 받고 사는 방법도 있었다고 하자 "그거는 또 마음이 괴롭

김진숙

잖아. 얼마나 죄책감이 들겠어요" 한다. 노동운동가로 사는 게 그는
왜 좋을까.

"제일 큰 게 떳떳함이죠. 어디에도 누구한테도 굴하지 않고 산
다는 것."

김진숙은 '대학 가서 미팅 할래, 공장 가서 미싱 할래'가 급훈
으로 교실에 걸렸던 나라에서 노동자로 살았다. '나는 용접공입니
다' 차마 말하지 못했다. "철들고 나서부터" 이 사회가 노동자에게
강요하는 수치심을 떳떳함으로 바꾸기 위해 싸웠다. 몸, 시간, 사랑
온전히 바쳤다. "웃으며 끝까지 함께 투쟁"하다 보니 35년 차 해고
자가 되었고, 한진중공업 마지막 해고자로 남았다.

인터뷰의 첫 질문, 그는 왜 정년을 반년 앞두고까지 복직투쟁
을 하는가, 이에 대한 그의 대답은 다시 물음이 되어 돌아왔다. 정년
이 될 때까지 한 명의 노동자를 복직시키지 않는 이유는 무엇일까.
아무리 버둥거려도 한 뼘도 들어갈 수 없었던 그 정문은 누가 열 수
있는 것인가.

동의하지 않아도 해고자의 밤은 온다. 2011년 5월 28일(농성
143일 차) 85호 크레인에서 "노을 지는 하늘 보며 까닭 없이 울던 일
곱 살 때"를 떠올리고 영도 바다의 붉은 하늘 사진을 올리던 사람,
김진숙은 오늘 어떤 까닭 모를 열망과 허무의 저녁을 맞을까.

'n번방' 사건 때 김진숙 지도가 트윗을 올렸다. 정곡을 찌르는 '현재형' 발언에 나는 '엄지척'과 동시에 안도했다. 도통 업데이트가 안 되고 '라떼'에 머무는 분들을 자꾸 보게 되는 건 당혹스럽다. 그럴 리 없는 사람은 없다지만, 그렇지 않은 사람도 있으리라는 인간에 대한 희망 없이 살고 싶진 않다. 인터뷰할 때 김 지도에게 젠더 이슈에 대해 질문했는데 복직 이슈만으로도 지면이 부족해서 싣지 못했다. 이런 얘길 나누었다.

"미투 정국 무렵부터 김 지도가 페미니즘 이슈에 대해서 리트위트 많이 하고 적극적으로 발언하세요. 이유가 있나요?"

"저는 좀 죄책감이에요. 이게 제가 그때 한복 만드는 공장에서 일했던 순이, 그다음에 옛날에 보세공장에서 일했던 열몇 살 순이도. 거기는 너무너무너무 자연스럽게 일상적인 성폭력, 성추행, 성희롱들이 이루어져요. 그때는 성희롱이나 성추행이라는 개념도 없었을 시절에 관리자들이 그냥 주무르고. 제가 일했던 생산3과가 600명이었거든요. 월급날이 되면 600명이 줄을 서 있어요. 그럼 관리자들 반장, 조장들이 책상에 올라가서 앉아 있었어요. 그래서 월급봉투에다가 이렇게 애들

김진숙

이 도장을 찍으면 그 월급봉투를 줘요. 주면서 그냥 만지는 거야. 그냥으레 다 공개적으로. 그리고 못생긴 애들은 '모개는 그냥 가' 이러거든.

모개는 모과의 사투리에요. 못생긴 과일처럼 못생겼다는 거야. 얘네들도 어쩔 수 없이 그냥 포기하고 받아들이고 이랬던 것 같아요. 살려니까 어쩔 수 없고 또 다른 공장을 가도 똑같고. 근데 나는 그 아이들을 경멸했거든요. 마치 피하고 거절할 수 있는 일인데 얘네들이 그걸같이 즐기는 것처럼 저는 여겼었어요. 그게 어떤 힘에, 위력에 의한 것이라는 생각을 그땐 전혀 못했죠.

저는 트위터를 통해서 그런 고백들을 이제 보는 거야. 그러면서그때 내가 얼마나 천박한 사고를 하고 살았는지. 얼마나 남성화된 시각으로 그런 여성들을 보고 그들의 피해에 대해서, 그들의 삶에 대해서 단편적으로 단죄하고 살았는지 반성했던 것 같아요. 그러면서 내가겪었던 현실인데 마치 나는 내가 강해서 그런 거를 안 당했던 것처럼.순이가 있으니까 내가 안 당했던 거거든요. 내가 굉장히 왜곡된, 남성화된 시선으로 세상을 보고 여성을 보고 있더라고요. 그런 것들에 대한 미안함이에요. 미안함이고 반성이고 그렇습니다."

기록하는 사람. 반성하는 사람. 길들여지지 않는 사람. 어떤 자리에 안주하지도 그렇다고 은둔하지도 않는 이 부단한 자기연마의 삶 때문에 김 지도는 내가 죽기 전에 꼭 한 번 인터뷰하고 싶은 인물이었다.실은 초봄에도 인터뷰를 의뢰했다가 거절당했다. 암투병으로 힘든 시기를 보내던 중이었던 그는 이런 답변을 보내왔다.

"우선은 회복에 집중하리다. 삶이란 게 자학에 가까웠어서 몸에게 용서받는 시간들이라 여겨주시구려."

김진숙은 우리 사회 계급운동에서 가장 진실하게 임하는 노동자다. '진짜'라는 수식어를 쓰고 싶어지는 사람이다. 이번에 자료를 정리하면서 다시 느꼈다. 김진숙이란 존재가 85호 크레인 투쟁으로 영웅처럼 어느 날 갑자기 수면 위로 부상했지만 그는 열여덟 살에 딸이라는 이유로 고등학교를 보내주지 않는 '아버지'를 떠났을 때부터, 자신의 자리에서 줄곧 싸워왔다. 85호 크레인 농성은 싸우는 장소가 지상에서 고공으로 바뀌는 사건일 뿐이었다.

인터뷰를 쓰기 전에는 대체로 막막한데 어떻게 써야 할지 모르겠으면 이렇게는 쓰지 말아야지로 접근하는 것도 방법이다. 이번에는 나름 '85호 크레인'으로 김진숙을 설명하지 말자는 원칙을 세웠다. 85호 크레인 투쟁도, 정년을 앞둔 복직투쟁도 인간의 자긍심을 박탈하려는 세상에 맞서 그가 살아왔고 살아가는 자연스러운 과정이고 선택인 것이다.

김 지도는 30년 전부터 고기를 먹지 않았다고 했다. "왜요?" 물으니 어릴 때 소를 키워서 눈이 생각난다고 했다. 여름철엔 콩국수를 거의 매일 드신다. 산책길에 길냥이 밥을 주고 있다. 온천천에서 만나서 온천이, 동래에서 만나서 동래라고 부른다며 "이름을 너무 무성의하게 지었나" 웃으신다.

자기가 일하다가 쫓겨난 공장에서 따뜻한 밥 한 끼 먹고 싶은 그는 그냥 노동자고 시민이다. 이토록 대단하지 않은 한 사람이 자기 자신을 양보하지 않고 살아냈다는 이유로 대단해지는 삶이 있다는 것, 이름처럼 평범한 김진숙과의 대화를 통해 알았다.

김진숙은 2022년 2월 25일 복직했다. 1986년 7월 해고된 지 37년 만이었다. 이미 정년 기한을 넘긴 그는 이날 명예복직과 동시에 퇴직했다. 이후 김진숙은 이런 메시지를 보내왔다.

전선에 서긴 했는데 확 불태워지질 않았다. 내 싸움이어서였을까. 큰 싸움들이 도처인데 한 사람의 복직이라는 작은 싸움이어서였을까. 자꾸 쭈뼛거리던 와중에 인터뷰가 이루어지고 울고 웃으며 폭포처럼 생애를 쏟아내고 그걸 글로 보니, 아, 이건 꼭 해야 하는 싸움이구나 하는 생각이 비로소 들었다. 복직투쟁의 전선이 제대로 쳐진 건 이 인터뷰 기사가 나가고 나서다. 그리고 나는 2022년 2월 25일 마침내 37년 만의 복직을 이루어냈다. 은유 작가의 힘이 컸다.

"우리가 사는 세상 안에서
일어나는 일들이니까
그냥 사실대로 알아줬으면 좋겠어요.
다 같이 잘 살아야
나도 행복할 수 있을 것 같아요."

멋있지 않아요?

수신지

만화가

그냥, 어려서부터 그림 그리는 걸 좋아했다. 학창 시절 무슨 대회에 나가면 상을 곧잘 받았다. 화가가 되려고 서양화과에 갔다. 졸업 전시회에 찾아온 출판사 편집자의 권유로 그림책에 삽화를 그렸다. 한창 일하던 20대 후반에 난소암에 걸렸는데 투병기로 그냥 한번 그려본 만화 《3그램》(미메시스, 2012)이 데뷔작이 되었다. 필명은 수신지. 별 뜻 없이 본명을 조합한 이름이다.

그냥 좀, 이상하다고 생각했다. 연애할 때는 여자의 핸드백도 들어주던 남자가 결혼하면 여자가 부엌에서 혼자 일하는데도 어째서 무신경한지. 왜 명절엔 남자 집에 먼저 가는지. 은근히 서럽고 말하면 치사해 '먼지 차별'로 불리는 일들로 《며느라기》(2017)라는 만화를 그려서 개인 SNS 계정에 연재했다. 60만 팔로어의 사랑을 받은 이 웹툰은 동명의 웹드라마로 제작돼 2020년 11월부터 카카오

221

TV로 방영, 누적 1700만 뷰를 기록했다. 설과 추석은 《며느라기》 대목이다. 이후 낙태죄의 문제점을 그린 《곤》(귤프레스, 2019)까지, 그의 작품을 본 사람들은 그냥, 지나치던 일상 풍경을 불합리한 '사건'으로 감각하기 시작했다. 대단한 갈등도 급진적 대사도 없다. 무심한 듯 집요한 '그냥'의 힘으로 가부장제에 실금을 내고 있는 수신지 작가를 자택에서 만났다. 웹드라마 〈며느라기〉 시즌 1이 막 종영된 이후다.

《며느라기》 이후, 명절에 각자 집으로

"웹드라마를 계속 원작과 비교하면서 보시는 분들이 많았고요. 실제 사람이 연기하는 걸 보니까 더 열 받는다고 울었다는 분도 계시고요.(웃음) 확실히 영상이 더 널리 퍼지는 것 같아요."

《며느라기》가 웹툰과 드라마로 빅 히트를 치고 《82년생 김지영》은 100만 부가 넘게 팔렸고 동명의 영화도 흥행했다. 세상이 많이 바뀐 것 같으면서도 댓글 보면 논의가 제자리 같기도 하다. 그는 어떤 변화를 체감할까.

"가끔 자기네 집안 행사 문화가 바뀌었다고 피드백을 주는 분들이 있고요. 명절날 번갈아서 양가에 가는 부부를 제 주변에선 많이 봤어요. 그 순서가 별거 아니라면 아니지만 또 중요한 거잖아요. 그런데 만화나 드라마나 '요즘 세상에 저런 집이 어디 있어'라는 반응은 늘 있어요. 그러다가 또 누군가가 '저 정도만 돼도 좋겠다' 그러면 그런 의견이 막 달리고. 이게 계속 반복돼요."

수신지

《며느라기》를 쓴 작가의 결혼 생활은 과연 '어느 정도'인지 궁금해하는 독자들이 많다. 그래서 그는 며느라기 코멘터리 《노땡큐》 (귤프레스, 2018)를 내기도 했다.

"북토크 가면 가장 많이 하는 질문이 '시어머니가 뭐래?'(웃음) 시아버지도 아니고 시어머니만 물어봐요. 제가 만화 연재할 때, 남편이나 시부모님 몰래 연재할 거라고 생각하는 분들이 정말 많았어요. 근데 그게 제 직업이잖아요. 시부모님은 작품이 드라마도 되고 하니까 좋아하고 자랑하지 갈등이 있진 않거든요. 저희 집의 경우 제사는 자연스럽게 없어진 것 같아요. 시대의 흐름에 따라서. 저도 (2014년에) 결혼하고 처음엔 명절날 당연하게 남편 집 먼저 갔거든요. 연휴 첫날 가서 자고 아침에 일어나서 음식 하고 차례 지내고 밥 먹고 점심 먹고 올라와서 우리 집에 가고요. 그때는 진짜 생각을 별로 못 했어요. 근데 좀 문제가 있다 해서 양가를 번갈아 가다가 지금은 각자 자기 집으로 가요."

《며느라기》 이후 변화일까.

"만화를 시작할 때만 해도 좀 문제가 있다는 각성 정도였죠. 연재하면서 댓글을 보니까 너무 많은 사람들이 이걸로 고통받고 있고, 바꾸고 싶지만 못 바꾼다는 걸 느낀 거예요. 사실은 누가 시가 먼저 가라고 말한 사람도 없거든요, 그게 며느라기가 아닐까 싶은데."

'며느라기'란 사춘기, 갱년기처럼 시가 식구들한테 예쁨 받고 싶고 칭찬받고 싶어 과도하게 희생하며 무리하는 시기를 뜻한다. 《며느라기》의 주인공 민사린은 결혼 이후 불합리한 현실에 눈뜨며 서서히 며느라기에서 벗어난다. 수신지 작가가 명절에 각자의 본가로 가기 시작한 건 2년쯤 됐다. 불합리하다는 인식에서 행동으로 나아갈 수 있었던 힘이 무엇이었는지 묻자 '남편'을 언급했다.

"그게 남편에게 달려 있다는 건 아니지만 사실 남편이랑 의견이 맞았던 게 큰 요인이긴 하죠. 남편과 연애를 7년 정도 했어요. 동갑이고 친구 같아요. 또 남편도 댓글을 많이 봐서 생각이 변했을 수도 있어요. 만화든 드라마든 사람들이 남편한테 보여주려고 노력을 하더라고요. 근데 안 본대요. 이거 뻔하다 싸우자는 거냐 이러면서 안 보고, 그런 댓글을 남편도 많이 보면서 아, 정말 많은 여성들이 이 일로 고통받는구나, 그냥 명절 하루 일이 아니구나 아는 거죠."

'고구마 같은 현실'을 공부하기

수신지 작가의 《며느라기》 후속작은 《곤》이다. 낙태죄가 생긴 1953년 이후 한 번이라도 낙태 수술을 받은 경험이 있는 사람은 처벌을 받게 되어, 여성들이 '사라져버린gone' 가상의 세상을 그렸다. 임신중지뿐 아니라 모계의 성을 따르는 문제, '독박 육아' 등 여러 젠더 이슈를 수신지 작가 특유의 일상적 비판 정신과 차분한 어법으로 접근한다.

"저는 그냥 제 마음에 다가오는 이야기를 하는 것 같아요. 《곤》은 《며느라기》 연재할 때 사람들이 아이 키우는 이야기가 나오면 좋겠다고 제보도 많이 해주셨어요. 제가 아이가 없어서 작품으로 할 엄두를 못 내고 있다가 우연히 낙태죄에 관한 팟캐스트를 들었는데, 육아와 낙태죄 두 가지를 접목하면 더 많은 이야기를 할 수 있겠다고 생각했어요."

《곤》에는 이런 대사가 나온다. "생각해보니 희한하네. 벌은 여자가 받고 성씨는 남자가 받고." 《며느라기》도 '고구마' 같은 현실을 잡아낸 '사이다' 대사가 돋보인다. 그가 현실의 모순을 포착하여 작품으로 담아내는 비법은, 타고난 센스가 아닌 꼬리에 꼬리를 무는 공부다.

"하나의 에피소드를 예로 들면, 저도 낙태죄가 있다는 건 알지만 큰 문제라고 생각은 안 하고 그냥 있다가 팟캐스트를 듣고서 《배틀그라운드》(후마니타스, 2018)라는 책을 찾아 읽어보고 이게 진짜 문제가 있다는 걸 알게 됐죠. 관심과 공부. 그리고 검색. 문제라고 생각했을 때 관련 책을 읽고 사례를 찾아보고 뉴스를 검색하다 보면 조금씩 가지를 칠 만한 것들이 생기잖아요. 성은 남자 성으로 한다, 낙태하면 여자가 처벌받는다, 이게 둘 다 불합리하지만 따로 떨어져 있을 때보다 합쳐놓으면 비슷한 카테고리가 돼요. 얼마나 이상한지 더 잘 보이잖아요. (하나씩 알아가는 거지) 어느 날 갑자기 깨달음을 얻는 건 아니에요."

그는 《며느라기》의 민사린 남편 무구영이나 《곤》의 남자 등장인물을 일부러 호감 가는 남자로 설정했다. 적당한 배려심이 있는데 해맑게 이기적인 철없는 남자들.

"그냥 보통의 남자들이죠. 안 그럴 이유가 없기 때문에 그런 것 같아요. 눈치를 봐서 행동할 필요를 느끼는 순간들이 살면서 별로 없지 않았을까요. 남자들이 만약에 자기가 해야 되는 상황이었으면 바꿔야겠다고 생각했겠죠."

225

《며느라기》에서 무구영은 시할아버지 제사 준비를 하는 아내에게 "내가 빨리 가서 도와줄게"라고 한다. 이에 민사린은 "구영아, 나는 할아버지 얼굴 본 적도 없거든. 내가 너를 돕는 거라고 생각되지 않니?"라고 말한다. 무구영이라는 캐릭터에 대해 위근우 칼럼니스트는 '무골호인 같은 태도 안의 폭력성'을 탁월하게 드러낸다고 지적했다. 수신지의 작품에는 교양과 상식이 있어 보이는 남자들이 가부장제의 불합리한 관행의 공모자이고 수혜자라는 게 잘 드러난다.

"제가 어느 진보단체에서 강연을 했을 때, 질문 시간에 여성들이 가정 내에서 일어나는 힘든 점들을 이야기하니까 한 남자 대학생이 '사랑하는 사람을 위해서 하는 일이 뭐가 왜 그렇게 힘든가요?' 그러는 거예요. 제가 정말 말문이 막혔어요. 그런 식의 발언을 듣는 경우도 많이 있었는데 다 나이 많은 남성분들이었거든요. 그 단체에 오는 분들은 다를 것이란 기대가 저한테 있었나 봐요. 그 청년을 생각하면서《곤》에 나오는 노민아 남편 캐릭터를 만들었어요. 자기가 출산 계획이 없을 땐 엄마 성으로 공정하게 해야 한다고 말하지만 막상 자기한테 아이가 생겼을 때 엄마 성으로 할 수는 없지 않느냐고 하는 사람이요.

또 한번은 남자 지인이랑 부성우선주의 얘기를 하는데, 부인이 남편 성이 더 예쁘니까 굳이 자기 성을 안 써도 된다고 했다는 거예요. 근데 자기가 부성우선주의가 문제라고 생각하면 먼저 부인에게 제안할 수도 있잖아요. 다른 모든 사회문제에도 관심이 많고 적극적이고 자기 의견을 내는 사람이 왜 가정 문제에 있어서만은 부인 뒤로 한발 빼는지. 굳이 부인도 가만히 있는데 내가 팔 걷고 나서서 해야 하나? 이러지 말고 나서는 남성들이 좀 많이 생겼으면 좋겠어요."

담담하게 가부장제 고발? 원래 성격

수신지 작가는 웹툰 연재와 단행본 출간만이 아니라 다른 사회적 이슈에도 활발히 참여한다. 한국여성인권진흥원의 의뢰를 받아 성매매 방지 웹툰《순간이 삶이 되지 않도록》을 그리기도 했다. 여성 청소년이 성매매에 빠지게 되는 과정을 그렸는데, 여성인권 끝에는 늘 성매매가 나오고 성매매는 곧 성착취라는 문제의식을 담았다. 그는 낙태죄, 성착취 같은 우리 사회의 불편한 문제를 조금이라도 '쉽게 널리' 알리려는 마음으로 작업에 임한다. 민감한 이슈도 그의 그림으로 보면 편안하게 다가오니 눈길이 가는 것이다. 그의 작품에 대해선 '담담하게 가부장제를 고발한다'는 평이 주를 이룬다.

"그건 만화 자체의 특성 같아요. 일종의 학습만화잖아요. 어떤 것을 설명하는 데에 특별한 장점을 가진 장르죠. 더군다나 제가 SNS라는 플랫폼을 통하니까 두 개의 궁합이 잘 맞는 거예요. 어떤 이야기를 만화로 쉽게 만들어서 SNS를 통해 퍼트린다. 시너지가 있어요. 또 제가 담담하단 얘기 많이 들어요.《3그램》도 담담하다는 평을 많이 들었고. 원래 성격이 좀 심드렁~.(웃음) 저는 무슨 덕후도 아니고 취미도 없고 사람이 정말 특징이 없거든요. 그게 단점이라고 생각했는데, 그냥 있는 듯 없는 듯 그러다 보니까 제가 만들어내는 것들이 사람들이 받아들일 때 거부감 없이 그냥 받아들이지 않나······.

원래 성격도 긍정적이었는데 아프면서, 죽을 수 있다는 걸 한 번 느낀 거잖아요. 이 시간 자체가 언젠가 끝이 있다는 것을 당연히 알지만 느껴보니까 힘들게 살고 싶지 않고 그냥 좋게좋게 살고 싶다는 마음이 강하게 있어요.

아프면서 시간의 유한성에 대해서 많이 생각했어요. 작업을 시작하면 2년 정도 걸려요. 준비하고 연재하고 책으로 내기까지. 내가 하고 싶지 않은 일을 하면서 2년을 보내는 게 싫은 거예요."

재밌을 거 같아서, 멋있게 하고 싶어서

수신지 작가는 귤프레스 출판사를 운영한다.《며느라기》등 SNS에 연재한 작업물을 직접 출판했다. 기성의 시스템에 기대지 않고 직접 판을 짜고 도전하는 사업가의 모습은 담담한 고발자와는 사뭇 다른 모습이라고 했더니 "멋있지 않아요?"라며 흡족한 미소를 짓는다.

"독립출판을 예전에도 했었는데 사업자등록 하고 규모가 좀 커진 거죠. 연재할 때 출판사에서 제안이 많이 왔는데 전체적인 그림을 봤을 때 직접 하는 게 더 재밌을 것 같았어요. '민사린닷컴'을 만들어서 책이랑 굿즈를 제작하고 선주문을 받고 재고 없이 다 판매했어요. 그렇게까지 일을 벌인 건, 좀 더 멋있게 해보자, 여성으로서 잘하는 모습을 보여주고 싶다는 생각이 있었어요."

여성 작가로서 여성의 목소리를 내는 작품 활동을 하는 것에 대한 부담은 없을까.

"그렇지는 않고요. 사실 제가 《며느라기》를 그리면서도 페미니즘적인 콘텐츠라고 생각하고 시작한 게 아니거든요. 어쩌다 보니 그 카테고리에 꽂혀 있는 책이 됐더라고요. 오히려 제가 지식도 없는데 그중의 한 사람이 됐다는 게 괜찮을까 생각해요. 뭔가를 알고 그 지식을 바탕으로 뭔가를 만들어낸 게 아니라 일단 만들었는데 이게 페미니즘적 이야기를 담고 있는 거였어? 하며 뒤늦게 공부하게 된 경우라서요. 내가 자격이 있나 싶고, 사실 저는 너무 고맙죠. (명예의 전당에 올라가 있는 기분?) 맞아요. 어쩌다 뒷걸음질하다가 잡은 것처럼.(웃음)"

수신지 작가는 매체에 얼굴을 드러내지 않고 활동한다. 그냥 그 작가를 아는 것보다는 그 작품을 아는 게 독자로서 더 좋은 것 같다고 생각해서다. 작품보다 작가가 좀 더 매력적인 경우도 있는데 자기가 그런 경우는 아니라고 스스로 객관적인 평가를 내렸다. 또 처음 낸 만화책이 투병기였기 때문에 드러나고 싶지 않은 점도 있었다. 아팠던 걸 몰랐던 사람들이 이 책을 계기로 알게 되는 게 그렇게 달갑지는 않았다고 했다.

언뜻 민사린의 느낌이 묻어나는 수신지 작가는 느릿한 어투에 '그냥'이란 말을 습관적으로 쓴다. 그냥은 '어떤 작용을 가하거나 상태의 변화 없이 있는 그대로'라는 뜻이다. 대수롭지 않게 행동하고 복잡하지 않게 그려내는 그냥 사람 사는 이야기. 그래서인지 읽다 보면 그냥 동화된다. 태양이 나그네의 옷을 벗기듯 자연스럽게 변화를 일으키는 그냥의 마법이다. 그는 한 인터뷰에서 자신의 만화에 나오는 일들은 "우리가 사는 세상 안에서 일어나는 일들이니까 그냥 사실대로 알아줬으면 좋겠다"며 창작의 변을 밝혔다. 마지막으로 물었다. 왜 있는 그대로 알아야 할까?

"같이 살기 위해서인 것 같아요. 이번에 코로나 겪으면서 더더욱 사람들이 다 연결되어 있다는 생각을 하게 되잖아요. 코로나 때문에 어려운 사람은 더 살기 어려워졌다, 그런 뉴스가 나오는데 그걸 보면서 내가 행복하기는 어려운 것 같아요. 그냥, 일단 그 뉴스를 보는 순간이 안 행복하잖아요. 다 같이 잘 살아야 나도 행복할 수 있을 것 같아요."

인터뷰 연재를 시작하며《82년생 김지영》을 쓴 조남주 작가를 섭외했지만 그는 모든 매체의 요청에 응하지 않고 집필에만 집중하고 있다고 했다. 웹툰계의 '82년생 김지영'《며느라기》를 그린 수신지 작가는 애초부터 얼굴을 드러내지 않고 활동했다. 두 작품은 가히 신드롬이라 할 만한 히트를 기록했다. 해당 작품을 계기로 사회적 담론이 폭발하는 영향력에 비하면 작가의 존재는 그리 알려지지 않은 편이다.

〈한겨레〉 인터뷰 담당 기자와 인터뷰이 섭외를 논의하다가, 여성 작가들이 스스로를 비가시화하게 되는 현실을 토로한 적이 있다. 여성 작가가 커리어가 쌓이고 다른 여성들에게 롤모델이 되어주면 좋을 텐데 맥이 끊기는 것 같다고. 그럴 만도 하다. 한국 사회에서 여성-인권에 대해 목소리를 내는 여성 작가가 감당해야 하는 불편은 크고 성가시다. 이런 얘기를 나눠보고 싶었다.

수신지 작가는 여성 작가가 스스로를 비가시화하는 경향에 대한 내 이야기를 듣고는 "개인적인 성향이 아니라 전반적으로 여성들이 가진 특성 같은 건가요?"라고 되물었다. 본문에도 나왔듯이 그는 굳이 얼굴이 나갈 필요가 있을까 싶어서《며느라기》이전부터도 얼굴을 공개하지 않았다고 했다. 인터뷰 기획 취지를 듣고 나더니 "그게 제 개인

생각인지, 제가 여자이기 때문에 그렇게 생각하고 있었던 건지는 저도 잘 모르겠어요"라며 잠시 생각에 잠겼다.

또 하나 궁금했던 점. 《며느라기》 작가가 본 '82년생 김지영'에 대해 물었다.

"제가 책은 안 보고 사실 영화만 봤어요. 만화를 준비하고 있을 때 《82년생 김지영》이 소설을 알게 됐어요. 그 책을 사기도 했어요. 너무 영향을 받을 것 같아서 조금 읽다가 말았거든요. 근데 설정이, 정말 제가 조금 읽었는데 그것만 읽어도 이분이 하려는 이야기와 내가 하려는 이야기가 같다는 게 딱 느껴졌어요. 김지영이 대학도 나오고 애를 낳고 직장을 그만두고, 굉장히 차별적인 상황을 아무렇지 않게 쓰신 부분이 있었는데 그게 제가 얘기하고 싶은 부분이랑 뉘앙스가 비슷한 것 같다는 느낌을 받았고. 또 김지영이 빙의돼는 부분 있잖아요. 저도 만화 안에서 주례하시는 분을 통해서 약간의 환상적인 설정을 갖고 있었거든요. 설정 자체는 다르지만 조금 비슷한 부분이 있을 것 같아서 겁이 나는 거예요. 그리고 내가 이것의 영향을 받을 수도 있지만 꼭 받지 않더라도 나는 이걸 모르고 한 거라는 마음을 갖고 있고 싶어서 궁금하긴 했는데 안 읽었죠. 나중에 영화를 보니까 앞치마를 주는 에피소드가 저랑 똑같더라고요. 저는 조남주 작가님이 뵙고 싶어서 북토크도 직접 간 적이 있어요. 매체에 같이 비교해서 쓴 기사는 많이 봤고요. 조남주 작가님이 어떤 칼럼에서 《며느라기》에 대해서 쓰신 글도 봤어요. 그래서 막연하게 둘을 섭외하는 어떤 자리가 만들어지면 재미있겠다 생각했는데 그렇게 하시는 분은 없어서 아쉬워요."

수신지

지금이라도 당장 그런 자리를 마련하고 싶었다. 개인적으로는 두 작품이 다 대졸에 직장을 다니는 중산층 여성이 주인공인 점인 게 아쉬웠다. 그런데 역으로 표준화된 여성 캐릭터가 아니었다면, 절대다수 대중의 관심을 끌기도 어려웠으리라 짐작은 물론 한다. 그런 이야기를 나눠보면 좋았을 것 같다. 의도하지 않아도 작품의 결이나 메시지가 비슷하다는 것에 대해서. 그런 작품을 낳은 토양, 그러니까 문화적 계급적 조건에 대해서. 또 우리가 '여성'으로 묶이지만 그 안에서도 계급적 문화적 경험적으로 무수한 차이를 만들어내는 1000개의 작품이 나오는 미래에 대해서.

수신지 작가가 원한도 후회도 없이 자기 조건에서 즐겁고 멋지게 최선을 다하는 모습에 존경심이 들었다. 진지하되 심각하지 않음. 비판하되 비관적이지 않음. 투철하되 과격하지 않음. 그가 아름다운 것은 자신의 힘을 풀어내는 속도와 방식을 잘 알기 때문일 것이다.

"어둡고 무거운 건 피해자의 삶이 아니라
  우리 사회가 굴러가는 방식이
  그렇다고 생각해요."

당신의 잘못이 아닙니다

김혜정

한국성폭력상담소장

장한나 같은 지휘자를 꿈꿨다. 여러 악기를 다루고 싶었다. 중학교 때 리코더 오케스트라에 참여하는 것으로 꿈의 부분을 이뤘다. 끓어오르는 기운을 주체 못해 운동장에서 5회 연속 텀블링을 하거나 먹기 대결을 하는 친구들이 있던 '여중' 시절을 지나 인천에서 서울에 있는 특목고로 진학했다. 남녀공학에서 여자아이는 "성격, 외모, 성적 세 가지가 어떤 조합이어도 이상했다". 웃어도 욕먹고 안 웃어도 나쁜 여론에 놓였다. 혜정의 자아도 여자로 축소됐다. 학교에선 계속 돈을 가져오라고 했다. 빈부와 성별 격차가 확연히 드러났고 세상은 잿빛으로 변해갔다. 그럴수록 삶이 자아내는 질문은 선명해졌다. 내가 정말 하고 싶은 게 뭐지?

1980년생 김혜정. 사범대에 들어간 '그때 그 아이'는 교사가 아닌 활동가가 되어 20년 뒤 여성신문사에서 '미래의 지도자상'(2019)

235

을 받는다. 미투운동과 함께하는 시민운동, 안희정성폭력사건공동대
책위원회 등 "반성폭력 운동 현장에는 늘 '오매'가 있다"는 게 선정
이유다. 오매는 그의 닉네임. 오매불망寤寐不忘의 오매다. 자나 깨나
그가 추구해온 삶의 가치는 무엇일까. "여자가 오래 말하면 바위가
부서진다"는 아프가니스탄 속담대로 성폭력 사건이 한국 사회의 병
폐를 드러내며 민주주의 의제를 새로이 설정하고 있는 이즈음 16년
차 페미니스트 활동가는 어떤 시간을 보내고 있을까. 'n번방' 성착취
사건이 대중의 공분으로 점화되던 즈음 인터뷰 약속을 잡았다.

　　n번방 성착취 사건 관련해 한국성폭력상담소 성명서가 재빠르
게 발표됐다. 그는 두 달 전부터 텔레그램 성착취 공동대책위 회의
를 진행했고, 피해자 상담과 모니터링도 몇 달 전부터 이뤄졌으며
최근에 변호인단을 구성해 계속 움직였다고 말했다.
　　"2019년 7월부터 잠입해 신고하고 취재한 여자 대학생들이 있
었고, 인터넷 페미니스트들이 철저한 수사와 처벌을 요구하며 청와
대 청원 게시판에 글을 올리고, 국회에 입법 청원도 넣고 널리 알렸
어요. 근데 소라넷을 폐지하고 웹하드 카르텔 잡고 하니까 범죄 근
거지를 계속 옮겨 가고 더 악랄해지잖아요. n번방은 여성 청소년들
이 올리는 트위터 계정에 접근해서 '니네 가족이나 학교에 알릴 거'
라고 협박하며 성적인 제안을 온라인에서 하고 그것을 빌미 삼아
범행을 시작하는 방식이거든요. 이게 알려지면 결국은 피해자만 사
회적인 자원이 끊기고 매장된다고 생각하는 사회에서 피해자는 용
기를 내어 신고하지 못하죠. 온라인 성폭력, 불법촬영, n번방……

　　　　　　　　　　　　　김혜정

디지털 범죄와 안희정 사건도 사실은 성적인 일에 연루된 게 여자에게 위협이 되니까 일어난 일이고 다 연결돼 있어요."

여성운동, 닮고 배우고 싶은 사람 있어서 선택

그가 대학교에 들어간 1999년 무렵엔 반성폭력 학칙 제정이 화두였다. 대학에서 남자 선배들이 여자 동기들의 외모, 성격, 몸매에 대해 순위를 매긴 쪽지가 과방에서 발견됐다. 그 사건은 공론화가 못 됐지만, 비슷한 사건들이 각 동아리, 과에서 대자보로 붙었다.

"여러 입장을 살피며 내 의견을 형성할 수 있었죠. 학내에서 가장 여성주의적이었던 언니들의 의견, 말투, 태도, 눈빛이나 일하는 방식이 가장 멋있었어요. 기운차고 씩씩하고 서로 협력하고 함께 용기를 내는 느낌. 저 사람들 옆에 있고 싶다고 생각했어요."

그는 여성주의자 선배들이 하는 서명운동, 토론회에 참여하고 학내 반성폭력 운동을 지원하는 외부 단체 특강을 들었다. 그무렵 한국성폭력상담소 활동가의 강의를 통해 직업으로서 활동가의 존재를 접했다. 2003년 상담소에 자원봉사를 나가면서 인연의 첫발을 디뎠다. "이 일이 이미 너무 끌렸다." 일주일에 한 번씩 네 시간 동안 자원활동을 했다. 친구들은 임용고시 공부를 시작하는데 그게 전혀 흥미가 없었다. 교사보다 활동가가 훨씬 박봉이지만 "돈은 안 중요했다"고 말했다.

"어렸을 때부터 집에 돈이 없어서 애들이랑 같이 롯데리아에 가도 나는 마음대로 못 먹는 순간이 많았고요. 고등학교 졸업하자

마자 알바해서 번 돈으로 먼저 배낭을 사서 여행을 갔어요. 적은 돈으로 가장 하고 싶은 걸 했죠. 내가 하지 않으면 아무도 나에게 해주는 사람이 없으니까요. (사는 데 돈이 안 중요하다거나) 돈이 적은 것이 더 좋다는 게 아니라, 돈을 위해서 내가 안 하고 싶은 일을 선택하진 않는다는 거죠. 하고 싶은 일을 하는 게 1번이에요."

한국성폭력상담소는 1991년 설립된 단체로 성폭력 피해 생존자 상담뿐 아니라 의료·법률 지원을 하고 자조모임과 보호시설을 운영한다. 29년 동안 약 8만 5000건의 성폭력 상담이 이뤄졌다. 2003년부터 성폭력생존자말하기대회 '들어라 세상아 나는 말한다'를 해마다 개최해 미투운동의 오랜 토양을 다졌다. 여성운동 단체 중에서도 성폭력 대응으로 특화된 단체다.

"포인트가 두 가지예요. 반성폭력은 일상의 권력을 감지하고 다른 약속과 대체 행동을 만들어가는 거예요. 법으로 소수의 가해자를 처단하면 되는 게 아니라, 성폭력에 대해 굉장히 무심하고 이것을 허용해온 일상을 바꿔내는 운동이죠. 또 하나는 여자는 몸도 목소리도 작아야 하고 힘도 덜 써야 한다는 '여성다움'이란 성역할이 성폭력에 더 취약한 몸을 선망하게 했어요. 그것을 바꾸는 여성주의 자기방어훈련 프로그램을 개발하던 때 그 팀에 제가 자원활동가로 들어갔어요. 반성폭력 운동을 하면서 내가 살아가는 방식이 바뀌었다는 체험을 했고요. 전 너무 좋았어요."

그러니까, 이런 게 바뀌었다.

"내 몸으로 어떻게 살 것인가, 라는 생각을 하게 됐죠. 누군가

김혜정

를 대할 때 내 눈빛, 표정, 말투를 어떻게 할지 고민하게 됐고 내가 맞서고 싶은 것에 대항해 버티는 힘이 생기면서 자유로워지고 행동 반경이 넓어졌어요. 사람들이 성폭력상담소에 있으면 힘들고 피폐하고 괴롭지 않냐고 물어봐요. 무겁고 어둡고 힘들게 느껴지지만, 거기에 압도되고 짓눌리는 게 아니라 사건을 대응해보고 시간을 버텨보며 깊이가 생기죠. 상담소에서 일하지 않았더라면 배우지 못했을 것 같아요."

위험 키워온 이들이 나눠야 할 책임

"작년 이날 밤 활동가가 건넨 따뜻한 한마디. '잘하셨어요.' 칭찬이 섞인 위로는 처음이었다."(215쪽) "피해자 혼자 어찌할 수 없는 것들을 많은 활동가가 도와주었다."(323쪽) 《김지은입니다》(봄알람, 2020)에는 '활동가' 얘기가 군데군데 나온다. JTBC〈뉴스룸〉 방송을 마친 뒤 김지은 씨의 안전한 거처를 마련해준 이도, 김지은 씨에게 처음으로 괜찮다고 말해준 활동가도 김혜정이다. 그날 밤 상담소를 포함한 세 개 여성단체와 변호사 네 명으로 '안희정성폭력사건공동대책위원회'(이하 '공대위')가 꾸려졌고 그도 참여했다. 한국 사회에 큰 충격을 던져준 사건이나 "상담소에 있다 보면 유명인이 가해자인 사건도 많다"며 그는 덤덤히 말을 이었다.

"어떤 사건이든 사건에 맞춰 대응이 필요한데, 성폭력이 일어난 업계가 어떤 구조로 돌아가는지 모르는 경우가 있어요. 스포츠 국가대표팀에서나 군대 안에서 어떻게 이런 일이 감춰지는지, 은폐

되는 구조를 알아야 하거든요. 안희정 사건은 정치권 중에서도 지방자치단체라는 공공기관에서 발생한 일이고, 유력 대권 후보였던 정치인이 저지른 일이고요. 수행비서 업무의 특수성, 이런 것들을 파악하면서 그 피해가 왜 일어났는지 알아가야 했죠. 동시에 가해자의 위세가 2차 피해를 만들어내는 것을 보면서 대응해야 했고요."

2018년 3월 5일부터 2019년 9월 9일까지 554일이다. 싸움이 꽤 길었다. 가장 힘든 점은 무엇이었을까.

"피해자에 대한 인상, 평판, 기준들이 있어요. '문제 없는 여성'의 기준이 좁고 거기에서 조금이라도 벗어나면 피해자가 될 수 없다고 말해요. 대부분 가해자들이 쓰는 전략이죠. 성폭력은 문제지만 저 사람은 피해자가 아니고 이 사건은 다르다 주장하면서 그걸 찾아내기 위해 온갖 노력을 다 해요. 전형적인 '피해자 책임론'이죠. 새로운 정치를 하겠다고 말한 사람이 기존의 사람들이 많이 쓰는 피해자 책임론, 피해자에게 전가하는 방식의 2차 피해를 만들어서 최대한, 유례없이, 최고조로 활용했어요. 통계를 보면 미투에서 불륜으로 키워드가 넘어가는 지점이 있어요. 가해자가 피해자에게 책임을 전가하고 자신은 무죄를 주장하는 데에는 그 사람이 평상시 힘을 발휘했던 조직, 구조 자체가 다 움직인다고 보면 돼요. 사람들은 먹고사는 게 그렇지 뭐, 라며 '네가 고발해서 수많은 사람들이 일자리를 잃고 밥줄이 끊겼다'는 식으로 말해요. 미투에서 피해자들이 항상 듣는 말이죠. 네가 그 코치를 고발해서, 너로 인해 우리 팀 전체가, 네가 우리 감독을 고발해서 우리 연극 팀 전체가, 이런 식으로요."

너 때문에 밥줄 끊겼다는 말에 뭐라고 반론해야 할까. 김혜정

김혜정

은 "생각을 좀 해볼게요"라며 잠시 생각에 잠겼다.

　"더 큰 위험을 막은 거다. 또 이제까지 이 위험에 대한 신호들
이 있었을 텐데 그걸 그냥 키워온 사람들이 나눠야 할 책임이라고
생각해요. 사실 폭력과 착취를 묵인하고 유지되는 직장이 더 문제
잖아요. 구글 같은 회사에서도 '나를 가해에 가담시키지 말라'는 움
직임이 있었어요. 만약에 우리 회사 임직원들이 내가 모르게 성폭
력을 하거나 피해자를 비난하면 조직에 소속된 나도 가해에 가담시
키는 것이라고요."

　"우리가 가장 상처 입기 쉬운 상태를 드러내어 보여주는 일은
또한 우리에게 가장 큰 힘을 부여하는 원천이기도 하다"라고 시인
오드리 로드는 말했다. "상처와 힘은 같은 원천"임을 시인 에이드리
언 리치도 노래했다. 흔히 성폭력 피해를 두고 '씻을 수 없는 상처'
운운하며 피해자를 무력화하지만, 그 상처는 때로 한 개인을 세상
에 눈뜨게 하고 사회에 만연한 폭력을 드러내는 힘으로 작용한다.
그런 맥락에서 안희정 사건은 페미니즘이 어떻게 사회 정의와 연결
되는지 증명했다. 안희정 사건 1심의 무죄 판결을 유죄로 바꿔낸 힘
이 무엇이라고 보는지 궁금했다.

　"이 사건을 응원해준 사람들이 진짜 많아요. 공판 때 여성 기
자들 중 눈물을 훔치면서 타이핑하는 분들도 많았어요. 자신이 누
구의 경험과 가까이 있느냐에 따라 보이는 게 다른 거죠. 상사와 둘
이 있는 시간이 많은 직무인데, 직무라는 이유로 상사가 어떤 요청
을 하고, 비밀 유지를 하게 하고 그걸 빌미 삼아 어떤 제안을 했을

때, 그걸 끊고 내 직업을 포기하고 경찰서에 신고하는 게 하루아침에 가능하지 않다, 이걸 경험한 사람이 많은 거죠. 결정적으로는 검찰의 수사 과정이나 세 번의 재판 과정에서 피해자의 구체적인 경험들이 설득력을 가졌기 때문에 유죄 판결이 났고요."

공대위 활동가로서 그는 재판에 이기기 위해 피해자의 심리적 지원에 주력했다.

"자기가 겪은 일은 정말 겪은 거잖아요. 오랫동안 성폭력에 대한 자각이 없는 사회는 자기가 자기 자신을 속여요. 별일 아냐, 그런 일은 없었어, 힘들어하지 마. 그러다가 이 일은 부당하고 처벌해야 하는 거구나 판단하죠. 수없이 진술하고 공격에 맞서서 끝까지 말하는 자체가 보통 일이 아니죠. 피해자가 중간에 좌절하지 않고 겪은 일을 겪었다고 끝까지 말하도록 주변에서 진짜 많은 이들이 도와야 해요."

우리 힘으로 만들어내는 건강함

서른 즈음, 그는 상담소를 떠났다. 20대부터 "너무 달려서" 소진된 탓이다. 주변에서는 다른 직업을 권했다. 성장기부터 그에게 지적, 정서적 양분을 공급해준 두 살 터울 언니는 의견이 달랐다. 활동가 한 명이 세상에 나오기까지 얼마나 많은 공력이 들어가는데 지금 멈추는 것은 손실이므로 계속해보라고 독려했다.

그는 지역 풀뿌리운동을 배우고자 2011년부터 '살림 의료생활협동조합'과 '은평구 청소년 문화의집'에서 일했다. 2016년 강남역

김혜정

여성 살인사건이 일어났을 때 "동료들이 얼마나 많은 실무를 하는지 아니까 괴로워서" 상담소로 돌아왔다. 직함도 마음가짐도 이전과 달라졌다. 이젠 일희일비하지 않는다. 어느 시인의 마음처럼, "애타도록 마음에 서둘지 말"고, "강물 위에 떨어진 불빛처럼, 혁혁한 업적을 바라지 말"며 "재앙과 불행과 격투와 청춘과 천만 인의 생활과/ 그러한 모든 것이 보이는 밤"(김수영, 〈봄밤〉)을 지나는 중이다.

김혜정은 이번 인터뷰에 응하면서 '생존자와 활동가가 같이 일궈온 반성폭력 운동'이 개인의 공로가 될까 봐 우려했다. 흔히 성폭력 피해 생존자는 운동 주체라기보다 무력한 존재라는 인식이 일반적인데 그는 운동의 주체로 보는 것이다.

"피해자가 신고할 때는 힘이 생겼을 때예요. 성폭력 생존자들이 이 사회를 바꿔온 힘이 있는데 그걸 우리가 무시하거나 없던 걸로 만들어요. 한 개인이 자기 성폭력 피해를 해결하기 위해 길을 나섰다는 건 사회운동이고, 활동가는 그 길에 전문적인 정보를 주는 조력자예요. 상담가, 치료자가 아니라 기존의 법과 제도를 바꾸고 예산을 확보하고 인식을 바꾸고, 그런 사회 변화를 목표로 한다는 점에서 활동가라고 불러요."

활동가가 왜 좋은 직업이냐고 묻는 이에게 그는 뭐라고 답할까.

"우리 힘으로 뭔가를 만들어낸다는 게 주는 엄청난 건강함이 있어요. 사람으로 살아가는 데 힘이 돼요. 제가 어릴 때부터 잘 안 아팠어요. 체력이라는 기본 요소가 있어서 하고 싶은 걸 할 수 있었죠. 그래서 저는 상담소에 있지 않았다면, '능력 담론' 있잖아요, 뭐든지 사회구조를 보는 게 아니라 '누구나 노력하면 할 수 있는 거 아니야?'란 생각을 믿으며 살았을 것 같아요. 나 개인이 중요한 사람이었는데 지금은 남들한테 배우는 게 좋아요. 단체에서 만든 티셔츠를 싫어했는데 이젠 좋아지더라고요.(웃음) 새록새록 그들이 보냈던 시간을 내가 살아가고 있다는 느낌이 드니까요."

　　나 중심에서 관계 속의 나로 달라진 일상. 그건 내 삶에 존재하는 타인들의 고유한 목소리를 구분하고 조화로운 화음으로 연주하는 자기 삶의 지휘자가 되었다는 뜻이 아닐까. 코로나19로 불발됐지만 그는 꽃 피는 5월에 동료들과 지리산에 오를 예정이었다. 지금껏 총 여섯 번을 오른 산. 등반의 고통이 너무 커서 다시는 안 가리 다짐하지만 또 가보고 싶어지는 곳. 새벽부터 밤늦게까지 별빛, 운해, 일출, 일몰…… 가보지 않으면 절대 알 수 없는 경관을 젊은 여성주의자들에게 보여주고 싶었다.

　　그가 수많은 '김지은들'과 축적한 활동가의 시간도 지리산의 여정과 같을 것이다. 그 만만찮은 과정에서 삶이 내어주는 놀랄 만한 장면들을 그는 더 많은 이들과 경험하기를 원한다. n번방 사건 피의자 신상이 공개된 날, 오매는 자신의 페이스북 계정에 공대위 안내 글을 올렸다.

　　어떤 상황에서 피해가 발생했더라도 '그것은 당신의 잘못이 아닙니다'. 상담소와 활동가들은 언제든 당신과 함께할 준비가 되어 있습니다.

김혜정

〈한겨레〉에 인터뷰 코너를 맡은 후 여성들을 몇 차례 섭외했는데 다 성사되지 않았다. '아직 마음의 준비가 안 됐다' '나는 나갈 만한 사람이 아니다' '건강이 안 좋다' '악플에 대한 우려' 등등의 이유였다. 섭외 과정에서 느낀 점은 당연하게도 이 사회는 여성에게 안전하지 않았다는 것이다. 여성의 목소리가 신뢰하고 경청할 만하게 받아들여지지 않고 있음을 당사자로서 여성들은 몸으로 예민하게 느끼고, 경계했다.

나는 한국성폭력상담소 활동가 오매에게 여성 인터뷰이의 물꼬를 터주길 부탁했다. 그 역시 처음엔 물러섰다. 자신은 재미없는 사람이다, 단체와 여럿이 협력해서 이룬 일이 개인에게 초점이 맞춰질까 우려된다 등등. 난 제가 글을 잘 써볼게요, 다짐하며 설득했다. 나누고 싶은 이야기 다섯 가지를 문자로 전달했고, 그는 다음 날 상담소 동료들과 논의했다며 같이 나누면 좋을 이야기 다섯 가지를 정리해 보내주는 것으로 인터뷰에 응했다. 그렇게 인터뷰의 필요와 의미를 만들어가는 과정에서 나는 여성운동단체의 건강함을 느꼈다. 역시 일은 까다로운 사람이랑 해야 배울 게 있다.

인터뷰 날, 나는 두 번 당황했다.

1. "어렸을 때 뭐가 되고 싶었어요?" 물었더니 "지휘자요"라고 하길래 "아, 정명훈 같은"이라고 했더니, 그는 "음, 장한나 같은 지휘자요"라고 했다.

2. 오매는 반성폭력 운동을 하면서 살아가는 방식이 바뀌었다는 대단히 중요한 이야기를 이렇게 전했다. "사람들이 성폭력상담소에 있으면 힘들고 피폐하고 괴롭지 않냐고 물어봐요. 무겁고 어둡고 힘들게 느껴지지만, 거기에 압도되고 짓눌리는 게 아니라 사건을 대응해보고 시간을 버텨보며 깊이가 생기죠. 상담소에서 일하지 않았더라면 배우지 못했을 것 같아요."

인터뷰에 몰입하면 감동세포가 두 배로 활성화되는 나는 또 감화받아 고개를 끄덕끄덕 "피해자들의 어둡고 무겁고 아픈 이야기들을 꾸준히 듣고 견디며 길러진 힘이네요" 했더니, 그가 (이번에도 구름에 달 가는 말투로) "음, 어둡고 무거운 건 피해자가 아니라 우리 사회가 굴러가는 방식이 그렇다고 생각해요" 했다.

상대방이 '무안하지 않게' 말의 오류를 잡아주는 일은 나한테도 늘 숙제였는데 지적받는 입장이 되어보니 그 자연스럽게 짚어주고 넘어가는 포인트와 뉘앙스를 조금은 알 것 같았다. 인터뷰이와 대화하며 배워가는 저 과정을 원고에 넣었는데 막판에 1.5매를 줄여야 해서 아쉽게 빠졌다. 또 최종 원고에는 못 넣었지만 중요한 내용이 있다. 상담소에서는 주로 어떤 분들이 어떻게 상담을 하는지 물었다.

"1차로 전화 상담을 받아요. 1년에 1000건 정도예요. 2019년 상담 통계를 보면 친족 피해는 사건 발생 이후 평균 10년이 지나서 첫 상

김혜정

담을 해요. 가족이라 말 못 하고 눈 감고 나만 비밀로 하면 돼, 하면서 살다가 이 문제를 그냥 방치해서는 안 되겠다고 결심할 때 전화를 해요. 전날 있었던 일을 즉각 해결하려고 전화하기도 하고요."

나는 평소에도 '성폭력상담소'란 단체와 '활동가'란 직업이 더욱더 널리 알려지길 바랐다. 성폭력 피해를 입고 뭘 어디서부터 어떻게 해야 할지 모르는 사람들이 아직도 너무 많은데(얼마 전 북토크에서도 한 여성이 친구가 회사에서 성희롱을 당한다며 울먹였다) '활동가'라는 사람의 얼굴을 알면 위급할 때 도움받을 단체를 떠올리기도 쉬울 거 같아서다.

마지막 질문으로 n번방 사건을 뿌리 뽑으려면 어떻게 해야 할까 이야기를 나눴다. 나도 그렇고 다들 일상이 있으니 또 흐지부지되고 잊힐까 염려됐다. 오매는 끝까지 지켜봐야 하고 개개인은 지치는 게 당연하다며 여성단체나 그룹의 후원회원이 되는 것도 긴 싸움을 하는 좋은 방안이라고 얘기했다. 동의한다. 만약 여성단체 후원자가 26만 명이면 세상은 지금과 많이 달라질 것이다.

한국은 '유가족이 할 일이 너무 많은 나라'라는 슬픈 말이 있다. 가족을 잃고 활동가가 된다는 것은 무슨 뜻일까. 소중한 가족을 잃지 않기 위해서는 세상 돌아가는 일에 '직업적으로' 관심 갖고 목소리를 내는 사람이 늘어야 한다는 말이다. 나는 공무원이나 교사 같은 안정된 직업을 선호하는 사회가 아니라 어떤 직업이라도 안정된 일자리가 보장되고, 인간다움이 지켜지도록 싸우는 활동가가 대접받는 사회가 더 좋은 사회라는 생각을, 김오매 인터뷰를 통해 믿게 됐다.

"국회에서 법안을 만들고 예산을 편성하고
그걸 통해 작지만 사람들의 삶에
직접적으로 영향을 미치잖아요.
그게 굉장히 두려운 일이거든요."

문제는 잘 싸우기

박선민

국회의원 보좌관

'정치의 심장부'라 하는 국회의사당 면적은 10만 평이다. 푸르고 드넓은 이곳을 200명의 청소노동자가 관리한다. 잘 정돈된 쾌적한 일터로 출근하는 국회의원은 300명. 그들을 수행하는 보좌진은 2700명이다. 각 의원실에서 함께 일할 동료 9명을 국회의원들이 알아서 채용한다. 그래서 국회 안에는 300개의 회사가 있다고 말하기도 한다. 박선민은 5선 보좌관이다. 17대 현애자 의원(민주노동당)부터 21대 이은주 의원(정의당)까지 국회의원 5명과 일하며 통칭 '진보정당'의 의회정치 현장을 지켜왔다.

그것도 여성으로, 라는 말을 붙이지 않을 수 없다. 4급 보좌관의 여성 비율은 8.5퍼센트에 불과하다. 남성 구성원이 대다수인 일터에서 여성 노동자로, 거대 양당으로 구획된 곳에서 소수 정당인으로 예민하게 보고 치열하게 배운 것을 그는《국회라는 가능성의 공간》(후마니타스, 2020)에 담아 출간했다. 이 책은 대학 졸업 후 김제로 귀농해 애호박 농사를 지으며 8년을 살다가 국회로 들어간 그가 몸으로 익힌 '16년 차 보좌관의 국회사용설명서'다. 국회 정치 불신의 시대, 그는 냉소 대신 가능성을 이야기한다. 21대 국회가 5월 31일에 개원하고 며칠 뒤 그를 이은주 의원실에서 만났다.

국회에 대한 변명

"임기 시작 즈음이 아주 바쁜 때 중 하나예요. 물론 바쁠 때, 아주 바쁠 때, 제일 바쁠 때 이렇게 있지만요.(웃음) 이은주 의원이 배정된 행정안전위원회 업무를 준비해요. 노동조합이나 관련 단체와 간담회를 열고 전문가를 초빙해 의원실 내부 세미나도 하고요. 국회의원이 선거 때 내건 공약을 구체적으로 사업화하기 위한 4년을 보좌진이 준비해요. 텃밭을 가는 시기죠. 제일 바쁜 때는 정기회 때. 9월부터 11월, 예산 통과될 때까지."

박선민 보좌관은 인터뷰 당일에도 오전 9시, 10시, 11시 반, 그리고 오찬 세미나까지 일정 네 개를 마치고 오후 2시 인터뷰 자리에 나왔다고 했다. 이렇게 바쁜데도 그는 416쪽에 달하는 두툼한 책을 썼다.

"국회에 대한 비난의 목소리가 20대 국회 때 컸잖아요. 일하지 않는 국회라고. 나는 국회에서 일하는 사람이니까 어느 장소에 가도 제가 자꾸 국회 대표처럼 변명을 하는 거예요. 그게 아니라는 이야기를 하고 싶었어요. 제가 '정치발전소'라는 곳에서 10년 전부터

박선민

강의했던 원고가 있어서 그걸 토대로 내용을 많이 고쳐서 냈어요."

하도 욕을 먹어서 막판에 힘을 냈다는 그는 '국회에 대한 변명'이 되어버렸다며 웃었다. 특히 '국회는 왜 맨날 싸워?'라고 묻는데 그건 정치의 본질을 간과한 거라고 했다. 의회는 본질적으로 정당끼리 대립하고 갈등하는 곳이기 때문이다.

"싸우는 게 문제가 아니라 잘 싸우는 게 중요하죠. 또 제가 보면 국회가 일도 많이 하거든요. 토론회가 많아서 간담회실을 예약하기 힘들 정도예요. 일을 양적으로 많이 하는데 정말 그게 질적으로 중요한 문제들을 잘 다루고 있는가는 저도 회의적이고, 그런 면을 국민들이 알아보신 거 같아요. 그런데 개인의 목소리를 저희가 다 대변할 수는 없어요. 노조나 정당 같은 결사체가 그 역할을 해야죠. 집약된 목소리를 의회 안에서 정책화하는 게 정치인 본연의 업무인데, 그 과정이 사라져버린 것 같아요."

의회는 다양한 사람들의 목소리를 가장 평등하게 반영할 수 있는 장이라는 것. 그 확고한 믿음이 박선민을 국회로 이끌었다. 이전 직업은 농부다. 농학을 전공한 그는 졸업 후 전국농민회총연맹에서 1년간 일했다. 아예 농사를 지으려고 김제로 귀농을 한 게 1996년이다. 그 무렵 농산물 수입 개방이 시작됐다. '뭘 하든 못 먹고 살겠어?'라는 마음으로 갔지만 8년 만에 농가 부채만 몇억 대가 됐다. 2004년 1월 정부는 칠레와 자유무역협정을 맺겠다고 했고 국회는 비준 절차에 동의했다. 성난 농민들의 상경투쟁 대오에 그도 있었다. 그러나 뉴스에는 시위로 인한 교통체증만 짧게 보도됐다. 이 사건으로 그는 두 가지를 깨달았다. 농민들 이야기를 도시 사람에게 들려주려면 다른 방식으로 말을 걸어야겠구나, 국회 안에 농민 편을 들어주는 국회의원은 단 한 사람도 없구나.

그해 치른 17대 국회의원 선거를 앞두고 농민들은 민주노동당에 대대적으로 입당했고 그 결과 노회찬, 단병호, 강기갑 등 10명의 후보가 원내 진출에 성공했다. 그때 당선된 제주 농민 출신 현애자 의원이 보좌관을 수소문하던 중 그가 낙점된 것. 박선민은 이후 18대 고 곽정숙(통합진보당), 19대 박원석(진보정의당), 20대 윤소하(정의당) 의원 보좌관을 연임했다.

"4년 임기를 한 의원님과 보낸 건 자부심이 들어요. 보좌관이 중간에 많이 교체되거든요. 다섯 번 다 초선 비례의원과만 일을 했는데 그건 저희 '진보정당'의 한계라고 생각해요. 이번에도 이은주 의원님이 출마를 결심하면서 저한테 국회 업무 전반에 대해 가르쳐 달라고 하셨어요. 이분은 공부하면서 시작하시는 분이구나, 저도 호감을 가졌고요."

정의당 비례 5번으로 당선된 이은주 의원은 서울지하철공사에서 역무원과 노동조합 활동가로 27년간 일했다. 성균관대 재학 당시 친구였던 김귀정 열사의 죽음을 계기로 사회 운동에 꾸준히 참여해오다가 정치에 나섰다고 그가 전했다.

기억에 남는 입법, 그리고 내부에서 일어나는 일들

소외된 사람들의 목소리를 대변한다는 소명을 갖고 국회에 들어온 그가 가장 기억에 남는 입법 사례로 이것을 꼽았다.

박선민

"18대 국회 때 만든 '노숙인 지원법(노숙인 등의 복지 및 자립지원에 관한 법률)'요. 이 법이 있기 전에는 노숙인을 격리하고 시설로 보내는 정책 위주였어요. 법 제정 후에는 체계적인 지원 시스템이 생겼어요. 쪽방 주거비 지원, 일자리 연결 같은 걸 지방자치단체가 하게 됐죠.

그때 관련 단체랑 저희가 '홈리스 1000명 서명운동'을 했어요. 1531명이나 동참했고, 국회 앞에서 노숙인 80여 명이 모여서 청원인 대회도 열고, 동자동 쪽방촌 공원에서 현장 설명회도 하고. 노숙인 당사자분들 목소리를 직접 듣고 같이 만들어갔다는 것이 가장 보람찼어요.

사람들은 법안 발의와 통과만 보지만, 법안 발의 전 관련 단체와 전문가들의 의견을 듣고 법안을 성안하고 사회적 의제로 만드는 모든 과정을 보좌관이 해요. 이견이 나오면 협의하고 조율하고 행정부를 설득하는 일도 하죠."

국회는 직급 사회다. 보좌진 내에도 서열이 있다. 보통 국회의원 1명에 보좌진은 9명인데 4급 보좌관 2명, 5급 비서관 2명, 6급부터 9급 비서 각 1명이 팀을 이룬다. 그중 4급 보좌관은 법안 발의, 정책 질의, 상임위 활동 관련 자료 준비, 대외 업무 등을 맡는다. 2020년 기준 4급은 남성 비율이 90퍼센트 이상. 8급과 9급은 60퍼센트 이상이 여성이다. 그러니까, 보좌관 10명 중 아홉은 남성인 것. 다른 업종과 마찬가지로 국회도 여성이 주로 낮은 직급에 분포돼 있다.

"19대 국회 때 기획재정위원회에 들어갔거든요. 상임위원회는 장관이랑 정부 부처 국실장이 앉고 의원들이 앉고 뒤에 보좌관이 배석하는 구조예요. 근데 상임위장 전체 50명에서 여성이 딱 2명, 저랑 당시 김현미 의원님이었어요. 경제를 다루는 데는 특히 그래요."

국회의 원구성 시에 여성 의원은 보건복지위원회와 환경노동위원회로 쏠린다. 박 보좌관은 12년을 보건복지위원회 소속 의원실에서 일했다.

"의원실에서 전화를 받을 때 '예, 박선민 보좌관입니다'라고 해도 상대편은 여자 목소리면 무조건 습관적으로 '비서관님'이라고 해요. 정부 부처에서도 그러니 오죽하겠어요. 또 의원실까지 찾아오는 외부자나 관계자는 그래도 국회 내부를 좀 아는 분들이거든요. 제가 사무실 가장 안쪽 보좌관 자리에 앉아 있어도 무조건 나이 든 남성한테 가서 인사해요. 보좌관인 줄 알고요. 저는 그렇게 오시는 분들은 인사 안 해요. 저도 무시.(웃음)"

직장 내부의 '의원님 갑질'도 종종 언론에 보도되고 있다.

"제가 일한 의원실은 진보정당 소속이니까 의원들이 스스로 그런 거 하지 않으려고 많이들 노력하세요. 근데 국회 안에서 그렇지 않은 정치인들은 너무 많죠. 지금도 퇴근할 때 주차장까지 나가서 인사해야 하는 의원실도 꽤 있어요. 가방 들어주고 승용차 문 대신 열고 닫고…… 그걸 의전이라고 생각하죠. 의원 자신은 환경을 생각한다고 텀블러 들고 다니는데, 텀블러 설거지는 보좌관을 시키고요. 모순적인 거죠. 사소하지만."

보좌관은 고용이 불안정한 직업이다. 국회의원 '면직사유서'

박선민

한 장이면 보좌관은 바로 해임되는 구조이기 때문이다. 그래서 금태섭(전 더불어민주당) 의원실은 보좌관이 바뀌지 않는 것만으로도 '꿈의 의원실'이라고 불린다. 그는 "선거 때 전부 집에도 못 가고 고생하는데 선거 끝난 다음 다 모아놓고 보좌진 전원 교체하겠다고 통보하는 경우가 재선 의원 중에 있다"며 "그런 방식이 아무렇지 않게 받아들여지는 것도 문제"라며 씁쓸한 표정을 지었다.

이런 열악한 조건에서 장기근속을 했다. 그가 생각하는 자신의 장점이 뭘까.

"열심히 하는 거? 책도 쓰고.(웃음) 제 판단을 많이 신뢰해주시는 것 같아요. 국회에서 오래 일을 했고, 또 단호한 면? 여론이나 상황에 잘 흔들리지 않으니까. 의원님이 싫어하실 수도 있지만, 아닌 건 아니라고 얘기하는 사람."

정치는 사람들 삶에 직접 영향 미치는 일

천직으로 보이는 그의 보좌관 생활에 위기가 찾아온 때는 10년차 즈음이다. 2015년 세월호 사건으로 청와대 앞에서 정의당 의원들이 단체로 단식농성을 했다. 정치 안에서 풀어내지 못하고 다시 또 거리에 나온 상황이 괴로웠던 그는 오랜 고민 끝에 "딱 마음먹고" 사표를 제출했다. 19대 박원석 의원 보좌관직에서 2년 반 만에 하차했다. 1년 반을 쉬고 다시 20대 국회로 복귀했다. 세 아이 양육을 위한 생계비 마련도 시급했지만, 정치를 쉬면서 정치에 대한 열망이 선명해졌다.

"내가 있어야 할 곳은 국회구나. 이 일이 나한테 가장 잘 맞고 여기서 가장 보람을 느끼는구나, 생각했죠. 국회에서 법안을 만들고 예산을 편성하고 그걸 통해 작지만 사람들의 삶에 직접적으로 바로 영향을 미치잖아요. 그게 굉장히 두려운 일이거든요. 무서워요, 항상. 근데 잘해서 성과가 나면 너무나 보람차요."

물론 선출직 의원을 하면 더 힘이 생기겠지만 그럴 생각은 없다고 했다.

"제가 선출직을 안 나오는 100가지 이유가 있는데, 선거운동을 못 한다, 모르는 사람이랑 밥 못 먹는다, 악수 못 한다 이런 거요.(웃음) 그런데 정부 운영에 참여하고 싶다는 생각은 해요. 정당 입장에서는 교섭단체가 되고 싶고, 개인적으로는 행정 부처의 장관 보좌관이 될 수도 있고, 청와대로 갈 수도 있고. 행정부와 긴밀하게 협의하면서 실제로 정부를 운영하는 일에 참여하는 거. 좀 다른 입장에서 직접 정치에 참여해보고 싶은 꿈은 있어요."

어떤 면에서 정치는 자기 편을 만드는 일이다. 그에게 설득의 기술을 물었다.

"일단 상대 이야기는 다 들어야 하는 것 같아요, 끝까지. 그러면 진짜 타당성 있는 것도 있거든요. 그런 건 양보를 해야죠. 그래야 그다음에 타협 지점이 서로 찾아져요. 그냥 제 걸 먼저 다 얘기하면 잘 안 되는 것 같아요.

처음엔 다른 사람의 말을 끝까지 듣는 걸 못했어요. 저희 주장이 옳은 것 같아서요. '아니, 왜 이걸 몰라? 현장은 이렇단 말이야. 왜 약자들의 삶을 모르니?' 그런 이야기를 하고 '돈 때문에 못 해?'

박선민

'돈이 뭔데?' 이렇게 자꾸 화를 냈는데, 그게 별로 효과적이지는 않더라고요. 그래서 주장을 펴는 건 좀 천천히 해야 한다고 생각해요. 그렇게 얘기를 하다 보면 타협 지점이 나오기도 해요."

그의 말을 듣다 보니 농사랑 정치가 비슷하다는 느낌이 문득 들었다. 씨를 뿌리고 다지고 기다린다는 점에서. 농사 경험이 정치에 끼친 영향이 있을까?

"하나는, 뭘 해도 그보다 힘들진 않아요.(웃음) 농사일은 너무 힘들어서. 제가 육체노동에 대해서 고귀하게 생각하는 마음을 갖게 됐어요. 처음엔 환상을 가졌죠. '땅은 정직하다. 일하는 만큼 결과를 얻을 수 있다.' 근데 그게 경제적으로 연결이 되지는 않죠. 그래서 '내가 아무리 열심히 일하고 계획을 세워도 빈곤해질 수 있구나, 사회안전망이 있어야 되겠다' 그걸 생활 속에서 여실하게 느꼈어요."

보좌관은 비선출직 정치인

그는 일상의 문제를 의회의 과제로 연결하는 본능적인 감각이 있는 듯했다. 보좌관도 정치인이구나, 국회의원처럼 의회정치의 한 축이구나 깨닫자 또 다른 의문이 생겼다. 그럼 국회의원이 하는 정치와 보좌관이 하는 정치는 어떻게 다른 것일까.

"갑자기 당일에 상임위 전체회의 개최 통보가 와요. 회의에 참여할 것인지 거부할 것인지, 빠르게 결정을 해야 하죠. 다른 의원실의 의견을 듣고, 전체적인 상황을 파악하여, 참여할 경우에 대비한 질의문과 참여하지 않을 경우에 대비한 발언문을 모두 작성해놓고,

의원님께 보고를 드립니다. 판단할 수 있는 근거를 준비해놓는 거죠. 선출직 정치인은 보이는 곳에서, 보좌관은 보이지 않는 곳에서 일한다고 보시면 돼요. 그래서 저는 보좌관을 '비선출직 정치인'이라고 말해요."

국회의원과 보좌관은 상보적 관계다. 서로가 제 존재 이유다. 그래서 스타 국회의원은 나올 수 있지만 정치는 혼자 할 수 없다. "정치에서 중요한 것은 '개인의 뛰어남'이 아니라 '개인의 부족함을 보완할 팀'"이라고 그는 정리한다.

오늘도 국회가 시끄럽다면 그건 사회적 갈등이 국회 안으로 들어왔다는 증거다. 건강한 심박동 소리다. 이 소란을 통과하고 나면 또 누군가의 삶의 자리가 생기고 숨 쉴 구멍이 나는 것을 박선민 보좌관은 많이 보고 먼저 본 사람이다. 민주주의는 세력의 확장보다 세력의 조직화가 중요하다는 것, 부디 결사체를 조직해 국회를 잘 활용하라는 메시지를 남기며 그가 덧붙인다.

"단, 의원실로 전화는 너무 많이 하지 마세요. 일을 못 해요.(웃음)"

박선민

정당정치에는 아름다움이 없다고 생각했다. 하나같이 기름진 헤어 스타일에 짙은 색 양복을 입은 중년 남성들만 우르르 나오는 연속극을 보는 기분이랄까. 무관심은 무지를 불렀고, 미래통합당으로 자유한국당 당명이 바뀐 사실조차 내가 한참을 모르고 있단 사실을 나중에 알았다. "너 글 쓰는 사람이 그런 것도 모르면 안 돼." 친구가 정색하고 말했다.

인터뷰이로 정치인을 한번 만나자는 얘기는 담당 기자들과 했던 참인데 마음이 좀 급해졌다. 틈틈이 주변에서 추천을 받았지만 마땅치 않았다. 내가 아는 정치인이란 곧 국회의원. 이미 충분히 마이크 권력이 주어진 기득권들인데 뭘 또 나까지 쓰나 싶어 고심할 무렵 《국회라는 가능성의 공간》이라는 책을 봤다.

보좌관도 정치인이구나! 무릎을 쳤다. 필자 박선민은 1973년생 16년 차 여성 보좌관이다. 요즘 같은 보육 지원이 그나마 일도 없을 때부터 세 아이 기르면서 일했다는 사실. 집필한 책은 400쪽이 넘는다. 자기 분야의 업무를 이 정도로 정리한 걸 보면 일도 잘한다는 뜻이다. 4급 보좌관 중 여성 비율이 6~8퍼센트란 통계에서 바로 느낌이 왔다. 직장 생활이 '얼마나 힘들었을까' 그런데 또 그 일이 '얼마나 재밌었으면' '얼마나 그 일을 좋아하면' 이렇게 힘든 데도 16년이나 했을까.

예상대로 그는 여성이니까 보좌관이 아니라 당연히 비서로 대하는 사람들의 사례 등 젠더 고충을 들려줬다. 그런 게 사소하다고 생각할지 모르겠으나 자기 존재가 있는 그대로 받아들여지지 않을 때 느끼는 피로감, 기운 빠짐, 힘의 소모는 크다. 업무 외적인 일에 에너지를 써가며 본 업무에서 능력을 발휘하고 '여자라도 부족함이 없다'는 것을 증명해야 한다.

그뿐인가. 워킹맘은 남들이 집으로 퇴근할 때 집으로 출근하는 신세다. 엄마에게 아이들이 있는 집은 휴식이 아닌 노동의 공간이라서 그렇다. 나는 그가 일가정 양립이란 전쟁에서 살아남은 용사처럼 보였다. 리스펙트.

박선민 보좌관을 인터뷰하면서 두 가지를 배웠다. 국회의원은 선출직 정치인이면 보좌관은 비선출직 정치인이라는 것. 그러니까 출판계로 치면 오롯이 작가의 능력으로 책이 만들어지는 것 같지만 그 이면에는 편집자 외에 디자이너, 마케터 등 편집진이라는 보이지 않는 이들의 노동이 들어가듯이, 국회의원 뒤에는 보좌관, 비서관 등 보좌진이 거들고 있는 것이다. 정치도 창작도 영웅이 혼자 하는 일이 아니라 협업의 결과였다.

또 하나. 정당정치인은 아름답지 않을 수 있어도, 정당정치는 아름다울 수 있다는 것이다. 노숙인이나 시청각중복장애인을 위한 법이 만들어진 과정의 이야기를 통해 한 사람의 삶의 질이 국회에서 법안으로 결정 난다는 것을 실감했다. 이 맛에 보좌관 한다고 그가 사랑에 빠

박선민

진 사람처럼 말했다. 그렇기에 먹고살기 바빠서 혹은 정치하는 놈들 다 똑같다는 식으로 냉소하지 말 것을 그는 또 당부했다.

"국회 들어와서 놀란 건 이익단체들, 힘 있는 단체들은 국회 안에 굉장히 자주 와서 자신들의 의견을 반영하려고 노력해요. 의원실에 의견서도 내고 본인들의 원하는 법 방향을 전달하고 원하지 않는 입법을 막는 역할도 하고. 그건 인적 자본, 전문성, 경제 자본을 다 갖췄을 때 가능한 거잖아요. 이익단체들은 국회를 잘 활용하는데, 사회적 약자분들은 국회가 어떻게 돌아가는지 관심을 가질 수조차 없으니까, 그걸 우리 정치가 해야죠."

당장 차별금지법, 중대재해기업처벌법 등 중요 법안 얘기도 길게 나눴다. 세상을 바꿀 힘이 있는 그들은 세상을 바꿀 이유가 없다는 것이 한국 사회의 비극인데, 이 비극을 해소하기 위해 그는 세상을 바꿀 이유가 있는 사람들이 좀 더 적극적으로 결사체를 만들어야 한다고 강조했다. 맞는 말이다. 누구나 자기 언어를 가진 존재에서 정치적 주체로 살아가는 일로 내 고민이 조금 넘어간 순간이었다. 내가 국회를 남성적 공간이라고 외면하는 동안에도 누군가는 그 필드 안에서 고군분투하고 있다는 사실이 뭉클하고 미안하고. 내게 국회는 이제 아저씨들의 드라마가 아니다. 보이지 않던 사람을 보게 됐다는 점에서 개인적으로 뜻깊은 인터뷰였다. 이제 그런 것도 모르는 사람으로 살지는 말아야지. 무지는 자랑이 될 수 없다.

"다시는 저희 같은 유가족 보고 싶지 않아요.
태규, 동준이, 용균이
누구 하나의 죽음도 개인 탓은 없어요.
열심히 일한 죄밖에…… 근데 죽은 거예요.
자그마한 목소리라도 내야 한다고 생각해요."

작은 목소리라도

김도현

청년 노동자 고 김태규의 누나

태일이 엄마, 종철이 아빠, 한열이 엄마, 유민 아빠, 용균이 엄마……. 한국 민주주의 역사에서 빠질 수 없는 존재들이다. 자식의 죽음으로부터 태어난 이름들, 대개 엄마 아니면 아빠였던 유가족 계보에 누나가 등장했다. "저는 청년 건설노동자 고 김태규 누나, 김도현입니다." 어딜 가나 그는 자신을 이렇게 소개한다. 2019년 4월 10일 공사 현장에서 동생을 잃은 이후부터다. 동생의 죽음을 "비일비재한 추락사"로 몰아가는 세상이, '욜로족'으로 살던 그를 투사로 만들었다. 일하다가 죽는 일이 흔해서도 안 되거니와, 세상에 하나뿐인 사람 '태규'가 죽었기 때문이다.

태규랑 용균이는 1994년생 동갑이다. '태규 누나'의 시간은 '용균이 엄마'의 시간과 자주 겹쳤다. 산재피해가족네트워크 '다시는'에서 그들은 서로 기댔다. 중대재해기업처벌법 제정을 앞두고도 같

263

이 싸웠다. 용균이 엄마가 있는 곳에는 태규 누나도 있었다. 유가족은 "노동자의 죽음을 벌금 몇 푼으로 바꾸는" 기막힌 현실의 증언자로서 손팻말을 들고 인터뷰를 했다. 특히 젊은 유가족인 태규 누나는 시시각각 변하는 상황에 따라 SNS로 유가족의 입장을 민첩하게 전하며 꺼져가는 법 제정에 불씨를 살려 불을 지폈다. 중대재해기업처벌법 본회의 통과 이틀 전인 1월 6일, 국회 앞 농성장에서 김도현 씨를 만났다.

가족을 잃어서 싸울 수 있는 것

예전에 "다이어트 한다고는 해봤지만" 이런 사회적 운동 목적의 단식은 처음이다. 그는 중대재해기업처벌법을 촉구하는 단식 10일 차를 지나고 있다.

"좀 힘이 쭉 빠지네요. 중대재해기업처벌법 정부안을 보고 잠을 못 잤어요. 누더기 법안을 만드니까 스트레스 때문에요. 사실 처음에는 단식을 안 한다고 했어요. 이런 무식한 방법 말고 세련된 건 없냐고.(웃음) 그리고 용균 어머님, 한빛 아버님이 단식하시니까 그분들이 지치지 않게 저는 서포트 하려고요. 나까지 기운 빠지면 안되니까. 근데 동준 어머님이 동조 단식을 하겠다고 선언해서 그럼 저도 한다고 했죠.

(의리일까요?)

"의리? 사랑이라고 해둘게요. 애정!(웃음)"

슬프게도 이미 가족을 잃은 사람들이 나서서, 일하다가 죽지 않는 법을 만들자고 싸우고 있다. 싸워서 법이 제정돼도 떠나보낸 가족이 돌아오지 않는다는 걸 모르지 않는데도 싸운다. 아니 가족을 잃어서 싸울 수 있는 거다.

"다시는 저희 같은 유가족 보고 싶지 않아요. 태규, 동준이, 용균이 누구 하나의 죽음도 다 개인 탓은 없어요. 열심히 일한 죄밖에…… 근데 죽은 거예요. 한 해에 산재로 죽는 사람만 2400명이고 다치는 사람은 10만 명이에요. 그걸 다 지금 외면하고 있는 거잖아요. 저희는 노동자를 부품처럼 여기는 이런 사회구조와 이 사회의 부조리한 현실에 맞닥뜨린 거고요. 자그마한 목소리라도 내야 한다고 생각해요. 이 법을 어떻게 해서든 통과시키면 일단 우리 아이들이 있는 곳에 '다시는' 가족들끼리 가서 인사를 하자고 했어요. 우리가 이런 법을 만들었다고."

산재피해가족네트워크 '다시는'은 2019년에 발족됐다. 다시는 누구도 산재로 가족을 잃는 아픔을 겪지 않기를 바라는 마음에서 시작한 모임이다. 태안화력발전소 비정규직 고 김용균 엄마 김미숙 씨, tvN 조연출 고 이한빛 아빠 이용관 씨, CJ 진천공장 현장실습생 고 김동준 엄마 강석경 씨 등 열 가족 남짓이 활동한다. "자식을 잃고 하루하루 버티어낸 부모님들이 동생을 잃은 저에게 힘을 주셨다"고 그는 말했다.

용균, 동준 엄마 옆에 태규 누나

김도현에게 동생 태규는 각별했다. 동생은 월급날이면 누나를 불러내 막창에 소주 한잔을 샀다. 같이 영화도 보러 다녔다. 동생은 4년 전 아빠가 췌장암으로 돌아가신 후엔 누나를 더 챙겼다. 178센티미터에 80킬로그램으로 건장하고 듬직했다. 태권도 유단자에 축구 선수였는데 중학생 때 다리를 다쳐 운동을 그만두고 특성화고에 들어갔다. 군대를 다녀오고 휴대전화 부품 만드는 하청업체에 다녔다. 1년 계약직이 끝나고 구직을 준비하던 중 '용돈벌이'로 건설현장에 일을 나갔다가, 집으로 돌아오지 못했다. '태규는 무인도에 떨어져도 살아남을 애'라고 평소 할머니는 말씀하곤 하셨다. 손끝이 야물고 뭐든지 척척 해냈던 동생이 공사 현장에서 떨어져 목숨을 잃었다. 일하러 나간 지 사흘째 되는 날이었다.

"현장에 제일 먼저 갔어요. 사고 현장은 그대로 보존하는 게 원칙인데, 승강기가 1층에 내려와 있더라고요. 사측에서 처음엔 태규의 부주의로 휴대전화 보다가 떨어졌다고 했어요. 근데 20미터 높이에서 휴대전화가 떨어졌는데 어떻게 그렇게 흠 하나 없이 멀쩡해요? 다 태규 잘못으로 몰아가는 데 견딜 수 없었어요. 통상 일을 빨리빨리 하려고 승강기 문을 항상 열어놓고 다녀서 그 틈이 있다는 건 태규도 당연히 알 텐데, 실수로 떨어졌다는 거예요. 저희가 직접 알아볼 수밖에 없었어요. 저랑 엄마랑 태규 친구랑 제 친구랑 넷이서 20일 동안 모텔에서 합숙 생활을 했어요. 현장, 경찰서, 소방서, 고용노동부 일일이 다 찾아다녔어요.

원래 사람이 타면 안 되는 미승인 승강기에 사람을 태웠고, 승강기에 안전바도 없고 공사 현장에 흔한 추락 방지망 하나 설치되어 있지 않았어요. 동생은 아침에 신고 나간 운동화 그대로 신고 일

김도현

했더라고요. 안전화도 안전장비도 없이. 회사는 일용직이어서 안전화를 주지 않았다고 해요.

그런데도 원청 사람은 '엘리베이터에서 떨어졌으니 엘리베이터 업체에 연락하라'고 해요. 하청업체 현장 이사는 자기도 군대 간 아들이 있어서 태규를 아들같이 생각했다며 '급히 달려가 심폐소생술을 했다'고 말했거든요. 근데 CCTV를 보니까 주머니에 손을 꽂은 채 태규가 죽어간 현장으로 걸어가고 있는 거예요. 정말 분노가 단 한 순간도 사그라지지 않았어요.(한숨)

저희가 처음에 수원에서 기자회견 했을 때 사측에서 엄청 막으려고 했대요. 제가 국회에서 기자회견을 한번 했더니 그때부터 매일 문자를 보내요. 뵙고 싶다고. 얼마나 황망하시겠냐고. 태규 보내고 나서 21일째부터 문자를 하루에 한 개씩 보내요."

경찰도 처음엔 고인이 술 먹고 실족사한 걸로 방향을 잡고 수사를 하고 있었다.

"술을 먹다니 뭔 소린가 했는데, 동준 어머니랑 용균 어머니 만나고 얘기 들어보니까 우리나라는 산재 사고를 항상 본인 잘못으로 몰고 간다는 거예요. 평소에 우울했다, 대인 관계가 안 좋았다, 술을 마셨다, 고인 탓으로요. 너무 억울해서 동생 시신을 부검까지 했는데 알코올은 검출되지 않았어요. 그래서 저번에 한익스프레스 화재 사고 났을 때도 심적으로 너무 힘들었어요. 그분들도 용역노동자였는데 담배도 피우지 않는 사람한테 담배꽁초 버려서 불났다고 덮어씌우려고 했잖아요."

유가족의 노력 끝에 고 김태규 사건은 재수사에 들어갔고, 1심은 시공사 현장 소장과 차장에게 안전관리 소홀 책임을 물어 각각 징역 1년과 징역 10개월을 선고하고도 법정구속은 하지 않았다. 항소심이 진행 중이다.

다른 태규를 막기 위해서

김도현 씨는 백화점 수입 화장품 매장에서 일하는 서비스직 노동자였다. 민주노총 서비스노조 조합원이긴 했지만 "그땐 노조가 뭔지도 몰랐다"며 작게 웃었다.

"동료들이 다 회사가 아니고 노조를 보고 일한다고 하는 거예요. 왜냐하면 그때 서비스노조 카페에 불편사항 같은 걸 글로 올리면 노조 위원장님이 사측이랑 교섭을 해주시는 거죠. 예를 들어서 유니화를 편한 걸로 바꿔준다든지, 앉아서 일할 수 있게 해준다든지. 그런 걸 보면서 노조가 필요하구나 하는 생각은 했죠. 그랬지만 사실 저는 굉장히 이기적인 애예요. 놀 거 다 놀고 여행 다닐 것도 다 다니고, 태규 보내기 전까지니까 20대를 9년 동안 즐기며 살았어요."

그는 스물아홉에 직장을 그만두고 카페 창업을 준비하고 있었다. 임차계약서를 쓰기로 한 날, 비보가 날아든 것이다. 사고 직후 그는 남몰래 자책했다. '내가 조금만 카페를 일찍 개업했다면 거기서 태규를 일하게 했다면 공사 현장에 안 가도 됐을 텐데……' 그런데 사고 원인과 책임을 밝혀내면서 알게 됐다. 그랬더라면, 태규는 무사했겠지만 그 자리에 간 다른 태규가 참변을 당했으리란 것을 말이다. 2018년 추락사한 건설노동자가 290여 명에 달했다. 원청은

김도현

무리한 공사 기간 단축과 건설 비용 감축을 요구한다. 현장에서 일하는 노동자의 안전은 소홀해질 수밖에 없고, 현재 법체계는 원청의 책임을 묻지 않았다. 누가 언제 죽어도 이상하지 않은 현실이었다. 길가의 건물마다에서 '태규의 죽음'을 보게 된 '태규 누나'는 가만히 있지 않았다.

"한번은 건설현장에서 안전모를 안 쓴 사람을 보고 '안전모 쓰세요.' 그랬어요. 당신이 뭔데 나한테 그러냐고 하면, 제가 공사 현장에서 동생을 잃었다고 말해요. 현장에서 안전모나 안전띠 없이 일하거나 추락 방지망이 없으면 엄마랑 저랑 고용노동부에 신고해요. 여기 빨리 오라고. 이번에 고용노동부에서 엄마 앞으로 마스크 열장이 왔어요. 신고한 기록이 있어서 보내준 것 같아요. 엄마가 택배상자에 테이프 다시 붙여서 그대로 돌려보냈대요.(웃음)"

'비일비재한 추락사'라는 말

사고 뒤 1년 9개월이 지났다. 그는 재판을 진행하는 도중 여러 차례 심리적 위기를 겪었음을 고백했다.

"사고 현장에 가니까 원청 업체 이사가 저한테 그래요. 네 동생이 죽어서 여기 공사 지연돼서 돈 더 들게 만든다, 여긴 사유지니까 들어오고 싶으면 경찰 대동해서 들어와라. 그 얘기를 듣는데 여기 5층에서 뛰어내리면 이 사람들이 알아줄까 싶고 그때 진짜 힘들었어요. 가면 갈수록 진상 규명은 고사하고 책임자 처벌이 안 이뤄지고 무혐의, 불기소가 나오니까 진짜 모든 걸 다 놓아버리고 싶었어요. 그때 유서도 썼어요. 아, 이래서 한 해에 2400명이 죽어도 '다시는'이 열 가족이 안 되는구나, 이런 생각이 드는 거예요. 모든 형사사건은 최종 책임자를 처벌하는 게 원칙인데, 산업재해는 그 원칙이 해당되지 않는다는 걸 뼈저리게 깨달았어요. 개인이 싸우기가 너무 어려운 구조니까 사람들이 다 합의하라는 소리만 해요. 나는 내 동생이 왜, 어떻게 죽었는지 궁금하고, 아직까지 해결되지도 않았는데요. 2심 때도 판사가 '이건 비일비재한 추락사다' 이런 소리를 해대면서 합의할 기간만 주고요."

김도현 씨는 "억울하고 분통이 터져서 죽을 것 같아도" 포기하지 않았다. 그렇게 대책위도 없이 모녀가 외롭게 싸우는 걸 지켜본 한 시민단체 활동가가 그들에게 용균이 엄마 김미숙 씨를 소개해주었다. 그때가 2019년 어버이날이다. 얼마 뒤인 5월 28일 '구의역 김군' 3주기 추모식에 가서는 동준이 엄마 강석경 씨와 인사를 나누었다. 유가족이 할 일 많은 나라에서 그들은 약속하지 않아도 자주 만나게 됐고 금세 가까워졌다. 그의 엄마와 김미숙 씨, 강석경 씨는 동갑이다. 김도현 씨는 다른 유가족들을 어머니, 아버지로 부른다. 국회 농성 중에 생일을 맞은 강석경 씨에게 그는 손글씨로 쓴 축하 카드와 선물을 전하기도 했다.

부모님 세대와 같이 활동하는데 세대 차이를 느끼지는 않을까?

"전혀요.(웃음) 너무 편해요. 도움도 많이 받고요. 음, 저희보다 먼저 절차를 다 밟아 오신 분들이니까 이때 되면 이건 힘들 거야, 이거 넘어가면 더 힘들다, 동준 어머님이 잘 말씀해주세요. 한빛 아버님은 앞장서서 비정규직을 위해 싸우는 의지, 투사의 모습을 보여

김도현

주시죠. 용균 어머님도 우리 자식은 잃었지만 정말 다시는 이런 일이 발생하지 않도록 하는 게 우리의 일이라고 말씀하세요. 존경하는 분들이죠. 산재 관련해서도 태규 사건을 알리는 데에도 도움을 주셨죠. 인권활동가 명숙 동지가 이재정 의원실 통해서 보도자료도 배포해주셨어요.

그래서 이젠 친구들과 만나는 자리를 갈 수가 없어요. 왜냐면 가면 항상 괜찮냐고 물어보거든요. 저번에 친한 친구라서 결혼식을 갔는데 저보고 괜찮냐고 물어요. 나 안 괜찮다고 하면 그때부터 분위기가 싸해지니까 난처해요. 저는 지금 가장 듣기 싫은 말이, 이제 2년 됐으니까 태규 보내주면 안 되냐고 하는 거예요. '내가 태규를 안 보낸 게 아니다. 지금 내가 하는 일은 태규를 위해서도 하는 일이고, 날 위해서도 하는 일'이라고 말하죠. 제가 아까 용균 어머님한테도 이야기하고 왔거든요. 힘내시라고. 저희가 진짜 큰일을 하고 있는 거다. 저희가 중대재해기업처벌법이 필요하다고 진짜 많이 외치고 다녔어요."

"온전한 법 되도록 계속 싸울 겁니다"

김도현은 유가족이 된 뒤 쓰고 말하는 일에도 빠르게 적응하고 있다.

"처음에 사람들 앞에 나갈 땐 청심환 먹고 했어요.(웃음) 며칠 전에 제가 페이스북에 올린 글을 보고 〈오마이뉴스〉에 기사가 났길래 그때부터 하루에 서너 개씩 글을 올리고 있어요. 피케팅도 저희가 그냥 무작정 본관에 가서 하는 거예요. 누가 시키지 않아요. 그러니까 기사도 나고. 저 사실 글 쓰는 거 무서워하고 말재주도 없는데, 그래도 계속 누군가는 보겠지 하는 조그만 생각에 계속 올리고 수정하고 하는 거죠. 한 사람이라도 생각이 바뀌는 게 중요하더라고요."

그는 스스로 어떻게 바뀌었다고 생각할까.

"저요? 투사가 된 것 같아요.(웃음) 처음에는 '북한도 아니고 웬 동지?'(웃음) 그랬는데, 지금은 저도 이제 자연스럽게 동지라는 말이 나오고 편해요. 진짜 내 동지구나. 투쟁하는 동지들. 어떤 직책을 다 떠나서 평등한 관계예요."

김도현 씨의 변화는 서서히 주변으로 번져갔다. 그의 할아버지는 TV조선과 〈조선일보〉를 끊고 다른 신문을 보기 시작했다. 텔레비전에 손녀와 용균이 엄마가 나오면 휴대전화로 사진을 찍어둔다. 중대재해기업처벌법이 국회 본회의를 통과했을 땐 그에게 전화를 걸었다. "'용균 엄마, 한빛 아빠 너무 고생했고, 우리 도현이 사랑한다'면서 우셨다".

인터뷰 이틀 뒤인 1월 8일, 중대재해기업처벌법이 제정됐다. 5인 미만 사업장 제외, 벌금 하한선 삭제, 과로 자살과 일터 괴롭힘 제외 등 여러 문제점을 남겼다. 김도현 씨는 자신의 페이스북에서 '죽음마저 차별하는 법'이 되어버려 개탄스럽지만, 이제 출발이라고 생각한다며 "온전히 사람을 살릴 수 있는 법이 되도록 '다시는' 가족들과 함께하겠다"고 결의를 다졌다. 그 며칠 후, 단식 후 보식 기간 중임에도 부산으로 달려갔다. 경동건설 추락사 고 정순규 님

김도현

의 유가족과 함께 시위에 나서기 위해. 또 며칠 후 용균이 엄마 김미숙 동지의 생일에는 황태미역국을 끓여서 집으로 찾아갔다. 아들 없는 생일의 적적함을 조금이나마 달래드리기 위해.

"이런 책 읽자고 해서 미안합니다."

《나, 조선소 노동자》(코난북스, 2019)로 글쓰기 수업을 하는 날 학인들에게 건넨 첫마디다. 이 책은 2017년 5월 1일 삼성중공업 크레인 충돌사고로 6명이 죽고 25명이 크게 다친 사건을 기록한 르포다. 아무래도 끔찍하다. 저 멀리 거제도에서 배 만들다가 산재를 당한 노동자들의 이야기가, 서울 합정동에서 평일 낮 2시에 모여 앉아 글쓰기를 배울 정도의 시간, 돈, 문화 자원은 가진 이들에게 어떻게 가닿을지, 나는 조심스러웠다.

학인들의 말은 놀라웠다. 남편이 공사장에서 일하다가 허리를 다쳐 1년을 투병했었다, 일은 그만뒀고 보상은 받지 못했다, 아버지가 건설 현장에서 일용직으로 일했기에 공감이 많이 됐다, 울 아버지도 공장에서 일하다가 다쳤는데 '산재'라는 말을 몰랐거니와 아버지 스스로 '내가 못 배운 사람이라서' 이런 사고는 어쩔 수 없다고 여겼다 등등 사무치는 증언들이 이어졌다.

예상하지 못한 풍경. 누군가 먼저 자기 고통을 말하기 시작하면 고통받는 존재들이 속속 연결된다는 것을 또 한번 실감했다. 그랬다. 우리나라가 괜히 20년 넘게 산재 1위 국가가 아니다. 일하다가 죽거나

김도현

다치는 사람이 많으면 그만큼 그 고통을 가까이서 겪어내는 가족들도 많을 것인데, 그동안 산재의 아픔이 제대로 언어화되지 못했던 거다. 말하는 사람이 없어서가 아니라 들어주는 사람이 없어서.

김도현은 말하는 사람이었다. 나는 그를 2019년 5월 '진실의 힘' 인권상 시상식 자리에서 처음 봤다. 동생 태규가 용돈벌이 삼아 건설현장에 일용직으로 나갔다가 3일 만에 추락사고로 숨졌다고, 그는 말하지 않고 울부짖었다. 말은 번번이 끊겼다. 울음에 말이 묻혀서 내용이 잘 들리지 않았다. 솔직히 고백하자면, 나는 그의 서사에는 지하철 스크린도어에 끼어 숨진 김군 사건이나 화력발전소 기계에 몸이 낀 채 목숨을 잃고 여섯 시간 만에 발견된 김용균 사건처럼 '크나큰 충격'을 받지는 않았는데, 그런 반응에 나 스스로 충격을 받았다.

그래서 김도현을 더 인터뷰하고 싶었다. 공사현장 추락사가 1년에 290여 건이다. 이 나라는 도심 어딜 가나 365일 건물이 부서지고 올라가는 공사판 토건공화국 아닌가. 건설현장이 많은 만큼 산재도 많다. 그러나 '죽음의 스펙터클'이 제공되지 않으면 이야기도 되지 못하는 현실에서 추락사 유가족으로 목소리를 내는 일은 더 어려웠을 것이다. 들어주는 사람이 없어도 너무 없어서.

김도현은 생업을 포기했다. 엄마와 친구와 모텔에서 숙박하면서 고용노동부, 경찰서, 현장을 돌며 동생의 죽음에 관련된 자료를 하나하나 모았다. 증거를 제시해 재수사를 진행시켰다. 그럼에도 2심 판사가 "이건 비일비재한 추락사다"라며 합의를 종용했다고 한다. 그 얘기를 인터뷰 때 듣고 부끄러워서 나도 모르게 고개가 숙여졌다.

김도현은 이제 들어주는 사람이다. 뉴스조차 되지 못하는 숱한 이름 없는 일용직 건설노동자들의 억울한 죽음에 눈떴다. 동생의 죽음 이전엔 산재가 뭔지도 모르고 국회의원들 얼굴도 모르고 살았는데 국회 앞에서 시위를 하면서 하나씩 검색해보고 알아가고 있다고 했다. 중대재해기업처벌법 제정 투쟁을 하면서 국회에 매일 출근하는 그에게 가까이서 국회의원을 접하며 무엇을 느꼈는지 물었다.

"앞뒤가 너무 다른 이중성? 중대재해기업처벌법 제정할 때도 죽음을 어떻게 편 가르기를 해요? 50인 미만, 100인 미만, 왜 이런 조건을 넣어서 죽음에도 차별을 만드냐고요. 앞에서는 잘한다 하지만 뒤에서는 뒤통수 까고 기업 편을 들고요. 그럼에도 이 사람들이 움직여야 이 나라가 바뀔 수 있으니까 개탄스러웠어요."

그도 정치하는 사람들을 반면교사 삼아 정치적 주체로 거듭났다. 이 사회가 어디가 어떻게 고장 났는지 정확하게 간파했다.

"왜 이렇게 약자들의 이야기를 안 들어주는 것인지…… 사람 생명에 조금이라도 경각심을 가졌으면 좋겠어요, 나도 내가 할 수 있는 말을 외칠 거예요."

《나, 조선소 노동자》 같은 책을 읽으면서도 자기가 산재 사고를 당하리라고 생각하는 노동자는 거의 없다. 나부터도 그렇다. 그렇지만 우린 누가 산재 사고를 말할 때 들어주는 사람이 될 가능성은 높다. 약자의 목소리를 '듣는 신체'가 많아지는 세상. 적어도 그런 사고가 '비일비재한 죽음'이라고 말하는 게 부끄러운 일임을 아는 사회를 만드는 게

김도현

현재로서는 최선 같다. 김도현은 '비일비재한 죽음'이란 단어를 없애기 위해 앞장서는 사람이다.

"성소수자들도 당신네들과 똑같이
밥 먹고 음악 듣고 화내고 사랑하는
'보통의 존재'임을
항변하듯이 쓰고 싶었어요."

우리 같이 있어요

몸집은 작은데 고독이 너무 커서 술을 많이 마시고 사람을 매
일 찾는다.

대학 시절 만난 선배가 현을 보고 말했다. 사실이다. '작은 어
른' 현은 고독을 메우려 술, 사람, 영화, 음악, 책을 폭식했다. 외롭
고 허전할 겨를이 없었다. 찰나의 순간을 포착하는 사진가처럼, 현
의 청춘을 한 문장으로 쨍하게 잡아낸 선배는 투병을 하다가 작년
에 세상을 떠났다. 비슷한 시기에 다른 친구도 죽음을 맞았다. 사람
은 언젠가 죽는다, 생은 유한하다 같은, 현의 머리에 있던 문장이 비
로소 가슴으로 내려와 '쓸쓸하다'는 감정이 되었다.

그렇지만 현은 저렇게 한 생이 마감되기도 하는구나, 허무해,
나도 뭐 죽을 거 덧없네, 하며 비관하지는 않는다. 아, 쓸쓸한 일이

279

다. 근데 어쨌든 '나'의 생은 아직 계속되는 거니까 이걸 잘하고 싶어 하는 에너지가 동시에 생기는 사람이다. 허무함이 자기소멸의 느낌이라면 쓸쓸함은 아직 내가 있는 상태. "슬퍼도 기쁨이 조금이라도 있는 상태." 그 감정의 발견이 무척 소중했던 현은, 이쯤에서 모두가 자기 삶과 주변 사람을 돌아보면 좋겠다는 마음이 들었다. 그래서 고른 말이 '잘들'이다. 김현은 세 번째 시집 《호시절》(창비, 2020)을 펴내며 '시인의 말'을 이렇게 맺었다.

"잘들 쓸쓸하세요."

《호시절》은 잘 쓸쓸하기 위한 참고서다. 시인의 눈에는 태어나는 일, 상처받는 일, 위로하다가 사랑하게 되는 일, 밥 먹는 일, 먹고 난 것을 분리수거하는 일, 싸우고 화해하는 일, 명이 다하는 일, 죽은 사람을 품고 사는 일까지 온통 쓸쓸하지 않은 것이 없다. 허나, 슬퍼도 기쁨이 조금은 남아 있기에, 마음 다해 살아볼 만한 것이다. 이 따숩고 쓸쓸한 서정의 시원은 부모다.

나에 대한 탐구, 부모에 대한 관심으로

현은 사촌형 때문에 아웃팅을 당하고, 부모에게 커밍아웃을 하며 부모와 불화했다. 이삼십 대 내내. 부모에 대한 관심이 다시 싹튼 것은 '나'에 대한 탐구의 여정에서다. 《호시절》에 들어가는 시를 쓸 즈음, 누구에게 주고 또 누구에게서 받는 사랑은 어떻게 시작됐을까. '나'는 어디에서 왔을까, '나'의 애정력은 어떻게 키워져왔을까, 사랑의 기원을 향해 거슬러 가다 보니 부모와 맞닿았다. 생식이 가

김현

능한 부모가 자식을 만들고 그 자식에게 사랑을 주고 또 그 자식이 누군가와 사랑에 빠지는 과정을 생각하는 일은 부모를 다른 시선으로 보게 했다. 다른 시선에서 다른 정서가 생겨났고, 다른 정서는 부모와의 대화에 물꼬를 터주었다.

"2년 전 무렵인가. 엄마 아빠 앉혀두고 다시 커밍아웃을 했어요. 아웃팅 당했던 날 얘기를 꺼냈죠. 그날 큰 상처를 입었다고. 지금은 행복하게 잘 살고 있다고 말했어요. 아버지가 사과하더라고요. 부모님도 이제는 그런 게 중요하지 않은 나이가 되신 거죠. 그냥 네가 행복하면 된다고. 그런 반응을 보니까 또 새로워요. 저렇게 되어가는 거구나. 부모의 삶, 자식의 삶이란. 그걸 시로 쓰고 싶어지더라고요."

부모와 화해해서 시가 나온 게 아니라 나를 알아가는 과정에서 부모에 대한 다른 시선이 깃들게 되었다고, 그래서 좋다고 말하는 현의 눈빛은 시인의 긍지로 반짝였다. 이해할 수 없었던 사람을 이해하게 되는 것, 이 "아슬아슬하게 아름다운 일"(최승자, 〈20년 후에, 芝에게〉)이 시의 자장에서 가능해지는 것이다.

형들의 사랑, 사랑이 아니라고 말하지 말아요

《호시절》은 1부 제목이 '안개', 2부가 '푸른 화병', 3부가 '앵두주'다. 흐릿하고 선명하게, 영혼에서 육체로, 희고 푸르고 붉은 것, 평등 자유 박애로 나아간다. 첫 시 〈손톱달〉 시작은 이렇다. "여보/아버님 댁에 보일러 놓아드려야겠어요". 마치 마을 입구에 내걸린

'금의환향' 현수막처럼 독자를 반기는 문구를, 현은 유명한 광고 문구에서 빌려 왔다. 이제부터 일일드라마 같은 소소한 일상, 사랑과 그리움을 타전하는 시편들이 나올 것이라는 친절한 알림이다. 시에 들어간 소재를 봐도 남자로 태어난 두 사람이 있다. 달도 있고 개도 있고 꿈 얘기도 있다. 영화의 플래시백처럼 현실 얘기하다가 갑자기 다른 데 갔다 오기도 하고, "탄핵소추안 가결" 같은 뉴스가 흐르고 "달걀 세 알을 풀어 만든 계란찜"도 끓는다. 〈손톱달〉은 시집 전체를 조망할 수 있는 높이에 독자를 위치시키려는 현의 세심한 작전이다.

이후 '단짠단짠'의 생활맛 시편들이 이어진다. 그런데 가족 구성원이 나오는 순간 시적 긴장이 어김없이 발생한다. 가령 "그녀는 아빠가 되는 삶을/ 꿈꾸었다" "그녀와 아내도 한때/ 작은 손과 발을, 부모를 가지고 있었으므로"(〈겨울은 따뜻한 과일이다〉) 같은 시구가 그렇다. 얼핏 보면 모르고 자세히 보면 낯설다. 그녀가 아빠가 되고 그녀와 아내가 나란한 것은.

"이성애자 중심의 가족 구성원과는 다른, (대안)가족의 이야기를 시로 담아야겠다고 생각했어요. 부부나 남편, 아내라는 말은 이성애자들만의 것으로 여겨지잖아요. 기득권의 말이죠. 그걸 좀 빼앗아 오고 싶더라고요. 남편이나 아내, 라는 말이 성차별적 의미를 담고 있지만, 성소수자를 향한 무분별한 차별과 혐오가 만연하고 생활동반자법이나 동성결혼 합법화를 별다른 이유 없이 반대하는 이즈음에 '우리도 함께 살 수 있다' '우리도 혼인할 수 있다' '우리도 그 말을 쓸 수 있다'라고 말하는 것만으로도, 언어의 쓰임을 교란하

김현

는 것만으로도 성소수자의 삶을 다시금 환기하는 효과가 있지 않을까 싶었죠."

이들 부부는 부모의 자식이기도 하다. 그러니 "나이 들수록 부모를 닮아가면서도/ 부모가 누군지 모르는 당신"(〈손톱달〉)은 "부모 살아 계실 적에 부모를 감사히 생각"(〈지혜의 혀〉)해야 한다. "엄마는 잡아주는 사람이니까"(〈성탄 전야〉). 그런데 이런 시구는 얼핏 효 사상과 모성 이데올로기를 설파하는 듯도 보인다. 현에게 물었다. 효자가 시인이 될 수는 있겠으나 시인이 효자가 되는 것은 어쩐지 어색하다고.

"부모가 등장하더라도 제 시의 방점은 늘 그들을 바라보거나 그들을 떠올리는 자식에 찍혀 있어요. 그 자식들은 대체로 성소수자들이죠. 이성애자이면서 생식이 가능한 부모와 동성애자이면서 생식이 불가능한 자식의 이야기를 겹쳐두는 방식으로 오히려 효 사상이나 모성 이데올로기 같은 것에 질문을 던질 수 있을 것 같았어요."

그의 말대로다. '형들'도 한 시절 효행을 하고, 한 시절 부모와 반목도 한다. 평범한 자식이다. 이 당연한 사실은 그의 시 〈생선과 살구〉 〈형들의 사랑〉 〈두려움 없는 사랑〉에 조금 더 구체적이고 입체적으로 드러난다. 이 세 편을 김현은 '호시절 삼형제'라고 부른다. 그에 따르면, 어떤 시집을 묶어놓은 다음에 바로 튀어나오는 시가 있다. 쓰고 보니 이전 세계와는 다른 시다. 그 시가 시발점이 되어서 그 스타일로 시가 쭉 써진다. 김현이 두 번째 시집 《입술을 열면》(창비, 2018)을 낸 뒤, 거의 동시에 쓴 〈형들의 사랑〉과 〈두려움 없는 사랑〉은 《호시절》이라는 별자리의 시작점이 되었다. 한 편 한 편 생활인이자 노동자로서의 사는 모습이 스며드는 시들이 탄생한다.

2017년 대통령후보 초청 토론회에서 문재인 후보가 '나는 동성애를 반대한다'라고 말했다. 이에 대해 한 활동가는 '나는 여성이고 성소수자인데, 내 인권을 반으로 자를 수 있는가?'라고 반박했다. 그 생생한 외침은 현에게로 와서 〈생선과 살구〉라는 시가 되었다. 현은 말하고 있다. 성소수자 인권은 우리가 먹는 생선구이처럼 일상적인 풍경이어야 하는 거라고. "당신과 마트에 가서 밥 사 먹고/ 매대에 놓인 팬티를 사서 커플 팬티로 삼"고 "순두부와 가자미와 영양부추를 사" 오는 일상, "남자들에게도/ 평범한 행복이란 이런 것"(〈가장 큰 행복〉)이므로 "형들의 사랑을 사랑이 아니라고 말하지 말아요"(〈형들의 사랑〉)라고 당부한다.

"성소수자에 대한 선입견에 휩싸여 있거나 무지한 사람들은, 성소수자에게도 일상이 있다고 여기지 않는 것 같아요. 언젠가 퀴어문화축제의 슬로건이 '당신 옆에 성소수자가 있다'였던 적이 있거든요. 호모포비아들은 성소수자들을 끊임없이 탈일상화시켜버려요. 광장에 팬티만 입고 있거나 화려한 분장으로만 존재하는 '팝업적 집단'으로 만들어버리죠. 일상의 존재라는 사실 자체를 지워버리는 거예요. 성소수자들도 당신네들과 똑같이 밥 먹고 음악 듣고 화내고 사랑하는 '보통의 존재'임을 항변하듯이 쓰고 싶었어요."

김현은 묻는다. '우리의 행복은 왜 늘 다른 취급을 받는가.' 이 담담한 물음에 시로써 묵묵히 답할 것임을, 그는 〈견본 세대 2〉라는 산문에서 일찍이 예고했다.

"최근엔 양상이 많이 달라지긴 했지만 영화나 드라마, 문학작품에서도 성소수자 캐릭터가 희화화되는 경우가 많았어요. 제 시 안에선 그렇게 존재하지 않도록 해야겠다고 자주 생각했죠. 예전엔 제가 쓰는 시나 글이 다른 성소수자에게 견본이 되면 좋겠다는 의무감 같은 게 있었는데, 지금은 그런 역할을 하는 작가들도 좀 더 생겼고 의무감이나 사명감은 조금 희미해졌어요. 그들과 또 다른 방향으로 써야겠다는 차별성은 고민하죠. 행복한 고민이에요."

디졸브 기법, 시의 겹을 입체적으로

김현 시인은 눈이 크다. 눈을 다 감고 웃을 땐 익살스러운 청년 인데, 가만히 눈을 뜨면 고민 잘 들어주는 친구 같고, 눈매에 약간만 힘을 주어도 선 굵은 배우로 변한다. 그의 표정들처럼 그가 펴낸 세 권의 시집도 분위기가 다르다. 아직 그의 두 번째 시집이 나오기 전 인 2017년에, 그러니까 가장 매운맛 시집인 《글로리홀》(문학과지성 사, 2014)만 본 상태에서, 나는 김현을 한 시사주간지의 연재 메이트 로 만났다. 우리는 '김현 살다' '은유 쓰다'라는 코너를 각각 격주로 맡았다. 담당 기자의 주선으로 그와 인사를 처음 나누었을 때 속으로 생각했다. '저 조용한 얼굴을 한 사람이 혼돈의 카오스 같은 《글로리홀》을 쓴 시인이란 말이지.'

《글로리홀》은 255면이다. 시집치곤 두께가 있다. 글자 수도 넘친다. 산문시 형식이라 내용이 밀도 있고 각주도 길다. 말들의 소낙비가 내리는 시의 커다란 집. 이런 장르의 시는 어떻게 쓰는 것이고 어떤 정서의 결에서 나오는지 너무 궁금했던 것을, 나는 수년이 흐른 후에야 물어볼 수 있었다.

"다양한 예술 장르를 섭렵하던 시기였어요. 그 무렵엔 닥치는 대로 읽고 보고 듣고 한 것 같아요. 지적 허영도 있었고, 뭐든 다 흡수하고 싶고 소화도 빠르고. 제 안에 다채로운 예술적 에너지가 농축됐죠. 첫 시집에는 그런 에너지가 응축적으로 고스란히 다 들어갔어요. 두 번째 시집에는 그런 에너지가 광장으로 현장으로 분출해나가면서 쓰인 시들이 묶였죠. 어쨌든 첫 시집도 그렇고 두 번째, 세 번째 시집 모두 영화라는 장르에 힘입은 바가 커요. 제가 원래 영화를 하는 게 꿈이기도 했거든요. 글로 쓰면서도 머릿속으론 영상, 이미지를 떠올리며 쓰죠. 미장센을 짜듯이. 가령 글로 어떻게 롱테이크 효과를 낼까, 배경음악을 사용할까, 특수효과를 넣을 수 있을까를 고려해요. 그러면서도 영상이나 영화로 표현될 수 없는 것, 언어적인 것, 언어의 고유성에 대해서도 많이 생각해요. 영화적인 것과 문학적인 것의 줄다리기로 탄생하는 시를 생각한다고 할까요. 김현의 시, 하면 각주라는 형식을 떠올리는 분들도 많죠. 각주는 시의 출입구를 많이 만들기 위해서 썼어요. 들고 나는 구멍이 많아지면 아리송해지고 헷갈리고, 다시 보게 되잖아요. 요즘은 각주라는 형식, 방법론보다는 언어로 구현하는 입체에 관해 궁리해요."

김현 시의 특허가 된 '각주'는 《호시절》에도 나온다. 시 하단에 부록처럼 한 줄 문장이나 짧은 산문이 붙어 있는 경우, 영화에서 한 화면이 사라짐과 동시에 다른 화면이 점차로 나타나는 장면전환 장치인 '디졸브 기법'처럼 읽으면 된다. 현이 앞서 말했듯이, 디졸브

김현

기법은 삶의 일면에만 집착하지 않는 입체적인 시선을 유도한다. 이 장치는 사랑 시에서 특히 유용하다.

현은 애인을 '짝꿍'이라고 부른다. 짝꿍과는 14년 차 커플이다. 사랑의 '이 꼴 저 꼴'을 다 보고도 남았을 세월, 일상이 자아내는 온갖 구질구질하고 지질한 순간, 추하고 잡다한 감정들을, 현은 사랑의 그늘이라는 큰 말로 퉁치지 않는다. '변비' '코골이' '갱년기' '성욕 저하' 같은 시어들을 거침없이 내세운다. 시에서처럼 혹시 현도 사랑의 농도 변화를 겪고 있는지 물었더니 "아니요, 사랑은 그대로죠"라는 답이 돌아왔다. 방식과 형식에 변화가 있을지언정 내용적 변화는 아니라고 말했다.

"사랑의 형식이 달라지면 내용도 의심하게 되고 그러잖아요? 같이 밥 먹는 횟수가 줄어들면 사랑이 식었는지 고민하는 것처럼요. 그런데 사랑이 길어지고 깊어지면 시작할 때보다 더 복잡하고 다양한 감정이 자기 안에서 생겨나는 것 같아요. 그 감정에는 불안이나 불신, 미움 같은 것들도 물론 있죠. 사랑에 관한, 사랑하거나 사랑했던, 사랑할 것 같은 사람들이 등장하는 시를 쓸 때면 그 수많은, 사랑을 이루는 여러 가지 감정과 빛깔들을 이리저리 살피고, 시에 맞춤한 것들을 가져와서 점점이 찍어두길 좋아하는 것 같아요. 〈사랑의 정신〉이라는 시가 그랬던 것 같아요. 사랑의 육체와 사랑의 정신(영혼)을 이야기하면서 사랑의 속됨, 사랑의 성스러움, 사랑의 생활됨에 대해 얘기하고 싶었어요."

현은 점묘화의 예를 들었다. 예를 들어, 쇠라의 〈그랑드 자트 섬의 일요일 오후〉처럼 평범한 풍경화인데 가까이 보면 무수한 점이다. 연인이 등장하는 시라 해도 당연히 기쁘고 항상 행복한 게 아니라, 얘네 둘은 분명 행복한 것 같은데 묘하게 슬픈 것도 같고, 사랑에 대한 예찬인 것 같은데 사랑스럽지 않은 감정이 들어가 있기도 한다. 사랑의 흰 면만이 아니고 검은 면도 표현하고 싶었다고 했다. 이를 테면, "박근혜 대통령이/ 내가 이러려고 대통령을 했나 자괴감이 든다고 했어/ 말해주자 당신이 여느 때보다 더 크게 웃다가 그만/ 오줌을 쌌"는데 시적 화자는 "그렇게 다시 당신이 뜨거운 사람이라는 걸 알"(《두려움 없는 사랑》)게 된다. 이렇듯 오줌은 '더러워'가 아니라 '뜨거워'가 되는 것이 현에게는 사랑이다.

가장 애틋한 시 〈우리의 불〉

김현 시인은 낭독주의자다. 시 읽는 밤을 사랑하고 실행한다. 코로나 이전에는 서울의 '고요서사'와 제주의 '무명서점' 등 작은 책방을 활발히 오가며 독자와의 만남을 꾸준히 가졌다. "시인의 육성으로 들었을 때 한 퍼즐이 맞춰지는 시들이 있"는데, 가령 〈우리의 불〉 같은 시가 그렇다. 낭독의 기회가 주어졌을 때마다 읽었던 시다. 곁에 사람을 두고 같이 읽고 싶은 시,《호시절》에서 한 편을 고른다면 현은 이것을 꼽는다.

현은 〈우리의 불〉이 탄생하게 된 배경인 조해진 소설가와의 일화를 들려주었다.

"해진 누나가 이효석문학상을 받았는데 시상식을 봉평에서 했어요. 축사를 부탁해서 제가 같이 내려갔거든요. 해진 누나네 부모

　　　　　　　　　　　　　김현

님 차 타고 넷이서. 누나 부모님이 연세가 많으세요. 아버님이 어머님을 '할멈 할멈'이라고 부르는데, 그 음성을 언젠가 시에 꼭 넣어야겠다 싶었어요. 그리고 그날 밤, 하얀 메밀꽃밭을 한 바퀴 돌고, 풍등을 처음으로 날렸는데, 낮에 들었던 음성과 오늘 하루 보았던 '노부부의 풍경'이 갑자기 밤과 풍등과 메밀꽃밭과 디졸브 되더라고요. 그 디졸브가 과거 같기도 하고, 미래 같기도 하고, 현실 같기도 하고, 꿈속 같기도 했어요."

〈우리의 불〉에는 산 사람과 죽은 사람이 묘하게 겹쳐 있다. "눈이 하염없이 오는/ 전형 속에서" 앞으로 나아가는 "두 노인" 부부와 그들을 따라가는 "딸과 그 딸의 아내"가 있다. 그리고 두 노인이 떠올려 보는 "부모"의 삶이 있다. 고려장처럼 산속 동굴로 떠나온 두 노인이 누대의 삶을 회상하는 것이다. '우리의 불'이란 어린 시절에 갖고 있던 무언가다. "꿈, 행복, 기쁨, 그리움. 혹은 본질적인 것. 본성. 나를 나로 만들어놓는 것."

슬픔의 시간도 호시절이 된다

"우리가 이룩한 것이 있다면 우리가 무너뜨린 것이 있지."

〈우리의 불〉에서 도드라지게 빛나는 이 시구는 시집 전체를 관통하는 핵심 문장처럼도 느껴진다. 사랑하는 일의 성스러운 것과 속된 것, 인간관계의 반목과 화해, 살아가는 일의 기쁨과 슬픔, 먹는 일의 즐거움과 비루함 같은 상승과 하강의 에너지가 교차하고 흘러가서 삶의 대양을 이룬다.

그럴 수밖에 없다. 김현이 생각하는 '호시절'은 마냥 좋기만 한 시절이 아니다. "가끔 진흙탕에 발이 빠지기도 하"겠지만 "삶이 진창이라는 것을/ 사랑하는 이의 어깨 위에서 알려줄 수 있"(〈내가 새라면〉)으면 된다. "지혜로움과 어리석음이라는 두 다리를 가지고서"(〈조국 미래 자유 학번〉) 건너갈 수 있다고 믿기에 그렇다.

소위 성공이나 성과에만 도취되는 것이 어리석음이라면, 무너뜨린 것도 돌아보는 것은 지혜로움이다. 대개 한 측면만 기억하는 경우가 많은데, 〈우리의 불〉의 시적 화자처럼 자발적 고려장을 하는 사람이라면 두 가지를 다 성찰하는 사람들이고, 후손에게 그 뜻을 전달할 수 있을 거라는 믿음과 염원이 현에게는 있다. 또 우리는 살면서 상처나 시련을 피할 수 없지만, 사랑을 주고 사랑을 받는 존재들의 노력으로 그 아픔들을 다르게 볼 수는 있다. '흑역사'가 '호시절'로 의미가 변환되기도 한다는 것을, 누구보다 현은 경험적으로 안다.

"학창 시절에 '여자 같다'라는 이유로 수시로 학교폭력에 시달렸어요. 근데 대학에 들어가고, 여성학 수업을 듣고, 페미니스트 선배들을 만나면서부터 그 시절의 저를 다시 돌아보게 되더라고요. 오랜 시간 폭력 피해를 수치스러워했는데, 그럴 게 아니었어요. 부끄러워해야 할 사람은 제가 아니라 가해자들이었죠. 그렇게 저는 생존자로 거듭났고, 그뒤부터는 줄곧 제 안에 어떤 빛나는 심지(긍지) 같은 게 생긴 것 같았어요. 그 경험이 숨겨야 하고 말하지 말아야 할 일이 아니라 드러내고 말해야 할 일로 바뀌게 됐죠. 벌어진 적 없는 일이 아니라 벌어졌던 일이 된 거예요. 이번에도 '점'으로 얘기

김현

해보면, 여러 점들이 모여 한 시절이 되는데, 어느 시기에는 유독 하나의 점만을 크게 보게 되는 것 같아요. 지나고 나서, 떨어져서 보면 그건 그냥 검은 점이고, 그 옆으로도 무척 빛나는 점들이 찍혀 있음을 깨닫게도 되죠. 저는 어떤 호시절은 내가 어떤 삶을 살기로 마음 먹느냐에 따라 찾아오는 것 같기도 해요."

두려움 없는 사랑

생활은 관념이 아니다. 그래서 참 좋았던 순간들의 집적물인 이 시집 안에는 여러 개의 노래가 흐르고 있고, 이런저런 음식이 끓고 있고, 어디서나 개가 지켜보고 있다. 김현의 호시절을 이야기할 때 빼놓을 수 없는 것에서 가장 우선은 음식이다. 미역국, 계란찜(〈손톱달〉), 백순두부탕, 가자미구이(〈가장 큰 행복〉), 만두(〈성탄 전야〉), 전주콩나물국밥(〈견과를 위한 레퀴엠〉), 도다리쑥국(〈좋은 시절〉), 토마토 스파게티〈Bon appétit〉), 명태조림, 양평해장국, 우럭회(〈부모의 여자 형제를 부르는 말〉)는 그가 살면서 촘촘히 찍어낸 기쁨의 점들이다. 이것을 먹어서 시를 쓴 게 아니라 먹었기 때문에 시를 쓸 수 있었다.

그리고 개. 어릴 적 엄마가 술에 취해 있을 때 내게 다가와 손등을 핥아주는 존재, 사랑을 받으려고 애쓰지 않아도 사랑을 주는 반려동물이다.

"쓰고 나서 알았어요. 애정, 희망, 긍정의 순간엔 늘 작은 개가 등장하더라고요. 어릴 때부터 개를 키웠어요. 개가 갖고 있는 항상성, 항애정성을 어린 나이에 체감하고 있어서 그걸 신비화해서 보는 거 같아요. 일방석이고 조건 없이 주는. 작은 개에게 투영되긴 했지만, 인간은 아마도 해내지 못할, 불가능한 사랑에 대한 염원도 있는 것 같아요. 두려움 없는 사랑을 인간은 할 수 있을까요?"

《호시절》에서는 '일러두기'도 시적 장치다. "이 책에는 다음과 같은 곡이 흐르고 있다"는 예고와 함께 〈고요한 밤 거룩한 밤〉〈사랑이 아니라 말하지 말아요〉〈시시콜콜한 이야기〉〈The Water Is Wide〉 등등 곡명이 소개된다. 나는 현의 시집에 들어가기 전에 '일러두기'를 보고 모처럼 이소라 6집 《눈썹달》을 찾아들었다. 그랬더니 식전 음식을 먹은 것처럼 입맛이 돌아서 시가 더 맛있게 읽히는 기분이 들었다. 현은 평소 이소라를 '이소라느님'이라고 부른다. 작사가이기도 한 이소라의 노랫말에서 그가 시적 영감을 받는 게 아닐까 싶었다. 그런데 현은 가사보다 외려 가사를 뭉개는 듯한 짙은 음색, 그리고 정서적인 것에 영향을 받는다고 했다. 그러면서 이 시집에서 '통속성'이 엿보이는 시들, '이건 생활에서 온 거 같은데?' 하는 시에는 대부분 대중가요 가사가 있다고 귀띔했다. 그에겐 시를 만나는 일이 "살면서 놓쳐버린 노랫소리, 찾지 못한 노랫말이 내 곁에 있음을. 도처에 숨겨진 그 소리를 발견하는 일"과 다르지 않다.

'일러두기' 곡 목록 중에 〈울고 싶은 마음이 들면 스윙을 떠올린다〉〈정발산 송연우〉는 세상에 없는 노래다. 현은 이 시집을 같이 만든 동료들인 스윙 마니아 김선영 편집자, 연우 엄마이자 평론을 쓰는 김나영 문학평론가를 떠올리며 상상의 곡들을 지었다. 책은 혼자 만드는 게 아니고 타인의 수고가 곁들여짐을 말하고 싶어

김현

서 "'누구에게 바친다'를 내 방식인 각주 형식으로 바꿔서 넣었다"라고 했다.

그러니까 '호시절'이라는 시집은 '일러두기'부터 허밍처럼 속삭인다. "우리 같이 있어요." 여기, 사람이 있는데 늘 하나가 아닌 둘이 있고, 혼자 있을 때조차도 고독이 너무 커서 자신을 둘로 분리해서 대화하고 있다. 《호시절》은 어떤 시집이야? 누가 내게 묻는다면 이렇게 답하리라.

"사랑 시집// 이곳은/ 두 사람이 사는 집"《영원 칸타타》

김현이 쓴 산문집 《어른이라는 뜻밖의 일》(봄날의책, 2019)의 추천사를
의뢰받았을 때 고민이 깊었다. 나는 김현과 아는 사이다. 가끔 만나서
밥도 먹고 술도 먹는다. 아는 사이인데 모르는 사람처럼 객관적인 포
즈를 취하는 것도 꺼림칙하고, 아는 사이라는 걸 드러내서도 안 된다
고 생각했다.

　　고백하자면 내가 독자이기만 할 때, 작가들이 서로 친분을 과시하
듯 추천사를 쓰는 게 눈먼 우정처럼 보였다. '친하니까 좋게 말하겠지'
라는 삐딱한 생각부터 들었고, 이미 이름이 난 사람들이 자기 명성을
활용해 서로의 작품을 상찬하는 게 패거리 문화에 일조하는 것처럼도
보였다.

　　그런데 내가 시험에 들게 되었다. (인생 선배가 말했지. 내가 침
뱉은 물컵을 마시게 되는 게 인생이란다.) 김현과 내가 무슨 대단히 이
름난 문인은 아니지만 아예 무명씨라고 할 수도 없는 상황에서 추천사
의뢰가 온 것이다. 막상 거절하려니 논리가 궁색했다. 나는 김현의 글
을 다 읽었고 그의 글을 좋아하는 독자다. 그런데 그를 사적으로 안다
고 그의 글에 대해 왜 쓰면 안 되는 걸까. 무엇보다 추천사를 써서 무슨
대단한 부와 권력이 따라오는 것도 아니라는 쓸쓸한 현실을 알게 됐

다. 출판 시장에서 시인의 지분은 시집의 부피만큼이나 작다. 그래서 일단 써보자 생각했다. 있는 그대로. 아는 그대로. 느낀 그대로.

시에 한참 빠졌던 즈음 나는 꿈꾸었다. '시인이 되었으면'이 아니라 '시인 친구가 있었으면' 하고, 막연히. 그 꿈을 잊고 살다가 김현을 만났다. 사람이 아닌 글부터. 우리는 한 시사주간지 같은 지면에 격주로 글을 싣는 '연재 메이트'였다. 내 글이 머물던 자리에 그의 글이 채워졌고, 그의 글의 잔상이 아롱지는 자리에 내 글이 얹혀졌다. 그건 해와 달이 자리를 바꾸는 천상의 일이라기보단 마을버스 기사의 교대 근무 같은 지상의 일이었다. 그나 나나 약속이라도 한 듯 일상에서 글감을 실어왔으니 말이다.

김현은 백미러로 승객의 안색을 잘도 살피는 노련한 기사 같았다. 그가 모는 버스에 잠시라도 탄 사람들은 누구라도 한 편의 이야기를 선사받았다. 특히 그는 비탈길 운전에 능했다. 가파른 슬픔의 서사를 매번 안전하게 실어날랐다. 가장 부러운 점이었다. 그의 글을 읽은 사람은 아마 한번쯤 그의 승객이 되고 싶다고 생각했을 것이다. 나도 그랬다. 그의 행로의 무심한 동행이고 싶었고 그에게 뒤지지 않는 근무자이고 싶었다. 그렇게 흉내 내고 본받으며 알았다. 내가 시인 친구를 두고 싶었던 건 시인처럼 사는 게 아니라 시인처럼 쓰고 싶었던 거였구나. 시인처럼 쓴다는 건, 김현처럼 산다는 것이구나.

더할 것도 덜할 것도 없이 '부담'을 내려놓고 써서인지 편안한 글이 나왔다. 그리고 나 혼자 내적 갈등 끝에 세상에 조심스레 내놓은 추천사는 인터뷰의 발판이 됐다. 이듬해에 계간지 〈창작과비평〉에서 《호시절》이라는 시집을 낸 김현을 인터뷰할 기회가 온 것이다. 같은 고민이 반복됐다. 아는 사람 인터뷰를 잘 할 수 있을까. 그런데 또 생각해보니 나는 그를 잘 안다고 말할 수 없었다. 시집이 난해해 보여 꼼꼼하게 읽지는 못했다. 그게 미안했다. 이번을 기회 삼아 시를 읽고 시를 이야기하고 싶었다. 인터뷰는 아는 사람을 하는 게 아니라 알고 싶은 사람을 하는 것이니까. 가족이라서 무심하듯, 친해서 오히려 그의 작품에 대해 소홀히 넘기고 모르는 부분이 있었고 그 공백을 인터뷰를 핑계 삼아 작정하고 메울 수 있었다.

　　그렇게 나는 김현의 전작주의자, 그러니까 그와 밥도 먹고 술도 먹는 사이에서 그의 산문도 알고 시도 아는 사이로 승격됐다. 부자가 된 것 같다. 내게 시인은 함부로 말하지 않는 사람, 은근히 다 듣는 사람, 감정의 섬세한 조율사, 기억하는 사람, 그래서 미덥고 든든한 사람이다. 이제는 당당히 자랑할 수 있다. 나 시인 친구 있다!

인터뷰라는
사랑의 능력

인터뷰는 삶과 삶의 합작품이라고 나는 말해왔다. 인터뷰 대상이 전면에 드러나지만 그 결과물은 인터뷰하는 사람의 세계관이 반영된 것이기 때문이다. 하고많은 사람 중에 하필 그 사람을 택하는 것, 인터뷰에서 나눈 이삼백 매도 넘는 녹취록에서 다 쳐내고 그 이야기만 남기는 것, 무수한 어휘들 중에 그 단어를 고르는 것 하나하나까지 인터뷰어의 선택이다. 그래서 만약 같은 인물을 10명이 인터뷰하면 10편의 결이 다른 글이 나오게 된다.

이 책도 그럴 것이다. 여기에 담긴 18명의 인터뷰는 그들의 증명사진이 아니라 어떤 한 사람이 '크게 그린 그림'이다. 내 눈에 멋있게 보이는 모습이나 내가 닮고 싶은 태도, 세상에 필요하다고 판단한 메시지를 확대해서 쓴 글이므로 공정하고 객관적이기보다는 편파적이고 주관적인 작업에 가깝다. 뭐 눈에는 뭐만 보인다는 말은 속되게 쓰이지만, 적어도 인터뷰에서는 진리다. 인터뷰이의 어떤 측면이 유독 도드라진다면 그건 인터뷰어가 그 순간 그 문제에 천착해 있어서일 것이다. 이런 한계를 인지하고 인터뷰에 임했다. 한 고유한 존재를 입체적으로 살려내는 일에 매번 의욕을 부렸으나 흡족하게 해내지는 못했다. 나의 미진함이 인터뷰이들에게 조금이라도 덜 누가 되기를 바랄 뿐이다.

인터뷰는 짧은 연애라고 말하기도 했다. 자기에게 찾아온 느낌들, 생각들, 마음들을 흘려보내지 않고 마치 재물을 지키듯이 지켜내고 사는 사람들은 조용히 빛난다. 내가 만난 인터뷰이들은 그걸 삶으로 가만가만 해내는 분들이었고, 그들 앞에서 나는 자주 뜨거워졌다. 사고와 행동방식이 교정됐고, 주변에 보이는 것이 달라졌다. 사람에게 반하거나 영향받는 일이 나이가 들수록 드물어지는데 인터뷰라는 작업이 있어서 나는 설렘의 감각을 잊지 않고 살아간다. 사랑의 능력이 퇴화하지 않도록 내 앞에 나타난 인터뷰이들에게 감사의 인사를 전하고 싶다.

인터뷰이 섭외부터 같이 머리를 맞댄 채 고민하고 인터뷰 원고를 독자보다 먼저 읽고 의견을 보태준 동료들이 있다. 〈한겨레〉에 '은유의 연결' 지면을 담당한 신윤동욱 기자, 정은주 기자, 이문영 기자, 이유진 기자, 그리고 멋진 인물사진을 찍어준 장철규 기자, 녹취 담당으로 인터뷰에 동행해준 홍혜원 씨 등 여럿의 협업으로 인터뷰 작업을 완수할 수 있었다.

글을 책으로 만드는 것은 다른 차원의 일이다. 이미 지면에 실

에필로그

린 글들을 책으로 내도 될지 주저하는 내게 한겨레출판 최해경 편집자는 '묵직한 책'을 내고 싶다며 한 사람 이야기도 빼지 말자고 욕심내주었다. 그의 간곡한 말들에 힘입어 책 작업을 무사히 마무리했다.

이야기가 글이 되고 글이 책이 되도록 곁에서 힘써준 이들에게 고마운 마음을 전한다. 지금 막 책장을 덮는 당신에게도.

사진 출처

© 강민구 278쪽
© 수신지 220쪽
© 원도 44쪽
© 한겨레 16쪽, 30쪽, 60쪽, 80쪽, 94쪽, 110쪽, 124쪽, 138쪽, 154쪽, 168쪽, 182쪽, 200쪽, 234쪽, 248쪽, 262쪽

크게 그린 사람

ⓒ 은유, 2022

초판 1쇄 발행 2022년 5월 20일
초판 4쇄 발행 2022년 12월 22일

지은이   은유
펴낸이   이상훈
편집인   김수영
본부장   정진항
문학팀   최해경 김다인 하상민
마케팅   김한성 조재성 박신영 김효진 김애린 오민정
사업지원   정혜진 엄세영

펴낸곳   ㈜한겨레엔 www.hanibook.co.kr
등록   2006년 1월 4일 제313-2006-00003호
주소   서울시 마포구 창전로 70(신수동) 화수목빌딩 5층
전화   02) 6383-1602~3   팩스 02) 6383-1610
대표메일   munhak@hanien.co.kr

ISBN   979-11-6040-822-5 03810